Für jeden Tag ein gutes Wort

Für jeden Tag ein gutes Wort

Texte von

PHIL BOSMANS

ANSELM GRÜN

ANTHONY DE MELLO

HENRI J. M. NOUWEN

ANDREA SCHWARZ

Ausgewählt,
eingeleitet und herausgegeben
von

LUDGER HOHN-MORISCH

HERDER

FREIBURG · BASEL · WIEN

Umschlaggestaltung: Finken & Bumiller, Stuttgart
Umschlagmotiv: K. Michels
Bilder im Innenteil: Wolfgang Müller, Oberried

5. Auflage 2008

Druck und Bindung: CPI – Clausen & Bosse, Leck
Gedruckt auf umweltfreundlichem,
chlor- und säurefrei gebleichtem Papier
ISBN 978-3-451-28817-3

INHALT

ZUM GELEIT

»Gottesgeburt im Menschen – Der Himmel beginnt in mir«: So habe ich eines des zwölf Leitthemen dieses Buches genannt, hier nicht aus eigener Vorliebe für diese Lebensrichtung; vielmehr sehe ich in ihm eines der gemeinsamen und wesentlichen Blickrichtungen, die ich bei den fünf Autoren gefunden habe, aus deren zahlreichen und ungewöhnlich viel gelesenen Veröffentlichungen die »Quellen der Inspiration für jeden Tag« ausgewählt sind. Ebenso bei ihnen allen finde ich sozusagen den Motor, die Motivation und das, was so viele Leser und Leserinnen weit über den deutschen Sprachraum hinaus fasziniert und offenbar jeden Tag zu begleiten vermag: Was wir da lesen und in uns aufnehmen, ist selbst erlebt, dann geschrieben und mitgeteilt »aus Liebe zum Leben«.

PHIL BOSMANS, der flämische Priester und Schriftsteller, weithin bekannt als der gute Menschenfreund, sucht in allem, was er sagt, unermüdlich eine Kultur des Herzens unter den Menschen anzuzetteln. Dabei weiß er aus Eigenem, wo diese beginnt: »Bei mir selbst anfangen – Wann, wenn nicht jetzt?« (Januar). Diesen Grundton der Herzenskultur sich zu Eigen zu machen ist einfach und so schwer zugleich: »Glaubhaft ist nur Liebe – Befreiung, Erlösung, Versöhnung suchen wir alle« (Juli). So schärft Bosmans unseren Blick: »Damit das Herz aufgeht – Der gute Kern in uns allen« (August).

Anselm Grün – man möchte fast fragen: Wer kennt ihn und seine Schriften nicht? Ihn und seine Art, Spiritualität mit sensiblem psychologischem Gespür mit dem und in dem zu verwurzeln, was geistige Menschen heute umtreibt. Wie leicht fällt es, ihm, dem Benediktinermönch, abzunehmen, wozu er inspiriert: »Quellgrund der Stille – Wonach das Herz sich wirklich sehnt« (Februar). Dazu bedarf es, als des Lebens roten Faden, des Innehaltens: »›Halt an, wo laufst du hin‹ [Angelus Silesius]? – Sich seines himmlischen Ursprungs erinnern« (Juni).

Anthony de Mello – ein Theologe und Schriftsteller von ungewöhnlichem Genius. Sein Körper ist seit fast dreißig Jahren nicht mehr unter den Lebenden, aber sein Geist, seine spirituelle Genialität – als weisheitlicher Grenzgang zwischen östlicher und westlicher Kultur – lebt bis heute unverbraucht, in der ganzen Welt. Mit meisterlicher Feder geht es bei ihm in allem um den springenden Punkt: »Was wirklich zählt und trägt – Klänge der Lebenstiefe« (Mai) und: »Zur Freiheit gerufen – Chance und Risiko« (September).

Henri Nouwen – auch er hat seinen irdischen Weg vollendet (1996); doch seine Suche nach den tiefsten Wahrheiten setzt sich ungebrochen in vielen Lesern und Leserinnen weiter fort. Wie sehr ist eine seiner Erfahrungen gerade heute auch immer wieder das, was der Mensch oft zitternd sucht: »Jeder Nacht folgt eine Morgenröte – Österliche Lebensspuren« (April). Damit Letztere zu leuchten beginnen, geht – das ist dem Menschen aufgegeben – immer auch eines voraus: »Berührt vom dunklen Geheimnis – ›Wer dies nicht hat: das Stirb und Werde ...‹« (November). Nouwen: der sanfte Lehrer an so vielen Lebensfurchen!

Andrea Schwarz – bei ihr finden zahllose Zeitgenossen, wie es gehen kann: bewusst leben, persönlich glauben, mit allen Fasern und Erschütterungen, mit allem Gefühl und allem Zweifel. Das mutet an wie eine Wanderung mit so manchen Strapazen, aber auch mit Hochgefühl: »Die zarte Kraft seiner Gegenwart – Gott möchte gefunden werden« (Oktober). Das ist ein Abenteuer, auf den lauten Plätzen und noch mehr in den stillen Freiräumen, wo ich das Herz schlagen höre: »Gottesgeburt in jedem Menschenleben – Der Himmel beginnt in mir« (Dezember).

So viele Sinn und Orientierung suchenden Fragen sind heute Impuls und Anlass genug, diese beeindruckenden, beliebten Autoren und ihre menschenfreundliche, inspirierende Botschaft in diesem *einem* Band zu Wort kommen zu lassen, als Quellentexte für jeden Jahrestag. Ich danke dem Verlag, der mich als einen seiner Lektoren damit beauftragt hat, diese schöne Aufgabe der Herausgeberschaft zu übernehmen.

Ostern 2005

LUDGER HOHN-MORISCH

JANUAR

Bei mir selbst anfangen

–

Wann, wenn nicht jetzt?

Gemeinsam im selben Boot

Ein neues Jahr. Lasst uns gemeinsam fahren. Wir sitzen im gleichen Boot. Alle Menschen wie Brüder und Schwestern im selben Boot. Menschen, die gemeinsam fahren. Ein phantastischer Traum. Die Sonne tanzt am Himmel. Die Fische singen im Meer. Alle Menschen wie Brüder und Schwestern im gleichen Boot der Welt. Schwache und Starke. Alle Völker und Rassen. Mächtige und Machtlose. Arme und Reiche.

Menschen, die gemeinsam fahren wie Brüder und Schwestern auf dem Meer der Welt, in derselben Sonne, auf denselben Wellen, mit Wind, gegen Wind, alle im selben Wetter. Sie fahren gemeinsam. Es gibt keine Schwachen und keine Mächtigen, keine Armen und keine Reichen mehr. Es wird keiner mehr über Bord geworfen, keiner mehr im letzten Kellerloch allein gelassen, wo er vor Hunger stirbt. Es gibt keinen Krieg mehr um die Kommandobrücke. Auf Deck wird gesungen. Alle sind sicher und geborgen. B, 10

Zeit, um glücklich zu sein

Das neue Jahr soll das glücklichste deines Lebens sein. Nimm dir Zeit, um glücklich zu sein. Du bist ein wandelndes Wunder in dieser Welt. Du bist einmalig, einzigartig, unverwechselbar. Weißt du das? Warum staunst du nicht, warum freust du dich nicht, überrascht über dich selbst und über all die anderen um dich?

Findest du nichts dabei, dass du lebst? Ist es denn so selbstverständlich, dass du leben darfst, dass du Zeit bekommst, um zu singen und zu tanzen und um glücklich zu sein? Warum Zeit damit vergeuden, nach Geld und Besitz zu jagen? Warum immer wieder anfangen zu streiten, warum sich langweilen, warum sich anöden, warum von einem Vergnügen zum anderen fliehen und warum schlafen, wenn die Sonne scheint?

Nimm dir ruhig Zeit, um glücklich zu sein. Zeit ist keine Schnellstraße zwischen Wiege und Grab, sondern Raum, um in der Sonne zu parken. Jedes neue Jahr ist eine Gabe aus Gottes Hand. Und du solltest dann nicht glücklich sein?

B, 12

Gib ihnen die Hand

Ich wünsche von ganzem Herzen ein gutes Jahr, ein gutes Jahr für dich und für alle Menschen. Gib anderen die Hand, auch denen, die schon lange keinen Händedruck mehr von dir bekommen haben. Gib ihnen die Hand mit einem Herzen voller guter und ehrlicher Wünsche, nicht Wünsche wie von einer schönen Maske, die sich das Gesicht des Heuchlers aufsetzt. Schreib ein Kärtchen, klebe einen Kuss drauf.

Ein neues Jahr beginnt. Mach ein gutes Jahr daraus. Lass deine Güte und Freundlichkeit spürbar werden zu Hause, in der Schule, am Arbeitsplatz. Leg allen Streit bei. Halte die giftige Zunge in Zaum. Mach deinen Mann, deine Frau, deine Kinder glücklich, mit Taten, nicht nur mit Worten glücklich, denn du brauchst ihr Glück, um selbst glücklich zu sein.

Suche nie das Glück nur für dich allein, nur in deinen eigenen vier Wänden. Hilf, eine Welt zu schaffen, in der wir uns wirklich gern haben, in der Platz ist für ein Stückchen Himmel auf Erden. B, 11

Was ist die Leitidee meines Lebens?

Ich möchte Sie zu folgender Übung einladen: Stellen Sie sich vor, Sie stehen kurz vor Ihrem Tod. Überlegen Sie, welchem Menschen Sie noch schreiben möchten. Und dann schreiben Sie einen Brief, in dem Sie ihm sagen, was Sie in Ihrem Leben vermitteln wollten, was die eigentliche Botschaft ihres Lebens sein sollte.

Sie brauchen keine Angst vor großen Worten zu haben. Wir werden nie ganz leben, was wir im Tiefsten unseres Herzens ersehnen. Aber trotzdem tut es uns gut, uns zu überlegen, wofür wir überhaupt antreten, was die Leitidee unseres Lebens ist. Warum stehe ich jeden Morgen so früh auf, warum nehme ich all die Unbilden in Kauf, die das Leben mit sich bringt? Warum strenge ich mich an? Was möchte ich in jeder Begegnung den Menschen vermitteln? Was sollen Sie an mir, an meinem Leib, an meiner Seele, an meinem Herzen, an meinen Augen, an meinen Worten ablesen? Was ist die tiefste Motivation für mein Leben, was möchte ich als letztes Wort, als mein Vermächtnis den Menschen hinterlassen?

G, 290

Grundsätze

»Ein guter Weg, Ihre eigenen Fehler und Unzulänglichkeiten zu erkennen«, sagte der Meister, »besteht darin, zu beobachten, was Sie bei anderen stört.«

Er erzählte einmal, wie seine Frau eine Dose mit Schokoladenbonbons in den Küchenschrank gestellt hatte, um schon nach einer Stunde, als sie die Dose wieder in die Hand nahm, festzustellen, dass sie bis auf den Boden leer war. Die Bonbons waren sorgfältig Stück für Stück in eine Papiertüte gepackt, die bei den persönlichen Sachen der neuen Köchin lag. Die gutmütige Frau wollte deswegen kein Aufhebens machen. Sie füllte die Bonbons wieder in die Dose um und stellte sie an einen Platz außer Reichweite.

Nach dem Essen teilte die Köchin dem Hausherrn mit, dass sie ihre Stelle noch am selben Abend verlassen werde.

»Warum denn? Was ist los?«, fragte der Meister.

»Ich möchte nicht für Leute arbeiten, die zurückstehlen«, antwortete sie erbost. M, 373

Das Paradox der Anbetung

Indem ich mich vergesse, komme ich zur Ruhe, da hört der Lärm meiner Gedanken und Gefühle auf. Da bin ich endlich angekommen, da bin ich nach langem Suchen endlich daheim. Daheim sein kann man nur, wenn man vor dem Geheimnis niederfällt. Anbetung ist die Erfahrung von Heimat. Wenn wir vor dem Geheimnis Gottes niederfallen, sind wir wirklich angekommen. Dann wird es ruhig in unserer Seele, da spüren wir, dass unsere tiefste Sehnsucht erfüllt ist.

Das Urbild dafür ist die Huldigung der Magier, die auf die Sehnsucht ihres Herzens hören, auf den Stern, der am Firmament ihres Herzens aufgetaucht ist, und die sich nun aufmachen, das göttliche Kind zu suchen. Sie gehen verschlungene Wege, um endlich in das Haus einzutreten, in dem sie wahrhaft zu Hause sein können. Sie treten ein und fallen vor dem göttlichen Kind nieder. Sie breiten ihre Schätze aus, das Gold als Zeichen ihrer Liebe, den Weihrauch als Zeichen ihrer Sehnsucht und die Myrrhe als Zeichen ihrer Schmerzen. G, 15

Ein Märchen wird wahr

Sei gut zu den Menschen, freundlich, aufmerksam. Vor allem zu den Kranken, Behinderten, Betagten, zu Menschen, die das Leben an den Rand gedrängt hat. Bring den Menschen Blumen, solange sie leben. Warte nicht, bis sie tot sind, um dann gefühlvoll zu seufzen: »Sie haben vom Leben nicht viel gehabt.«

Warum haben so viele Menschen nichts vom Leben? Weil sie keine Freunde haben, Menschen, die sie mögen. Weil sie nirgendwo Zeichen der Sympathie finden. Weil für sie niemals Blumen aufblühen. Dabei können Blumen manchmal Wunder wirken. Es müssen keine teuren Blumen sein. Gewöhnliche, einfache Blumen: ein Lächeln, ein gutes Wort, eine kleine Geste. Auch das sind Blumen! Die kleinste, mit warmem Herzen verschenkte Blume erzählt denen, die sie bekommen, eine schöne Geschichte: das wunderbare Märchen von einem Stück Himmel auf Erden, wo die Menschen füreinander Engel sind, wo für jede Angst, jedes Leid und jede Träne ein liebevoller Trost da ist.

B, 147

In die Tiefe gehen

In der geistlichen Begleitung geht es nicht nur darum, den Menschen psychologische Methoden anzugeben, besser mit ihren Problemen zurechtzukommen. Unsere eigentliche Aufgabe ist es, sie immer wieder auf ihre Beziehung zu Gott hinzuweisen: Was macht dies und jenes mit mir und meiner Beziehung zu Gott? Was will Gott mir darin sagen? Woher definiere ich mich? Was ist der Grund und das Ziel meines Lebens? Wenn ich etwa bei Beziehungsproblemen nur auf der Ebene der Beziehung bleibe und Ratschläge gebe, besser mit den eigenen Gefühlen und mit den Aggressionen umzugehen, dann kann das sicher helfen. Aber ich stoße nicht zum eigentlichen Kern des Menschen vor.

Wirksam kann ich ihm nur helfen, wenn sich der andere nicht mehr von seiner Beziehung her definiert, sondern wenn er in sich einen Raum entdeckt, zu dem der andere keinen Zutritt hat, wenn er in sich seine göttliche Würde erkennt, die ihm keiner nehmen kann.

G, 258

»Ich bin es, fürchtet euch nicht!« (1)

In der vierten Nachtwache kam Jesus zu ihnen; er ging auf dem See. Als ihn die Jünger über den See kommen sahen, erschraken sie, weil sie meinten, es sei ein Gespenst, und sie schrien vor Angst. Doch Jesus begann mit ihnen zu reden und sagte: Habt Vertrauen, ich bin es; fürchtet euch nicht! (Mt 14,25–27).

Das kenne ich gut – mitten in der Nacht kommen plötzlich Gespenster auf mich zu ... Einsamkeit fängt mich ein, Verzweiflung steigt hoch, meine Fantasien malen wüste Bilder, was alles passieren könnte. Angst erfüllt mich, eine ganz unbestimmte Angst, die mein Herz verkrampft, mir den Mut nimmt. Es sind chaotische Situationen, Stunden, in denen alles durcheinander gerät, Lebensstrukturen und -werte plötzlich im Nichts verschwinden, mich kein Halt mehr hält.

Und oft fliehe ich dann vor mir selbst, greife zum Telefon, verabrede mich mit Freunden, vergrabe mich in ein Buch, schalte die Musik ein bisschen lauter. Es sind Stunden, in denen ich Angst habe vor mir selbst und dem, was an Empfindungen alles in mir ist. S3, 62f

»Ich bin es, fürchtet euch nicht!« (2)

So weh es tut – es gilt, diese abgrundtiefe Einsamkeit, das Nicht-Verstanden-Werden, dieses absolute Durcheinander auszuhalten – zu bleiben und nicht zu flüchten. Nur dann, wenn ich dieses »Gespenst« an mich herankommen lasse, es zulasse, kann sich eine solche Krise als heilsam und heilend erweisen. Ich schreie vor Angst, und doch kann sich zugleich dieser Gott mir nähern und zu reden beginnen. Nicht das Negieren solcher schmerzlichen Erfahrungen ist gefragt, sondern das Aushalten, das Bleiben, das Standhalten – um ins Hören zu kommen. »Habt Vertrauen, ich bin es; fürchtet euch nicht!« – das scheinbare Gespenst kann sich als existentielle Begegnung mit diesem Gott entpuppen. Es ist eine Begegnung, die mich verändert, die mir neuen Mut gibt, aufgrund derer ich mir Neues zutraue. Meine Lebenskrise wird zu einem notwendigen Zwischenstadium, um anderes wachsen zu lassen. S3, 63

Der Weg zum Frieden mit sich selbst

Suche die Gründe für deine Probleme, deine Konflikte, deine Misserfolge nicht immer woanders, bei deinem Mann, deiner Frau, deinen Vorgesetzten, deiner Arbeit oder der heutigen Zeit. Du kannst sehr viel profitieren, wenn du mal bei dir selbst suchst.

Über sich selbst nachdenken, die Wahrheit über seine eigenen Fehler und Mängel akzeptieren ist der einzige Weg zum Frieden mit sich selbst und zum Verständnis für die anderen. Betrachte dich nicht immer als Opfer der anderen, bevor du ganz ehrlich überprüft hast, ob du nicht ein Opfer deines eigenen Ich bist, deiner eigenen Einbildung, deiner eigenen Launen.

Meistens erwartest du zu viel von anderen und zu wenig von dir selbst. Du bist zu anderen gut gewesen, sie haben es dir nicht gedankt, und du sagst: »Das hätte ich nicht erwartet. Jetzt ist es aus.«

Frag mal dich selbst, wie du Erwartungen anderer erfüllst. Vielleicht geht dir auf, wie schwierig es für andere ist, dich gern zu haben, gut zu dir zu sein. B, 185

Eine schlechte Angewohnheit

Wir leben in einer streitsüchtigen Welt. Streitsucht ist uralt, sie hat ihre Wurzeln in dem Winkel unseres Herzens, wo wir noch unkultiviert und egoistisch sind. Jeder Mensch hat so eine Ecke in sich, auch ich und du.

Bei Streitsüchtigen muss es immer nach ihrer Nase gehen. Einlenken und nachgeben gibt es nicht. Zu Hause gibt es Ärger, weil keiner abwäscht oder das Essen nicht schmeckt und so weiter. Auf der Straße regen sie sich auf, weil ein Auto zu langsam oder zu schnell fährt. Im Büro herrscht dicke Luft, weil sie immer alles besser wissen. Im Betrieb verbreiten sie schlechte Laune, weil natürlich ausgerechnet sie zu viel arbeiten und zu wenig verdienen.

Streitsucht ist bei vielen nichts anderes als eine schlechte Angewohnheit. Sagt der eine »weiß«, sagt der andere »schwarz«, weil er sowieso dagegen ist. Streitsucht verbraucht sehr viel Energie, die sich produktiver einsetzen lässt. Lieber Holz hacken, als auf Menschen herumhacken! B, 184

Menschlicher Fortschritt

Der Meister begrüßte die technologischen Fortschritte, war sich aber durchaus ihrer Grenzen bewusst. Als ihn ein Industrieller fragte, was er arbeite, antwortete er: »Ich bin in der Menschen-Industrie tätig.«

»Und was bitte ist das?«, fragte der Industrielle. »Nehmt Euch selbst«, sagte der Meister. »Ihr bemüht Euch um die Herstellung besserer Dinge, ich bemühe mich, bessere Menschen hervorzubringen.«

Zu seinen Schülern sagte er später: »Ziel des Lebens ist es, Menschen zum Erblühen zu bringen. Heute scheint man mehr damit beschäftigt, Sachen zu perfektionieren.« M, 255

Vorsicht

Sei äußerst vorsichtig mit Leuten, die über andere böse Sachen sagen. Äußerlich können das hoch angesehene Herren oder sehr gepflegte Damen sein, aber innerlich sind sie falsch und gewissenlos. Sie sind spezialisiert auf die Fehler von anderen. Auch auf deine Fehler!

Als Fachleute wissen sie genau, wie man es macht, wie sie ihr Opfer anschwärzen müssen, dass man ihnen alles glaubt. In deiner Gegenwart ziehen sie über einen Bekannten her, einen Freund oder sogar einen Familienangehörigen. Vertrau ihnen nicht! Sie sind darauf aus, deine Freundschaften madig zu machen, ja selbst in deine Ehe Unglück zu bringen. Heute hörst du ihrem Gerede zu und machst vielleicht sogar mit, aber morgen, da bist du selbst das Opfer.

Und sei selber vorsichtig mit deinen Reden! Der erste Schlag, den einer erhält, ist meist ein Wort. Behalte deine böse Zunge bei dir, sie könnte dir noch Gutes tun. Selbst dein Nachbar ist besser, als du denkst. Darum: Über andere niemals etwas Böses sagen! B, 323

Süchtig

Mit anderen zu leben heißt, in Anspannung zu leben. Ohne die anderen zu leben zieht die Agonie der Einsamkeit nach sich, weil Sie die Menschen vermissen. Sie haben die Fähigkeit verloren, sie so zu sehen, wie sie sind, und angemessen auf sie einzugehen, da Ihre Wahrnehmung durch den Drang nach der Droge getrübt wird. Sie sehen sie nur unter dem Blickwinkel, ob sie Ihnen helfen, Ihre Droge zu bekommen, oder ob sie Ihnen die Droge nehmen könnten: Werde ich von Ihnen bekommen, was ich will? Und können sie mir weder helfen noch mich bedrohen, interessieren sie mich nicht. Es ist schlimm, das sagen zu müssen, aber ich frage mich, für wen von uns das nicht gelten könnte. M, 150

Dann beginnt eine neue Zeit

In jeder Ehe kommt es früher oder später zur Krise. Der Weg ist lang, die Langeweile fängt an. Ihr kennt euch gegenseitig genau, und alle Tage wiederholt sich dasselbe. Ihr wollt auch mal was anderes. Man wird lustlos und gleichgültig. Alles scheint leer, gefühllos und kalt. Ihr geratet in die Wüste, in eine eintönige, entsetzlich öde Wüste. Die wunderschönen Gefühle von einst sind verschlissen, ihr Glanz ist weg.

Wenn ihr dann ein wenig warten könnt und nicht denkt: Alles ist aus, oder: Das war damals die falsche Entscheidung – wenn ihr dann ein wenig Geduld habt, statt nach anderen Partnern Ausschau zu halten oder zu Tabletten und Alkohol zu flüchten, wenn ihr dann wartet und treu bleibt und euer Herz offen und einladend ist, wenn ihr erfinderisch seid und den Partner wieder aufleben lässt – dann wird eines Tages, ganz unvermutet, irgendwo eine Quelle entspringen, und in eurem Leben beginnt eine neue Zeit, nach der Wüstenzeit eine Oasenzeit.

B, 322

Wir dürfen Angst haben und empfindlich sein

Viele klagen, sie hätten schon so viel gebetet, und immer sei es noch nicht besser geworden. Sie kämen immer noch nicht mit ihrer Empfindlichkeit oder ihrer Eifersucht zurecht. Sie hätten immer noch Angst, sie würden in bestimmten Situationen wieder unsicher wirken, rot werden oder schwitzen. Alles Beten und positive Denken, alles Einreden würde da nichts nützen. Und je mehr sie beten, desto schlimmer würde es mit ihnen. Hier hilft oft auch nicht ein »Mehr desselben«. Das Umdeuten wäre weit besser. Ich brauche meine Angst ja gar nicht wegzubeten. Ich darf sie ja haben. Aber in meiner Angst kann ich mir zugleich vorstellen, dass Gott bei mir ist. Das vertreibt die Angst noch nicht, aber es relativiert sie. Ich kann damit leben. Ich brauche ja gar nicht überall sicher zu wirken. Es tut mir vielleicht gut, wenn die andern auch meine Unsicherheit sehen. Das schafft Verbindung, das macht sympathisch, es lässt mich menschlicher erscheinen. G, 67

Tugenden

Ein alter Rabbi lag krank im Bett. Neben seinem Lager führten seine Schüler flüsternd eine Unterhaltung. Sie priesen seine beispiellosen Tugenden.

»Seit Salomos Zeiten gab es niemand, der weiser wäre als er«, sagte einer von ihnen. »Und sein Glaube! Er gleicht dem unseres Vaters Abraham«, sagte ein anderer. »Seine Geduld ähnelt der Ijobs«, sagte ein Dritter. »Nur in Mose finden wir jemand, der so vertraut mit Gott verkehrte wie er«, sagte ein Vierter.

Der Rabbi schien keine Ruhe zu finden. Als die Schüler gegangen waren, sagte seine Frau: »Hast du gehört, wie sie dein Lob gesungen haben?«

»In der Tat«, erwiderte der Rabbi.

»Warum bist du dann so mürrisch?«, fragte sie.

»Meine Bescheidenheit«, klagte der Rabbi, »keiner erwähnte meine Bescheidenheit.« M, 372

Woher will ich mich definieren?

Woher will ich mich definieren, von meinem Wert bei den anderen oder von meinem Wert vor Gott, von meinem Geheimnis, dass ich Sohn/Tochter Gottes bin?

Glaube überspringt nicht die Ebene, sondern übersteigt sie. Überspringen würde bedeuten, dass ich gar nicht wahrnehme, wie sehr ich mich nach Anerkennung und Zuwendung sehne. Ich würde es einfach verdrängen. Ich würde das Problem nicht angehen, sondern mich in die heile Welt des Glaubens flüchten, in die Höhle bei Gott. Übersteigen heißt dagegen, dass ich zugebe, wie sehr es mich schmerzt, dass andere mehr Liebe und Zuwendung bekommen als ich, aber ich fixiere mich nicht darauf. Ich gestehe es mir zu, dass ich auf meiner Ego-Ebene eben noch empfindlich bin und verletzlich. Aber ich übersteige diese Ebene und wende mich dem eigentlichen Geheimnis meines Seins zu, dass ich Kind Gottes bin. Wenn ich das meditiere, dann kreise ich nicht mehr um meine Anerkennung, ich erfahre mich neu. Wir lassen es uns von Gott immer wieder sagen, wer wir sind.

G, 63

Entspannen

Lebe nicht so angespannt! Immer unter Druck beim Stehen und Gehen, beim Essen und Arbeiten und selbst beim Schlafen. Denk nicht unentwegt an deine Sorgen, an Morgen, an ungelöste und vielleicht unlösbare Probleme. Dauerdruck führt zu unnötiger Erschöpfung, und ständiges Gespanntsein überlastet die Nerven. Die Spannkraft ist weg, die Schaffenslust verflogen. Der Mensch fühlt sich ausgelaugt, ausgebrannt, am Ende.

Wenn du dir eingestehen musst: »Ich bin dauernd müde und kann mir gar nicht erklären warum«, dann ist das ein Zeichen, dass du zu angespannt lebst. Lerne, entspannt zu leben und auch entspannt zu arbeiten. Die verkrampften Schultern lockern, ruhig durchatmen, Muskeln entspannen, gelöster leben.

Schau etwas mehr auf Kinder und etwas weniger auf tausend teure Dinge, die dir in den Läden zum Kauf aufgedrängt werden. Schau etwas mehr auf deine Mitmenschen und etwas weniger aufs Fernsehen. Sorge für innere Entspannung, und lache etwas mehr. B, 68

Nehmen und geben

Wie kannst du je glücklich werden, wenn du immer alles von anderen erwartest und alle Schuld auf andere schiebst? Leben ist geben und nehmen. Aber anscheinend wird den Menschen nur beigebracht zu nehmen: Nimm dir, du kannst das verlangen, du musst das ausnützen. Und man kassiert und profitiert, man fordert und nimmt. Jeder, der dir im Wege steht, wird zum Feind. Plötzlich steckst du in lauter Auseinandersetzungen, es gibt Ärger und Krach. Du fühlst dich bedroht. Überall siehst du Menschen, die dir schlecht wollen.

Glück ist eigentlich nur ein anderes Wort für Frieden, Zufriedenheit, Freundschaft, Freude. Diese Dinge fallen dir nicht in den Schoß. Aber du bekommst sie gratis, wenn du selbst freundlich bist, wenn du Vertrauen zu den Menschen hast, wenn du dich liebevoll um Menschen kümmerst, wenn du auch in der größten Not, wie schlimm sie auch sei, an dem Glauben festhältst, dass einmal alles anders und alles gut wird. B, 27

Ein fröhliches Gesicht

Fang mit einem Lächeln an! Wenn du ein brummiges oder ein trauriges Gesicht machst, ist das vielleicht deine eigene Schuld. Wer alles schief und hässlich ansieht, bekommt ein schiefes, hässliches Gesicht. Weißt du, dass dein Gesicht zuerst für die anderen bestimmt ist? Du brauchst es ja nicht selbst anzuschauen, höchstens beim Frisieren oder Rasieren.

Fang jeden Tag mit einem fröhlichen Gesicht an! Es besteht eine Wechselwirkung zwischen deinem Gesicht und deinem Herzen. Alles verändert sich, wenn sich dein Gesicht verändert. Du wirst nicht so müde bei der Arbeit, wenn du mit einem entspannten, fröhlichen Gesicht loslegst. Die guten und schönen Seiten des Lebens kannst du viel mehr genießen. Für die Menschen um dich geht eine Sonne auf. Und selbst wenn etwas danebengeht, hast du mehr Widerstandskräfte.

Ein offenes, lachendes Gesicht ist ein Segen für alle deine Mitmenschen. Darum: Fang mit einem Lächeln an! B, 42

Sein und Werden

Meine Grenzen beschreiben mich zwar, begrenzen mich zugleich aber auch. Um Entwicklung und Wachstum in mir möglich zu machen, ist es notwendig, immer wieder meine Grenzen auch zerfließen zu lassen, sie aufzuheben, zu überqueren, vielleicht sogar auch einmal zu überschreiten: etwas ausprobieren, was ich noch nie getan habe; mich auf einen Menschen einlassen, der mir fremd ist; die verrückten Ideen in mir endlich einmal tun.

Lebendigkeit hat etwas mit »sein« und »werden« zu tun. Setzte ich immerfort nur Grenzen, würde ich mich mit der Zeit allmählich selbst einmauern, würde aus Stabilität Starrheit, aus Begreifbarkeit Unangreifbarkeit, aus einem Gartenzaun würde eine Mauer.

Ich bin gefragt, immer wieder einmal zu überprüfen, ob meine Grenzen noch stimmen, ob es nicht an der Zeit ist, Grenzen zu verändern – und vielleicht auch einmal darüber hinweg zu steigen. S1, 14f

Ansprüche und Erwartungen

Wir alle hängen voneinander in verschiedenster Hinsicht ab, oder nicht? Wir hängen vom Metzger ab, vom Bäcker, vorn Glühbirnenhersteller. Gegenseitige Abhängigkeit. So ist das! ... Aber voneinander psychologisch abhängig zu sein – voneinander gefühlsmäßig abzuhängen –, was bedeutet das eigentlich? Es bedeutet, von einem anderen in Punkto Glück abzuhängen.

Denken Sie einmal darüber nach. Denn wenn Sie das tun, wird das Nächste, was Sie tun werden, sein – ob Sie sich dessen bewusst sind oder nicht – zu *verlangen*, dass andere Leute zu Ihrem Glück beitragen. Dann wird der nächste Schritt folgen: Angst – Angst vor Verlust, vor Entfremdung, vor Zurückweisung, gegenseitiger Kontrolle. Vollkommene Liebe vertreibt Angst. Wo Liebe ist, gibt es keine Ansprüche, keine Erwartungen, keine Abhängigkeit: Ich verlange nicht, dass du mich glücklich machst; mein Glück ist nicht in dir begründet.

M, 141

Glückselig

Nimm dir heute mal Zeit. Zeit, um glücklich zu sein! Dazu musst du deine Arbeit nicht liegen lassen, vielleicht nur etwas anders anpacken. Dazu musst du nicht ins Ausland reisen, und du brauchst dazu auch kein Geld. Glücklich sein. Hier und heute!

Nimm dir Zeit, um glücklich zu sein. Das heißt: Tu alle Streiterei beiseite, alle kleinen Reibereien. Versuche, mal extra gut zu sein, extra lieb und extra freundlich. Dann fällt es anderen nicht schwer, dich gern zu haben. Versuche, für die anderen eine Freude zu sein, eine Art Gabe, ein tägliches Geschenk. Dann wirst du erstaunliche Dinge erleben. Dann wirst du die anderen anders sehen, und vielleicht werden sie anders, und auch du erlebst sie als ein Geschenk, als echte Gnade.

Selig wirst du sein, wenn du mit wenig zufrieden bist. Selig wirst du sein, wenn du Zeit hast für Dinge, die kein Geld bringen, wenn du noch Vögel singen hörst, noch Blumen und Bäume siehst und Sterne am Himmel und wenn du noch wie ein Kind über alles staunen kannst.

B, 14

Irrweg

Was ist das Leben anderes, als gut und freundlich zu den anderen zu sein? Oder bist du schon so tot, dass du vergessen hast zu leben, dass du aus einem Mittel zum Leben das Ziel deines Lebens gemacht hast? Es ist doch so: Du musst arbeiten und Geld und Rente verdienen, um zu leben. Leben ist das Ziel. Glücklich leben. Aber der folgenschwerste Irrweg unserer Zeit ist, dass viele Menschen das Mittel zum Ziel machen. Sie leben, um zu arbeiten, vor allem, um Geld zu verdienen, so viel Geld wie möglich. So verstricken sie sich in unlösbare Probleme. Die Grundlage ihres Lebens ist vollkommen falsch.

Lass dich nicht durch all das Verlockende täuschen, was dir als Leben gegen Bezahlung angeboten wird. Das Leben ist doch eigentlich sehr einfach. Wenn du Essen, Kleidung und Wohnung hast, was willst du dann noch mehr? Dann brauchst du doch nichts anderes zu tun, als froh zu sein und andere froh zu machen. Vergiss nicht zu leben, heute zu leben. B, 37

Selbstsüchtig?

Denken Sie an jemanden, den Sie sehr lieben, jemanden, dem Sie nahe stehen, der Ihnen viel bedeutet, und sagen Sie in Gedanken zu ihm: »Ich würde lieber glücklich sein, als dich zu haben.«

Schauen Sie, was passiert: »Ich würde lieber glücklich sein, als dich zu haben. Wenn ich die Wahl hätte, würde ich mich ohne Frage fürs Glücklichsein entscheiden.« Doch wer fühlte sich dabei nicht selbstsüchtig, als er sich das sagte? Sicherlich viele.

Sehen Sie, wie wir in unserer Meinung beeinflusst sind, wie unser Denken dahin gebracht wurde, dass wir uns sagten: »Wie kann ich nur so selbstsüchtig sein?«

Doch schauen Sie einmal, wer wirklich selbstsüchtig ist: Stellen Sie sich vor, jemand sagt zu Ihnen: »Wie kannst du nur so selbstsüchtig sein, dass du das Glücklichsein mir vorziehst?« Würden Sie dann nicht am liebsten antworten: »Entschuldige mal, aber wie kannst du nur so selbstsüchtig sein, dass du verlangst, ich sollte dich über mein Glücklichsein stellen?!« M, 140

Wie eine bessere Welt beginnt

Wir klagen manchmal über schlechte Zeiten und über eine harte, unbarmherzige Welt. Aber klagen hilft nicht. Die Welt ist nur deshalb schlecht, hart, grausam, weil die Menschen es sind, die da wohnen. Über die Erde wird nicht im Himmel oder in der Hölle entschieden, sondern einzig durch die Menschen, die auf der Erde leben – so wie du. Jeder ist verantwortlich.

Eine bessere Welt fällt nicht vom Himmel. Eine bessere Welt musst du selbst bauen. Nicht mit deinem Geld, deiner Wissenschaft, deiner Macht oder deiner tollen Position, sondern mit deinem Herzen, mit deiner Güte, deiner Freundlichkeit und Hilfsbereitschaft. Für eine bessere Welt gibt es nur einen einzigen Anfang: bei dir selbst! Löse dich selbst, deine Mitmenschen, deine ganze Umgebung aus den Klauen des Egoismus. Dann wird das neue Jahr für dich und die Deinen ein Spitzenjahrgang.

B, 13

Immer ist Sterben und Auferstehen

Das einzig Tragische auf der Welt ist Ignoranz, die Wurzel allen Übels. Das einzig Tragische auf der Welt ist Unwachsamkeit und Unbewusstheit. Ihnen entspringt die Furcht, und aus der Furcht kommt alles andere, aber der Tod ist keineswegs eine Tragödie. Sterben ist schön; es wird nur für diejenigen zum Schrecken, die das Leben nie verstanden haben. Nur wer Angst vor dem Leben hat, hat auch Angst vor dem Tod. Nur wer tot ist, fürchtet den Tod. Doch wer lebt, fürchtet ihn nicht.

Ein amerikanischer Schriftsteller schrieb dazu sehr treffend: Das Erwachen ist der Tod Ihres Glaubens an Ungerechtigkeit und Tragik. Was für eine Raupe das Ende der Welt bedeutet, ist ein Schmetterling für den Meister. Tod ist Auferstehung. – Damit meinen wir nicht irgendeine Auferstehung, die noch geschehen wird, sondern eine, die gerade jetzt geschieht. Wenn Sie von Ihrer Vergangenheit, von jeder vergehenden Minute Abschied nehmen könnten, einem Sterben gleich, wären Sie ein ganz vom Leben durchdrungener Mensch. M, 134

Die Macht der Stimmungen

Sind wir dazu verurteilt, hilflose Opfer unserer Stimmungen zu sein? Dürfen wir einfach sagen: »Ich fühle mich heute ausgezeichnet« oder »Ich fühle mich heute furchtbar« und von anderen verlangen, dass sie mit unseren Stimmungen leben?

Wenn es auch sehr schwer ist, unsere Stimmungen unter Kontrolle zu halten, können wir sie dennoch durch ein bewusstes spirituelles Leben allmählich zügeln und regulieren und uns davor schützen, aus Stimmungen heraus zu handeln. Vielleicht fühlen wir uns am Morgen nicht gerade so in Form, um mit Schwung aufzustehen, weil wir »das Gefühl haben«, dass sich das Leben nicht lohnt, uns niemand liebt und unsere Arbeit vergeblich ist. Geben wir uns aber einen Ruck und stehen auf, um dann einen Abschnitt aus der Bibel zu lesen, mit Andacht einen Psalm zu beten und Gott für den neuen Tag, den er uns geschenkt hat, zu danken und uns über ihn zu freuen, dann wird unsere Stimmung sich bald erhellen und ihre Macht über uns verlieren. N, 225

Nicht nötigen

Die meisten Leute erzählen einem, dass sie aus dem Kindergarten heraus wollen, aber glauben Sie ihnen nicht. Glauben Sie ihnen wirklich nicht! Alles, was sie wollen, ist, dass sie ihr kaputtes Spielzeug repariert bekommen: »Ich möchte meine Frau wiederhaben. Ich möchte mein Geld wiederhaben, mein Ansehen, meinen Erfolg!« Nur das möchten sie: ihr Spielzeug zurück. Das ist alles. Sogar der beste Psychologe wird Ihnen sagen, dass die Leute eigentlich nicht geheilt werden wollen. Was sie wollen, ist Linderung und Trost, denn eine Heilung ist schmerzhaft.

Ich werde nur das tun, was ich zu tun habe, werde mein eigenes Lied singen. Wenn Sie etwas davon haben, umso besser; wenn nicht, dann eben nicht! Wie die Araber sagen: »Der Regen ist immer derselbe, wenn er auch in der Steppe Gestrüpp und in den Gärten Blumen wachsen lässt.« M, 13

FEBRUAR

Quellgrund der Stille

–

Wonach das Herz sich wirklich sehnt

In Schubladen eingesperrt

Wir verschwenden viel Zeit in unserem Leben mit Schubladen, in denen wir selbst oder in denen andere stecken. Wir identifizieren das »Ich« mit der Schublade, mit dem Etikett. Auch Katholik und Protestant sind beliebte Schubladen oder Etiketten.

Es war einmal ein Mann, der zu einem Priester ging und bat: »Herr Pfarrer, ich möchte, dass Sie eine Messe für meinen Hund lesen.«

Der Priester war empört: »Was soll das heißen, eine Messe für Ihren Hund lesen? Wir feiern keine Messen für Hunde. Versuchen Sie es doch bei der Konfession um die Ecke. Fragen Sie dort, ob Sie eine Messe haben können.«

Schon in der Tür, drehte sich der Mann noch einmal um und sagte: »Zu schade, ich habe diesen Hund wirklich geliebt. Ich wollte für die Messe eine Spende von einer Million Dollar machen.«

Darauf der Priester prompt: »Warten Sie doch! Warum haben Sie mir nicht gleich gesagt, dass der Hund katholisch war?« M, 228

Im Schweigen – in Bildern

In der Stille kann der Mensch zu sich finden, kann sich befreien vom Lärm seiner Gedanken und zu dem Ort vorstoßen, an dem Gott selbst in ihm wohnt, zu dem Ort, zu dem die Probleme und Sorgen des Alltags keinen Zutritt haben. Von diesem Ort des reinen Schweigens aus kann der Mensch heil werden.

Aber wenn wir zu schweigen beginnen, steigen trotzdem zahllose Worte und Bilder in uns hoch. Ein Heilmittel wäre die Meditation biblischer Bilder. Denn es sind heilende Bilder. In der Ganzheitsmedizin spricht man von positiven und negativen Körperbildern. Wenn man einen Kranken ein Bild seines Körpers malen lässt, so malt er es häufig dunkel und zerrissen. Das Bild ist Ausdruck seines Körperbewusstseins. Und gegen dieses negative Körpergefühl setzt man bewusst als Heilmittel die Meditation positiver Körperbilder ein. Man kann sich etwa vorstellen, dass in unserem Leib eine Lichtquelle ist, die Licht in alle kranken Teile strömen lässt. G, 382

Umfassendes Wissen

Ein geistliches Leben macht unser enges, furchtsames Herz so weit wie das Universum, weil der Geist Jesu Christi, der in uns wohnt, die ganze Schöpfung umfasst. Jesus Christus ist das Wort, durch das alles geworden ist, Himmel und Erde, das ganze Universum. So sagt der heilige Paulus: »In ihm wurde alles erschaffen im Himmel und auf Erden, das Sichtbare und das Unsichtbare, Throne und Herrschaften, Mächte und Gewalten; alles ist durch ihn und auf ihn hin geschaffen ... In ihm hat alles Bestand« (Kolosserbrief 1,16f).

Wenn also Jesus Christus in der Kraft und durch die Kraft seines Geistes in uns lebt, dann umfasst unser Herz nicht nur alle Menschen, sondern auch die ganze Schöpfung. Liebe vertreibt alle Furcht und sammelt, was Gott gehört. Beten ist das Atmen mit dem Geist Jesu Christi und führt uns zu diesem großen, umfassenden Wissen.

N, 344

Ein Stück vom Glück

»Haben Sie gut geschlafen?«, fragte ich. »Nein«, war die Antwort. »Ich brauche Schlaftabletten. Ich halte es nicht mehr aus. Der Krach, wissen Sie, der Lärm – es ist schrecklich. Das Radio von oben, der Fernseher von nebenan, die Disco von gegenüber. Erst um Drei schlief ich ein, aber um Vier ließ ein Nachbar sein Motorrad an, um fischen zu gehen, und brauste ab mit dem Krach von einem Düsenjäger. In meiner Not bin ich dann am Nachmittag in einen stillen Wald gegangen, aber kaum war ich da, ließ sich neben mir eine Gruppe junger Leute nieder mit einem tragbaren Radioapparat, voll aufgedreht.«

Noch nie gab es so viel überreizte Menschen, so viele Kranke an Herz, Seele und Nerven. Wir haben den Sinn für die Stille verloren. Und doch haben wir die Stille so dringend nötig, nicht nur, um zur Ruhe zu kommen, sondern um auch wieder Mensch zu werden statt ein überdrehtes Rädchen in einem großen Räderwerk.

Liebe die Stille, suche die Stille!
Es liegt darin ein Stück von deinem Glück. B, 267

Tiefe durch Schweigen

Der heutige Mensch scheut das Schweigen ganz besonders. Es fällt ihm schwer, für sich allein innezuhalten. Immer drängt es ihn, in Bewegung zu sein, etwas zu unternehmen und etwas zu sagen. Und so ist denn sein Handeln meistens nicht frei, schöpferisch und dynamisch, wie er gern annimmt; es ist zwanghaft. Wenn man lernt, innezuhalten und zu schweigen, wird man frei, zu handeln oder nicht zu handeln, zu reden oder nicht zu reden, und menschliches Reden und Handeln erlangen dann neue Tiefe und neue Kraft.

Der heutige Mensch kann nicht mehr tief in sich gehen. Sobald er es versucht, wird er aus seinem Herzen gleichsam herausgeschwemmt, so wie die See eine Leiche ans Ufer spült. Der Mensch kann nur glücklich werden, wenn er zu den Quellen des Lebens in den Tiefen seiner Seele gelangt. – Der Dichter Khalil Gibran sagt: »Wenn man nicht mehr in den Tiefen seines Herzens wohnen kann, lebt man auf seinen Lippen. Dann wird Getön zum Vergnügen und zum Zeitvertreib.« M, 336

Maske aufs Gesicht, nicht aufs Herz

Es ist für den Menschen schwer, immer im Gleichgewicht zu bleiben und sein Gesicht zu wahren. Denk an Karneval, schau dir die Menschen an, wie sie zu Masken greifen und bei wilder Musik zwischen Papierschlangen und Konfetti ihren Verstand verlieren. Karneval ist menschenunwürdig, wenn er zum Alibi wird für primitivste Entgleisungen wird.

Feiere Karneval, sei ausgelassen, nicht losgelassen. Setz eine Maske auf dein Gesicht, aber nicht auf dein Herz. Sei für einen Tag ein Clown mit Glöckchen und Tröte, aber verfalle nicht in Sauferei und Seitensprünge, damit du, wenn das Spiel vorbei ist, unglücklich stehst an den Trümmern eines zerbrochenen Ehe- und Familienlebens.

Gib Acht auf die Unbekannten, die sich verkleidet ins Fest mischen, um gierig nach Beute zu suchen. Feiere ruhig Karneval, aber vergiss nicht, dass danach Fasten kommt: das Teilen von deinem Brot und deinem Reichtum mit Millionen, die vor Hunger sterben. B, 67

Mehr Freude am Feiern

Ich sehe, wie Menschen Karneval feiern gehen. Es ist Faschingszeit, die Zeit, verrückt zu spielen, hinter einer Maske einmal ganz anders zu sein. Du kannst dich geben, wie du willst, je verrückter, je lieber.

Warum ist man aber hinterher so kaputt, so halb tot? Jedes Fest sollte doch die Menschen Freude am Leben spüren lassen. Wenn das Fest nicht mehr ist als Befriedigung von Gier und Genusssucht, hilft das nicht weiter. Feste, über die man sich hinterher ekeln muss, sind schlecht für die Gesundheit und verstopfen die Poren, mit denen wir die Lebensfreude einatmen können.

Es gibt zwei Arten zu leben: Die eine beginnt mit Enthaltsamkeit und endet mit dem Fest. Die andere beginnt mit dem Feiern und endet mit Kopfschmerzen, Lebensüberdruss und allerlei Neurosen. B, 66

Beredtes Schweigen

»Jedes Wort, jedes Bild, das man für Gott gebraucht, dient eher der Verzerrung als einer Beschreibung.«

»Wie spricht man also von Gott?«

»Durch Schweigen.«

»Warum sprecht Ihr dann in Worten?«

Darüber lachte der Meister lauthals. Er sagte: »Wenn ich spreche, mein Lieber, darfst du nicht auf die Worte hören. Höre auf das Schweigen.«

~

Jeden Tag wurde der Meister überhäuft mit Fragen, die er ernsthaft, scherzend, freundlich, bestimmt zu beantworten pflegte.

Eine Schülerin saß während dieser Gespräche stets schweigend da.

Als sie jemand deswegen fragte, sagte sie: »Ich höre kaum ein Wort von dem, was er sagt. Ich werde von seinem Schweigen zu sehr abgelenkt.« M, 335

Das Schweigen lieben

Viele Heilige priesen das Stillschweigen mit beredten Worten. In einem Buch von Thomas Merton stieß ich auf ein schönes Zitat von Isaak von Ninive, einem syrischen Mönch. Was er sagt, trifft ebenso auf den Einsiedler in der Wüste zu wie auf den Apostel im Herzen der modernen Großstadt.

»Viele sind dauernd auf der Suche«, sagt er, »doch nur diejenigen finden, die dauernd im Schweigen verharren ... Jeder, der im Wortgeklingel schwelgt, ist, mag er auch Wunderbares sagen, in seinem Inneren leer. Liebst du die Wahrheit, liebe das Schweigen. Das Schweigen wird dich wie das Sonnenlicht in Gott erleuchten und dich von den Trugbildern der Unwissenheit befreien. Das Schweigen wird dich mit Gott selbst vereinen ... Liebe das Schweigen über alles: Es bringt dir eine Frucht, die keine Zunge beschreiben kann. Anfangs müssen wir uns zum Stillschweigen zwingen. Dann aber wird etwas geboren, das uns zum Stillschweigen hinzieht.« M, 334

Wortwahl

Es kommt sehr auf die Worte an, die wir gebrauchen. Sagen wir zu jemandem: »Du bist ein übler, nutzloser, verachtenswerter Mensch!«, haben wir eine Leben stiftende Beziehung zu diesem Menschen von vornherein unmöglich gemacht. Worte bleiben lange in der Erinnerung haften und können über Jahre hin Schaden anrichten.

Deshalb sollten wir unsere Worte gut überlegen und klug wählen. Wenn wir vor Wut und Ärger kochen und unserem »Gegner« harte Worte entgegenschleudern möchten, ist es besser zu schweigen. Im Zorn und in der Erregung gesagte Worte machen eine Versöhnung sehr schwer. Wollen wir das Leben wählen und nicht den Tod, den Segen und nicht den Fluch, werden wir meist damit beginnen müssen, uns für das Schweigen zu entscheiden oder die wohl überlegten Worte zu finden, die einen Weg zur Heilung eröffnen. N, 270

Loslassen und aufwachen

Der indische Jesuit de Mello hat die Mystik des Einswerdens als Erwachen oder als »awareness« (Bewusstwerden) bezeichnet. Er meint, dass die meisten Menschen schlafen: Wir halten an unseren Illusionen fest, an der Illusion von der Bestätigung durch Menschen, die wir brauchen, und an der Illusion des lieben Gottes, der unsere Bitten erfüllt. Viele Menschen gehen zum Psychologen, um Hilfe in ihren Beziehungsproblemen zu finden. Das – so meint de Mello – schafft zwar Erleichterung, heilt aber nicht wirklich. Man muss die Abhängigkeit von der Beziehung durchschauen, um wirklich geheilt zu werden. Ich muss spüren, dass das nur *ein* Aspekt der Wirklichkeit ist, dass die wahre Wirklichkeit Gott ist, in den hinein ich mich loslasse. Loslassen ist dabei nicht entsagen. Wenn ich auf etwas verzichte und ein Opfer bringe, hänge ich noch daran. »Entsagen Sie etwas nicht, sondern durchschauen Sie es. Suchen Sie, seinen wahren Stellenwert zu verstehen, und Sie werden ihm nicht mehr zu entsagen brauchen« (de Mello). G, 316

Herunter mit dem Tempo

Viele Menschen kommen aus dem Tempo, der Unruhe, der Rastlosigkeit nicht mehr heraus, selbst nicht im Urlaub. Reisebüros treiben sie wie Schafe in die Ferienparadiese. Auch aus Urlaub und Erholung wurde eine Industrie gemacht: Du musst hierhin und dahin, du musst alles mitbekommen, alles sehen, alles erleben, überall gewesen sein. Es gibt für die Freizeit eine ganze Menge Dinge, die du einfach mitmachen musst, weil das alle machen. Sonst bist du ein Sonderling und Außenseiter. Du musst mithalten. Du musst in allem auf der Höhe sein. Du musst deine Freizeit gut organisieren.

Darum schlage ich vor: Tu einmal nichts! Oder tu mal, was du nicht musst, sondern worauf du Lust hast. Leben und sicherlich Urlaub sind doch kein Fließband, von dem dir vorgesetzt wird, was du zu tun hast. Geh herunter mit dem Tempo, steig aus, suche die Stille. In der Ruhe findest du die Freuden des Lebens, die den Menschen im Lärm und Stress verloren gingen. Wir werden wortlos und wunschlos glücklich sein. B, 210

Begriffe

Wollen Sie zum eigentlichen Kern einer Sache vorstoßen, müssen Sie zuerst verstehen, dass jeder Begriff, jede Vorstellung von der Wirklichkeit diese verzerrt und ein Hindernis darstellt, die Wirklichkeit zu sehen. Ein Begriff ist nicht die Wirklichkeit, der Begriff »Wein« ist nicht der Wein, der Begriff »Frau« ist nicht diese eine Frau. Wenn ich mit ihrer Wirklichkeit wirklich in Berührung kommen möchte, muss ich meinen Begriff vom Frausein vergessen und sie in ihrer Einzigartigkeit erfahren.

Leider machen sich die meisten Leute nicht die Mühe, die Dinge auf diese Weise, das heißt in ihrer Einzigartigkeit zu sehen; sie halten sich lediglich an die Worte oder Begriffe, nie schauen sie mit den Augen des Kindes dieses konkrete, einzigartige, flauschige Etwas an, das da vor ihren Augen herumhüpft: Sie sehen nur einen Spatz. Nie sehen sie das Wunderbare an dem einmaligen menschlichen Wesen, das ihnen gegenübersteht: Sie sehen nur eine indische Bäuerin. So ist der Begriff ihnen im Weg, wenn sie nicht aufpassen. M, 203

Der Mensch braucht Ruhe

Wenn du dich pausenlos mit finsteren Gedanken quälst, wenn du ständig herumstreitest oder dich bemitleidest, als seiest du das unglücklichste Geschöpf der Welt, dann kannst du schon allein dadurch krank werden. Du bekommst Kopfschmerzen; essen magst du nicht, und gut schlafen kannst du auch nicht mehr. Du gehst deiner ganzen Umgebung auf die Nerven.

Schlepp Sorgen, Ärger, Wut und Krach niemals in den nächsten und übernächsten Tag. Ehen lösen sich auf, Familien fallen auseinander, Freundschaften zerbrechen, weil man sich gegenseitig mit stummer Verachtung bestraft oder mit lauten Vorwürfen die Ohren voll klagt. Sieh zu, dass du schnell darüber hinwegkommst. Hör auf, dich im Sessel hängen zu lassen und alles zum hundertsten Mal wiederzukäuen. Geh duschen oder baden, pflege dich ein bisschen, widme dich deinem Hobby, oder geh spazieren. Vor allem brauchst du innere Ruhe, inneren Frieden, um gesund, munter und glücklich zu sein.

B, 153

Zeit zur Besinnung

Hast du noch Zeit zur Besinnung? Gibt es noch irgendwo in deinem Leben Augenblicke der Stille, um über alles nachzudenken, über den Sinn, das Warum und Wozu von allem? Oder lässt du dir jeden Abend den Kopf bequem vom Fernsehen abfüllen? Brauchst du alle Zeit für Sport und Unterhaltung, für Mode und Make-up und den neuesten Lifestyle? Sei du selbst! Sieh zu, dass du selbst lebst. Lass dein Denken nicht fremdbestimmt sein, beherrscht von Meinungen der Medien, von Fernsehfilmen und Sensationspresse.

Vor zweitausend Jahren schleppte sich ein Mensch durch die Straßen einer Stadt mit einem Kreuz, zum Tod verurteilt, verhöhnt, geschlagen. Und doch brachte er es fertig, zu allen Zeiten und auch heute Menschen zur Besinnung zu bringen, zum Nachdenken über den tiefsten Sinn ihres Daseins. Versuche in dieser Zeit vor Ostern einmal, jeden Tag einen Augenblick der Stille und Besinnung in dein Leben einzulassen. Du wirst merken, wie gut das tut. Du wirst dich mehr als Mensch fühlen.

B, 116

Achtsamkeit

Die eigentliche Krankheit unserer Zeit ist die Beziehungslosigkeit. Weil die Menschen die Beziehung zu sich und zur Schöpfung verloren haben, schlittern sie von einer Beziehung zur anderen, nur um sich überhaupt spüren zu können. Wenn ich aber die Beziehung zu einem Menschen brauche, um mit mir in Beziehung zu kommen, dann benutze ich einen Menschen, dann beute ich ihn aus und überfordere ihn mit meiner Beziehungslosigkeit. Weil viele nicht mehr in Beziehung zu den Dingen sind, gehen sie brutal mit ihnen um. Sie benutzen sie nur für die eigenen Zwecke, sie beuten sie aus, sie zerstören sie. Diese Beziehungslosigkeit beobachten wir heute bei vielen jungen Menschen. Die Lehrer in den Schulen können ein Lied davon singen, wie die Schüler mit der Einrichtung achtlos umgehen. Das ist nicht Bosheit, sondern Ausdruck ihrer Beziehungslosigkeit.

G, 307

Erspüren, was für den anderen gut ist

Es gibt Menschen, die ihre Leidenschaften nicht an sich heranlassen, weil sie sonst davon verschlungen würden. C. G. Jung meint, bei manchen dürfe man das Unbewusste nicht wecken, weil es sie überschwemmen würde. Aber es ist nicht nur eine Sache der verschiedenen Typen von Menschen, sondern es kommt auch auf die Situation und die Art der Gedanken an. Bei manchen Gedanken ist es besser, sie gar nicht zuzulassen, sondern sie sofort abzuschneiden. Bei anderen dagegen wäre das eine Flucht und würde uns nicht weiterführen. – Wenn wir unsere Traurigkeit zulassen und uns in sie hineinspüren, können wir ihre tiefste Ursache entdecken. Vielleicht sind es übertriebene Wünsche, die wir an das Leben haben, vielleicht eine tiefe Wunde in der Kindheit, eine Verlusterfahrung, eine Verletzung, die noch nicht verheilt ist. – Es braucht die eigene Erfahrung im Umgang mit den Gedanken und Gefühlen, aber es braucht auch das Hören auf den Geist, damit er für den jeweiligen Augenblick erkennt, was für den anderen gut ist.

G, 252

Selbst lernen

Sie können jemanden finden, der Ihnen Kenntnisse und Fähigkeiten wie Algebra, Englisch, Radfahren oder das Bedienen eines Computers beibringt. Aber das, was wirklich wichtig ist – Leben, Liebe, Wirklichkeit, Gott –, das kann Sie niemand lehren. Das Einzige, was man tun kann, ist, Ihnen Formeln in die Hand zu geben. Und haben Sie eine Formel, haben Sie die durch den Verstand eines anderen gefilterte Wirklichkeit.

Sehen Sie es vielleicht so: In Ihrem Leben hat es Augenblicke mit Erfahrungen gegeben, bei denen Sie wussten, dass Sie sie mit ins Grab nehmen werden, weil Sie keine passenden Worte fanden, um anderen diese Erfahrung mitteilen zu können. Tatsächlich gibt es in keiner menschlichen Sprache Worte, um genau das auszudrücken, was Sie erfahren haben. Sie sind mehr oder weniger ohnmächtig, es auszudrücken, geschweige denn, es jemanden zu lehren. Genau das empfindet ein geistlicher Meister, den Sie darum bitten, Sie über das Leben, über Gott und die Wirklichkeit zu unterweisen. M, 26

Die Wirklichkeit ist dynamisch

Angenommen, draußen weht ein heftiger Wind, und ich möchte meinen Landsleuten in Indien eine Vorstellung davon geben, wie ein amerikanischer Sturm oder Hurrikan aussehen kann. Deshalb fange ich ihn in eine Zigarrenkiste ein, nehme sie mit in meine Heimat und sage: »Seht mal her!« Natürlich ist das kein Sturm mehr, sobald er einmal *eingefangen* wurde.

Oder wenn ich Ihnen einen Eindruck davon verschaffen möchte, wie ein Fluss fließt, und ich Ihnen einen Eimer Wasser daraus bringe. In dem Moment, in dem ich es mit dem Eimer schöpfe, fließt es nicht mehr. In dem Moment, in dem wir Dinge in Begriffe fassen, hören sie auf zu fließen; sie werden unbeweglich, statisch und tot. Eine gefrorene Welle ist keine Welle mehr. Eine Welle besteht aus Bewegung und Dynamik; gefriert sie, ist sie keine Welle mehr. Begriffe sind immer starr und gefroren. Die Wirklichkeit ist dynamisch. M, 209

Verzichten können

Was kannst du dir alles versagen, wenn es um dein eigenes, liebes Ich geht? Ich wette, dass du fasten kannst, wenn es um deine schlanke Linie geht. Du kannst die Leckerbissen stehen lassen, wenn du an deine Leber oder deinen Blutdruck denkst. Aber was kannst du dir versagen, wenn es um andere geht? Denk darüber mal gründlich nach!

Was kannst du sein lassen aus Liebe zu deinem Mann, deiner Frau, deinen Mitmenschen? Kannst du mal einen Abend nicht ausgehen oder weniger trinken, weil das deiner Frau lieber ist? Kannst du auf eine Kostbarkeit verzichten, wie sie vielleicht die Nachbarin oder Kollegin hat, um mehr für deine Lieben übrig zu haben?

Nimm als Maß dein Herz! B, 86

Aufwachen

Mit dem ständig steigenden Wohlstand wächst unter den Menschen auch eine Art von Langeweile, von geistiger Lustlosigkeit. Überall trifft man antriebslose, müde Menschen, aber diese Müdigkeit hat nichts mit dem Leib zu tun. Es ist eine geistige Verkümmerung und Leere. Es handelt sich um einen geheimen, tief sitzenden Pessimismus gegenüber dem Leben.

Lass deinen Kopf und dein Herz nicht im Bauch versinken. Wenn du kein höheres Ideal hast als Essen und Trinken, als Geldverdienen und Geldausgeben, dann wird die Arbeit ein notwendiges Übel und all dein Tun ein sinnloses Getue. Dann stehst du morgens auf mit einem Seufzer und ergreifst die Flucht vor allem, was Mühe macht. Dann sitzt du bis tief in die Nacht vor dem Fernseher wie eine hirnlose Mumie. – Du kannst dich selbst heilen, du musst nur aufwachen, deine Fenster aufmachen für das Licht und die Sonne, wieder an das Gute glauben, dein Herz leer machen und neu füllen mit wahrer Liebe und gesundem Optimismus. B, 75

Die Katze des Guru

Jeden Abend, wenn der Guru sich zur Andacht niederließ, pflegte die Ashram-Katze herumzustreunen und die Beter abzulenken. Also ließ er die Katze während des Abendgottesdienstes anbinden.

Lange nach dem Tode des Guru wurde die Katze stets während des Abendgottesdienstes angebunden. Und als die Katze schließlich starb, wurde eine andere Katze in den Ashram gebracht, so dass man sie ordnungsgemäß während des Abendgottesdienstes anbinden konnte.

Jahrhunderte später schrieben Schüler des Guru gelehrte Abhandlungen darüber, welch wichtige Rolle eine Katze in jedem ordentlich gestalteten Gottesdienst spiele.

M, 343

Wir brauchen Rituale

In der Geschichte des Mönchtums wurde der gesunde Lebensstil vor allem von Benedikt beschrieben. Für ihn war die klare Strukturierung des Lebens, der Arbeit, der Gemeinschaft, der Macht entscheidend für die Gesundung des Menschen. – Kultur ist geformtes Leben: Wenn ich mein Leben selber forme, wenn ich ihm eine Gestalt gebe, die mir entspricht und mir gut tut, dann habe ich zugleich Lust am Leben. Ich habe das Gefühl, dass ich selber lebe, anstatt gelebt zu werden. Es ist mein Stil, wie ich aufstehe, wie ich den Tag beginne, wie ich an die Arbeit gehe, wie ich die Mahlzeit gestalte, wie ich den Tag abschließe. – Ein gesunder Lebensstil braucht gesunde Rituale. Wenn wir auf unsere Rituale nicht achten, schleichen sich unwillkürlich ungesunde und krankmachende Rituale ein, z. B. dass wir in den Tag hineinhetzen, das Frühstück herunterschlingen, immer zu spät kommen. Gesunde Rituale bringen mich in Ordnung und schenken mir die Freude, mein Leben selbst zu gestalten.

G, 247

Fasten will zur Quelle führen

In der Fastenzeit spüren wir, dass wir uns nicht selbst genügen, dass in uns ein Spalt offen steht, durch den das Nichts uns anstarrt. Vor diesem Nichts wollen wir uns schützen, indem wir den Spalt zuschütten mit Essen und Trinken. Wenn wir im Fasten den Spalt bewusst offen lassen, dann tauchen aus der Tiefe unseres Abgrunds alle möglichen bedrohlichen Gedanken auf, unterdrückte Gefühle, Ängste. Wir werden mit unserer innersten Wahrheit konfrontiert, dass wir Geschöpfe Gottes sind, die von Gott ständig am Sein gehalten werden und ohne Gott in das Nichts versinken würden. Wer sich dieser Wahrheit stellt, wird innerlich frei, er hat die Angst überwunden und kann sich an seinem Sein freuen, das ihm Gott Tag für Tag schenkt.

Das Fasten will uns zu dieser Quelle führen, in der Gottes Geist selbst in uns sprudelt. G, 121

Übung am Morgen

Nein, du hast kein hässliches Gesicht. Das glaube ich nicht. Alle Gesichter sind schön, wenn ein gutes Herz dahintersteckt. Darum stell dich ruhig morgens vor den Spiegel und fang den Tag mit folgender Übung an. Schau dir deine Fassade an, und sprich zu dir mit voller Überzeugung:

»Mensch, sei doch zufrieden, dass du lebst. Heute gibt es kein Jammern und Klagen. Von einem traurigen Gesicht hat keiner was. Es kommt ein wunderbarer Tag. Sei Gott dankbar und lebe einfach. Nicht so viel rauchen, nicht zu viel essen und trinken. Teile, denn nebenan leiden Menschen Hunger und Durst. Lass dich von Sorgen nicht unterkriegen, und geh bei Zeiten schlafen. Halte dein Herz frei von Hass und Neid. Tu alles mit Liebe.«

Wenn du diese kleine Übung vollziehst, kommen Leib und Seele in Schwung. Du wirst entspannt und froh. Glaub mir, nach einem Monat bist du ein anderer Mensch, ein glücklicher Mensch. B, 55

Stufen des Schweigens

Immer wieder loben Mönche das Schweigen. Das Schweigen ist für sie der Weg, sich selbst zu begegnen, die Wahrheit des eigenen Herzens zu entdecken.

Der zweite Aspekt des Schweigens ist das Loslassen. Im Schweigen lassen wir los, was uns ständig beschäftigt. Wir lassen alles los, was uns bestimmen möchte und woran wir uns krampfhaft festhalten. Solange wir an unserem Erfolg festhalten, stockt unser Leben. Solange wir uns an Menschen festklammern, wird die Beziehung gestört. Schweigen ist die Kunst loszulassen, um einen anderen Grund in sich zu entdecken: Gott selbst. Nur wenn ich in Gott meinen Grund gefunden habe, kann ich meinen Beruf, meine Rolle, meine Beziehungen, meinen Besitz loslassen. Dann definiere ich mich nicht mehr vom Wohlwollen des anderen her, dann hängt meine ganze Identität nicht mehr an meinem Erfolg oder Besitz. Das Loslassen ist der Weg, um mit meiner inneren Quelle in Berührung zu kommen. G, 259

Gleichnisse und Geschichten

Der Meister lehrte meistens in Gleichnissen und Geschichten. Jemand fragte einen seiner Schüler, woher er sie habe.

»Von Gott«, erwiderte er. »Wenn Gott dich zum Heiler bestimmt, schickt er die Patienten; wenn er dich zum Lehrer macht, schickt er dir Schüler; wenn er dich zum Meister beruft, gibt er dir Geschichten.«

~

Ein Schüler beklagte sich einst bei seinem Lehrer: »Ihr erzählt uns Geschichten, aber nie enthüllt Ihr ihre Bedeutung.«

Sagt der Meister: »Wie würde es euch gefallen, wenn euch jemand vorgekaute Früchte anböte? Niemand kann es euch abnehmen, nach der Bedeutung zu suchen, die die Geschichte für *euch* hat. Nicht einmal der Meister.«

M, 364

Menschen, die einfach Mensch sind

Versuche täglich neu, einfach ein guter Mensch zu sein. Einer, der ohne anzugeben, der ohne Theater gut, freundlich und herzlich zu allen ist, mit denen er zusammenkommt. Einer, der seine Schwächen, seine Empfindlichkeit, seine Begrenztheit kennt, ohne darüber den Mut zu verlieren. Einer, der sich selbst vergisst und es ertragen kann, wenn andere ihn vergessen.

Für das Zusammenleben miteinander braucht unsere Welt heute dringend solche Menschen, einfach gute Menschen, einfach freundliche Menschen, die dich im Laden mit einem Lächeln bedienen, die hinter dem Schalter die Geduld nicht verlieren, die dich im Verkehr nicht bedrohen und gefährden, die nicht explodieren, wenn du einen Fehler machst.

Gott verschone uns vor den Panzertypen, die alles niederwalzen, vor den Posaunentypen, die alles überdröhnen, vor den Dickhäutern, die nichts berühren kann. Gott, gib uns mehr Menschen, die einfach Mensch sind.

B, 26

Vorspiegelung

Eines Nachts stolperte ein Betrunkener über eine Brücke und stieß mit einem Freund zusammen. Die beiden lehnten sich über das Geländer und schwatzten eine Weile.

»Was ist das da unten?«, fragte plötzlich der Betrunkene.

»Das ist der Mond«, sagte der Freund.

Der Betrunkene blickt noch einmal hin, schüttelte ungläubig den Kopf und sagte: »Okay, okay! Aber wie zum Teufel bin ich hier hinaufgekommen?«

Wir sehen fast nie die Wirklichkeit.
Was wir sehen, ist ihre Spiegelung
in Form von Wörtern und Begriffen,
die wir uns dann als Wirklichkeit aneignen.
Die Welt, in der wir leben,
ist zum großen Teil ein Gedankengebäude. M, 202

MÄRZ

Beben der Seele

–

Mit Ängsten leben

Fasten – Übung in Freiheit

Ich möchte am Beispiel des Fastens und des Verzichtens aufzeigen, wie die Askese auch heute ein Weg in die Freiheit sein könnte.

Im Verzicht wollen wir unsere eigene Würde und die eigene Freiheit als Ausdruck dieser Würde erleben. Wir wollen uns beweisen, dass wir noch selbst über uns verfügen können, dass wir nicht über uns verfügen lassen. Die Selbstverfügung, die Autarkie, ist ein wichtiger Begriff der antik-griechischen Freiheitsidee. Gegenüber der relativen Freiheit – der Freiheit von Bindungen, Ängsten, Zwängen und Abhängigkeiten –, bezeichnet die Autarkie die positive Freiheit, die darin besteht, sich selbst zu besitzen, über sich selbst zu verfügen. Der Verzicht ist ein Test dafür, dass wir noch selber über uns bestimmen, über uns verfügen, anstatt über uns verfügen zu lassen, dass wir noch selber leben, anstatt gelebt zu werden.

G, 33

Umgang mit Verletzungen (1)

Wir können uns kaum dagegen wehren, dass wir verletzt werden. Bevor wir überlegen, trifft uns ein beleidigendes Wort oder eine ironische Bemerkung. Unser eigentliches Selbst aber kann nicht verletzt werden, unsere eigene Wahrheit wird von der Verfälschung der Wahrheit nicht getrübt. Die Frage, die Basilius [frühchristlicher Theologe] uns im Anschluss an Epiktet [antiker Philosoph] stellt, könnte da auch für uns eine Hilfe sein: In welcher Hinsicht berührt dich das eigentlich? Welche Schicht in dir wird von dem verletzenden Wort erreicht? Es ist nur dein emotionaler Bereich, der da verwundet wird. Und diesen Bereich kannst du nie ganz verschließen und sollst es auch nicht. Da darfst du dich ruhig kränken lassen. Aber du musst immer wissen, dass darunter ein Bereich ist, der die Worte anderer nicht berühren können. Diesen unantastbaren Bereich deines wahren Selbst kann weder ein beleidigendes Wort, noch eine verächtliche Bemerkung, noch ein verletzender Blick erreichen. G, 21

Umgang mit Verletzungen (2)

Natürlich besteht in solchen Anweisungen auch eine Gefahr. In der Begleitung treffe ich auch auf Menschen, die einen Panzer um sich herum aufbauen, an dem jedes kritische Wort abprallt. Sie lassen sich von keinem Wort treffen. Das ist nicht die Freiheit, die Basilius meinte. Es ist vielmehr ein Bollwerk aus Angst, das sie sich aufbauen. Sie müssen an der Illusion ihrer Rechtschaffenheit festhalten, weil sonst ihr ganzes Lebensgebäude zusammenkrachen würde. Und dann wäre überhaupt kein Ich mehr da, dann wären sie wertlos und ihr Leben sinnlos. Manche brauchen diesen Schutz. Aber ich spüre dann im Gespräch, dass dieser Schutz nicht der Freiheit entspricht, sondern der Angst. G, 21

Das Geheimnis

Ich machte mich auf die Suche nach der Quelle des Glücks: Ich stelle mir einen glücklichen Menschen vor, der arm ist, und schaue mir sein Leben genau an. Ich unterhalte mich mit ihm und versuche zu ergründen, was diesen Menschen glücklich macht ...

Ich denke an einen fröhlichen Menschen mit schwacher Gesundheit ... mit körperlichen Schmerzen ... und komme auch mit ihm ins Gespräch, um herauszufinden, was ihn glücklich macht ...

Dann beobachte ich unglückliche Leute, die frei sind und wohlhabend ... einflussreich ... angesehen ... Ich spreche mit ihnen – und höre mir bei der Unterhaltung ihre Klagen aufmerksam an ...

Es ist unvorstellbar, dass jemand dankbar und unglücklich sein könnte.

Endlich sehe ich mich selber von Stunde zu Stunde durch den heutigen Tag gehen in Dank – und Glück ...

M, 173

Die Straße überqueren, um sich des anderen anzunehmen

Wir werden einander Nächste, wenn wir bereit sind, »die Straße zu überqueren«, aufeinander zuzugehen. Es gibt viele Trennungslinien zwischen linkem und rechtem Straßenrand: zwischen schwarzen und weißen Menschen, zwischen Jungen und Alten, Kranken und Gesunden, zwischen Vorbestraften und Unbescholtenen, zwischen Juden und Heiden, Muslimen und Christen, Protestanten und Katholiken, zwischen unierten und nichtunierten Orthodoxen und so fort.

Es gibt viele Straßen und Trennungslinien, die überquert werden müssen. Wir alle sind viel mit uns beschäftigt und sehen nicht bis zum anderen Straßenrand. Wir haben unsere eigenen Leute, zu denen wir gehen, und unsere eigenen Angelegenheiten, um die wir uns kümmern. Würden wir aber einmal die Straße überqueren und danach schauen, was auf der anderen Seite passiert, könnten wir einander Nächste werden. N, 222

Arme reiche Menschen

Die ärmsten Menschen wohnen in den reichen Ländern. Sie essen zu viel, trinken zu viel, sind immer umgetrieben. Sie kennen keine Ruhe und keinen Frieden. Wenn nichts zu tun ist, wenn nichts los ist, nichts Sensationelles passiert, langweilen sie sich zu Tode. Sie haben alles, nützen alles aus und nehmen alles mit. Aber sie können sich nicht mehr ohne Hintergedanken freuen.

Die reichsten Menschen sind oft die ärmsten Menschen. Sie können nicht mehr glücklich sein. Sie sind nicht mehr empfänglich für die einfachen Freuden des Lebens. Die äußere Vitalität, wie sie die Erlebnisindustrie produziert, übertüncht nur die totale Ohnmacht von Menschen, deren Bauch voll, deren Herz leer und deren Geist verwirrt ist.

Arme reiche Menschen! Wir brauchen Befreiung von Langeweile, Verwirrung und Verzweiflung. Diese Erlösung liegt im Freiwerden von der Versklavung an Macht und Besitz. Wer das Glück hat, an Gott zu glauben, für den ist der Weg auf Ostern hin ein Weg zur Befreiung.

B, 119

Mich selbst hineingeben

»Was ist an diesem Menschen so originell?«, fragte ein Gast. »Alles, was er dir gibt, ist ein Haschee von Geschichten, Sprichwörtern und Aussprüchen anderer Meister.« Eine Schülerin lächelte. Sie habe einmal eine Köchin gehabt, sagte sie, die das wunderbarste Haschee der Welt zubereiten konnte. »Wie um alles in der Welt bereiten Sie es zu? Sie müssen mir das Rezept geben.« Die Köchin strahlte vor Stolz und sagte: »Also, Madam, ich will es Ihnen sagen: Das Fleisch ist's nicht, der Pfeffer ist's nicht, die Zwiebeln sind's nicht; aber wenn ich mich selbst in das Haschee hineingebe – das ist's, was es zu dem macht, was es ist.« M, 395

Gesunder Lebensstil

Wer sich über lange Zeit auf eine gesunde Tagesordnung einlässt, kann erfahren, wie sie Leib und Seele in gleicher Weise gut tut. Der gesunde Lebensstil bezieht sich auf die richtige Einteilung der Zeit, aber auch auf die Art, wie wir die wesentlichen Dinge unseres Tages tun. Er bezieht sich z. B. auf die Körperhaltung. Sind wir da verkrampft, oder haben wir ein Gespür für unsere Mitte, aus der heraus wir dann arbeiten? Welche Gedanken und Gefühle begleiten uns bei der Arbeit? Lassen wir ihnen freien Lauf, oder beeinflussen wir sie bewusst positiv?

Der Lebensstil bezieht sich ferner auf die Rituale, mit denen wir den Tag gestalten. Es gibt gesunde und ungesunde Rituale, mit denen wir den Tag formen. Es gibt das ungesunde Ritual, morgens sich mühsam aus dem Bett zu quälen und in Hast das Frühstück herunterzuschlingen. Und es gibt das gesunde Ritual, bewusst aufzustehen, den Tag mit einem kurzen Gebet zu beginnen. In unseren persönlichen Ritualen finden wir unsere Identität, da können wir uns wohl fühlen, daheim.

G, 354

Entlastung, nicht Entschuldigung

Siegfried Lenz sagte: »Schuld ist etwas so Allgemeines wie die Sonnenfinsternis.« Wir können ihr nicht entrinnen, wir haben alle daran teil. »Wir sind alle irgendwie mitschuldig und müssen füreinander einstehen, weil wir im selben Netz hängen« (Lorenz Wachinger). Wir müssen uns heute auch der politischen und wirtschaftlichen Schuld stellen und sie verarbeiten. Erlösung von unserer Schuld heißt nicht einfach, dass wir die Augen vor eigener und fremder Schuld verschließen. Erlösung bedeutet »die Befreiung von dem Druck der Schuld ... nicht nur konkreter und wohl bewusster Verfehlungen, sondern von dem lähmenden Verstricktsein in Unüberschaubares« (L. Wachinger).

Dabei erleben wir heute als psychologisch geprägte Menschen Schuld nicht als Übertretung von Geboten, sondern als Lebensverweigerung, als Denkfaulheit, als Unehrlichkeit, als Blindheit. G, 203

Sich verwunden lassen, trauern, lieben

Im Weinen lässt der Mensch Schmerz und Leid an sich heran, in sich hinein. Heute versucht man mit allen Mitteln, Unlust und Leid zu meiden. Man schirmt sich dagegen ab. Es wird als Bedrohung für das innere Gleichgewicht empfunden. Doch das führt »unweigerlich in die Gefühlsverflachung und Lebensverarmung« (Hildegund Fischle-Carl).

Der Mensch, der unfähig ist zu leiden, wird auch unfähig, sich zu freuen. »Wo nichts mehr erlitten wird, gibt es auch kein großes Glück. Langeweile und Leere sind die Folge« (Fischle-Carl). Wer dem Schmerz aus dem Weg geht, wird auch unfähig zu lieben. Denn lieben kann nur, wer sich verwunden lässt. Im Weinen öffnet sich der Mensch dem Schmerz, nicht um ihn zu genießen, sondern um sich von ihm treffen zu lassen, um ihn in sich hineinzunehmen und zu verarbeiten. Die Psychologie spricht von Trauerarbeit und bedauert, dass die Menschen immer unfähiger werden zu trauern. Im Trauern wird der Schmerz verarbeitet, integriert und so geheilt.

G, 151

Mich meinen Tränen überlassen (1)

Jede therapeutische Behandlung kennt das Stadium des Weinens. Eine Analyse hilft dem Patienten nicht, wenn sie ihm nur die Ursachen für seine Neurose bloßlegt. Das reine Wissen kann der Patient wieder als Abwehr dagegen benutzen, sich dem eigentlichen Problem zu stellen. Eine Einsicht, die ich *habe*, nützt mir nichts. Erst wenn sie über mich *hereinbricht*, kann sie mich heilen. Ohne emotionale Beteiligung ist keine Änderung des menschlichen Verhaltens möglich. Erst wenn der verdrängte Schmerz ins Herz darf, kann der Mensch auf die Ersatzschmerzen verzichten, die er sich zulegt, um sich vor dem eigentlichen Schmerz zu schützen. C. G. Jung sagt. »Die Neurose ist stets ein Ersatz für legitimes Leiden.« Wenn der Mensch dem ihm zugemuteten Leiden aus dem Weg geht, flüchtet er sich in die Krankheit. Die Heilung kann erst beginnen, wenn er den verdrängten Schmerz, das abgelehnte Leiden zulässt. G, 150

Mich meinen Tränen überlassen (2)

Das Zulassen des Schmerzes ist zumeist mit heftigem Weinen verbunden. Weinen entlastet den Menschen von den angestauten Gefühlen, die so nach außen drängen. Tränen lindern den Schmerz. Man weint sich frei von seinen Schmerzen. Weinen wird zur einzigen Möglichkeit, einen Schmerz, der einen zu überwältigen und zu überfordern scheint, auszuhalten und auf ihn zu antworten. Der Mensch weiß keine andere Antwort mehr, weder in Worten noch in Gebärden, als sich dem Weinen zu überlassen, sich weinend loszulassen und so den Schmerz zuzulassen und ihn zugleich aufzulösen, abzuleiten. Weinen erleichtert, lindert, heilt. Die Tränen werden auf einmal befreiende, erlösende, selige Tränen. Der Schmerz schlägt um in Freude. Der Mensch erfährt in seinem Innersten ein Heilsein, das auch durch den Schmerz nicht mehr bedroht werden kann, eine Freude, an die Enttäuschungen und Misserfolge nicht zu rühren vermögen. Es ist das Heil Gottes, das alles menschliche Unheil besiegt.

G, 150

Über jedem Leben hängt ein Kreuz

Warum so viel Leid, so viel unbegreifliches Leid? Vielleicht auch bei dir zu Hause, in deinem Herzen. Leid, über das du nicht sprechen magst, weil es schon seit Jahren in deinem Innersten nagt. Leid, das du nicht herausgefordert hast. Unglück, das dich verfolgt, Schicksalsschläge, die dich treffen. Eine gescheiterte oder erkaltete Ehe. Langwierige Krankheit ohne große Aussicht auf Heilung. Sorgen, Enttäuschungen, Verständnislosigkeit, Undankbarkeit, jahrelanger Streit in der Familie. Eine Beleidigung, ein böses Wort, eine Gemeinheit, weswegen du nachts nicht schlafen kannst. Vielleicht eine große Einsamkeit auf deine alten Tage.

Über jedem Leben hängt ein Kreuz. An jeder Tür warten Leid und Tod. Wenn du dich empörst, wächst die Verbitterung wie ein schreckliches Geschwür in deinem Herzen. Und das Kreuz wird noch schwerer. Wir haben keine Wahl. Wir müssen uns beugen vor dem Geheimnis des Leidens, vor Gott, dem Einzigen, der selbst in unsern dunkelsten Nächten Sterne scheinen lassen kann.

B, 113

Unsere inneren Feinde als Freunde behandeln

Wie können wir unseren beiden inneren Feinden, dem Begehren und dem Groll, Freund sein? Indem wir uns anhören, was sie sagen. Das Begehren sagt: »Ich habe viele unerfüllte Wünsche« und der Groll: »Wer liebt mich denn wirklich?« Statt unser Begehren und unseren Groll als unerwünschte Gäste abzuweisen, sollten wir zugeben, dass unser angstvolles, getriebenes Herz Heilung braucht. Unsere Ruhelosigkeit fordert uns auf, zu der wahren inneren Ruhe zu gelangen, in der Begehren und Groll in eine tiefere Form von Liebe umgewandelt werden können.

Begehren und Groll bergen viel ungenutzte Energie. Wird diese Energie wahrer aufrichtiger Liebe zugeleitet, so können wir nicht nur uns selbst, sondern auch diejenigen umwandeln, die sonst die Opfer unseres Begehrens und unseres Grolls wären. Dazu bedarf es der Geduld, doch es ist möglich. N, 46

Eine Katastrophe

Der Meister hielt den Menschen immer wieder ihre roboterhafte Lebensweise vor Augen: »Wie kannst du dich Mensch nennen, wenn jedes Denken, jedes Fühlen und Handeln mechanisch vor sich geht und nicht aus dir selbst kommt, sondern deiner Beeinflussung oder deinem Programmiert-Sein entspringt?« – »Kann etwas dieses Programmiert-Sein durchbrechen und uns davon loslösen?«, fragte ein Schüler. – »Ja, Bewusstheit.« Und nach kurzem Nachdenken fügte er hinzu: »Und eine Katastrophe.« – »Eine Katastrophe?«

»Ja. Ein sehr englischer Engländer erzählte mir einmal, dass er nach einem Schiffbruch mitten im Ozean mit einem anderen Engländer eine ganze Stunde lang im Meer geschwommen war, bis es ihm endlich gelang, sich von seinem Programmiert-Sein zu befreien und ihn anzusprechen, ohne vorgestellt zu sein!« – »Was sagte er?«

»Er sagte: Entschuldigen Sie, dass ich Sie so anspreche, ohne vorgestellt worden zu sein, aber ist das die Richtung nach Southampton?« M, 88

Bald kommt der Frühling

Jeden Morgen dankbar sein für den neuen Tag! Oder hast du Angst vor dem Leben? Fällt es dir zu schwer? Gehst du jeden Abend ins Bett mit einem Seufzer: »Gott sei Dank, wieder ein Tag vorbei!«? Vielleicht langweilst du dich, alles kommt dir nutzlos, sinnlos vor? Vielleicht hat dir der Fernseher alle Fantasie, alle Unternehmungslust und Geselligkeit gestohlen?

Du bist kein Mensch mehr, wenn du unter dem Druck der herrschenden Mentalität und Verhältnisse zu einem Wesen geschrumpft bist, das nur noch produziert, Geld verdient und Geld verbraucht. Es blühen keine Blumen mehr für dich, denn du siehst sie nicht. Es spielen keine Kinder mehr, dafür hast du kein Auge. Es gibt keine Ruhe, keinen Frieden, keine Freude mehr, weil die Liebe in deinem Herzen abgestorben ist?

Verändere dich von innen her! Werde wieder Mensch. Denn jeden Morgen geht die Sonne auf, bald kommt der Frühling. Und du merkst nichts davon? B, 72

Versöhne dich mit dem Leben

Ich sah einen Mann schrecklich leiden unter dem unwiderruflichen Verlust seiner Frau. Er erinnerte mich an einen anderen, der vor einiger Zeit bei mir saß wie ein Granitblock, mit versteinertem Gesicht. Die Worte, die er mit Pausen hervorstieß, klangen wie ein Fluch: »Das darf nicht wahr sein: meine Frau – tot. Verunglückt. Es geht nicht ohne sie. Ich kann nicht. Ich mache Schluss.«

»Versuche, dich zu versöhnen«, sagte ich leise. »Ich will nicht, ich kann nicht, ich mache Schluss«, sagte er.

Ich glaube trotzdem: Am Ende musst du dein Leben in die Arme nehmen, so wie dein Leben ist, und musst dich damit versöhnen, so hart und schwer das auch ist. Aber wenn du es geküsst hast, wird es anders, erträglicher. Mach dir keine Illusionen. Glück ist keine Dauervorstellung im Theater des Lebens. Tiefes Glück kommt und geht und dauert meist nicht lang. In der übrigen Zeit heißt es: daran denken und darauf warten! Versöhne dich mit dem Leben, so wie es ist. Heute. Jetzt. Um das bisschen Glück, das auf dich wartet, nicht zu verfehlen.

B, 101

Ich möchte wütend sein!

Ein Reisender gab dem Speisewagenkellner seine Bestellung auf. »Zum Nachtisch«, sagte er, »möchte ich Obsttörtchen und Eis.« Der Kellner sagte, sie hätten keine Obsttörtchen. Der Mann explodierte. »Was? Keine Törtchen? Das ist absurd. Ich bin einer der besten Kunden dieser Eisenbahnlinie. Jedes Jahr organisiere ich Reisen für Tausende von Touristen und lasse Hunderte von Tonnen Fracht mit der Bahn befördern. Und wenn ich selbst einmal mit dieser Linie reise, kann ich noch nicht einmal einfache Obsttörtchen bekommen! Ich werde das mit dem Vorstand besprechen.« – Gleich nach dem nächsten Halt ging der Kellner zu dem Reisenden. »Ich bin glücklich, Ihnen sagen zu können, dass unser Küchenchef diese Törtchen hier soeben speziell für Sie gemacht hat. Mit Empfehlungen von der Eisenbahngesellschaft.« Der Reisende warf seine Serviette auf den Tisch und schrie: »Zum Teufel mit den Törtchen! Ich möchte wütend sein!« – Wie leer wäre das Leben, wenn wir uns über nichts ärgern könnten! M, 83

Früchte, die in der Verwundbarkeit reifen

Zwischen Erfolgreich-Sein und Fruchtbar-Sein besteht ein großer Unterschied. Erfolg kommt von Stärke, von Machtausübung und Ansehen. Ein erfolgreicher Mensch besitzt die Energie, etwas zu schaffen, seine Entwicklung zu beeinflussen und es in großen Mengen verfügbar zu machen. Erfolg bringt Preise, Auszeichnungen und oft Berühmtheit ein.

Früchte hingegen erwachsen der Schwachheit und Verwundbarkeit. Es sind einzigartige Früchte. Ein Kind ist die in Verwundbarkeit empfangene Frucht. Gemeinschaft ist die aus geteilter, gemeinsamer Gebrochenheit erwachsene Frucht, und Nähe ist die Frucht, die im gegenseitigen Berühren der eigenen Wunden reift.

Erinnern wir einander daran, dass nicht Erfolgreich-Sein, sondern Fruchtbar-Sein uns wahre Freude schenkt.

N, 15

Verdrängtes Leid (1)

Heute können wir im Fernsehen zwar alle Leiden dieser Welt hautnah miterleben. Aber es ist eher eine Sucht, die Bilder von zerschossenen Menschen und zerstörten Städten, von hungernden und abgemagerten Kindern anzuschauen. Wir sehen so viel Leid, aber wir leiden nicht mit. Das ist emotional auch gar nicht möglich. Die Flut von Informationen über Leidsituationen hat uns stumpf gemacht. Als Schutz vor der Überfülle des Leidens haben sich viele innerlich verschlossen. Leidende Menschen kann man zwar im Fernsehen anschauen, aber man möchte ihnen nicht begegnen. Diese Haltung führte zu dem inhumanen Urteil, dass Behinderte in einer Pension Feriengästen nicht zuzumuten sind, weil sie ihr Urlaubsvergnügen beeinträchtigen. So meinen ja auch manche, man dürfe den Kindern das Kreuz nicht zumuten. Es würde sie krank machen, am Kreuz einen leidenden Menschen anzuschauen. Das Leid wird tabuisiert. Es darf nicht sein. Es ist eine Zumutung für uns ...

G, 84

Verdrängtes Leid (2)

Leidvergessenheit aber führt zur Gefühllosigkeit, zur Härte, zur Isolierung. Man ist nicht mehr bereit, mit anderen zu fühlen, sich in andere hineinzuversetzen. Es geht nur noch um das eigene Glück. Das ist aber nicht erreichbar, wenn man es am Leid vorbei erzwingen möchte.

Eine andere Tendenz ist, dass man das Leid besonderen Berufsgruppen zuordnet, den Ärzten, den Psychologen, den Sozialarbeitern, den Priestern. Die sollen sich damit beschäftigen. Dafür werden sie ja auch bezahlt. Die anderen sollen davon verschont bleiben. Das führt dazu, dass viele heute in den Städten an leidenden Menschen vorübergehen, sei es an Opfern von Verkehrsunfällen oder von Raubüberfällen, sei es an Bettlern oder Menschen, denen es offensichtlich schlecht geht. Man will nicht hinsehen, man will für sich sein, sich nicht in seinem privaten Glück stören lassen. Man möchte nicht in Berührung kommen mit leidenden Menschen.

G, 84

Du wirst sterben und neu leben

»Du wirst auferstehen!« Das ist Ostern. Eine unglaubliche Botschaft, eine phantastische Freude. Und – jeder weiß: »Ich werde sterben.« Dein Äußeres bricht zusammen. Der Tod ist ein absolutes Ende, das Leben darum sinnlos, absurd. Aufstehen, essen, Bus, vier Stunden arbeiten, essen, vier Stunden arbeiten, Bus, essen, schlafen, Montag bis Freitag, immer derselbe Rhythmus. Farblos, freudlos, hoffnungslos.

Und doch ist man im Innersten nicht einverstanden mit der grausamen Sinnlosigkeit eines endgültigen Totseins. Biologisch betrachtet, ist Sterben das natürliche Ende eines natürlichen Lebensprozesses. Aber du spürst, dass im Innern deines Lebens etwas gegenwärtig ist, das dir anders und tiefer zu eigen ist als dein Leib: Du wirst sterben, aber du wirst wieder leben. Du wirst auferstehen. Wenn du das glauben kannst, wird es dich so überwältigen, dass du vor Freude tanzen möchtest. Deine Tage werden neu werden. Die Sonne wird scheinen. Die Menschen werden lachen und froh sein. B, 123

Ohne Fallen kein Auferstehen

Kennst du ein einziges Leben, das niemals von Kreuz und Leid gezeichnet wurde? Einen Menschen, der nicht Schmerz erfahren hätte? In jedem Leben gibt es Zeiten der Last und Sorge, der Nacht und Finsternis, der Angst und Verzweiflung, aber auch Zeiten voll Freude und Sonnenschein, voll Frieden und Ruhe, Augenblicke voller Seligkeit. In jedem Menschenleben gibt es dunkle Tage, Karfreitage, Tage des Kreuzes, ob du gläubig bist oder nicht.

Wenn du in solchen Tagen nicht in Verbitterung versinkst, in Wut und Verzweiflung, wirst du Licht von Ostern erleben: Tage der Auferstehung, neues, erfüllteres, freieres Leben. Ich bin überzeugt, dass Kreuz und Leid einen tiefen Sinn haben. Sie machen reifer, geläutert, frei von vielem Wertlosen. Meist ist es so: Was zuerst wie eine Katastrophe aussah, hat sich später, oft sehr viel später, als Gnade herausgestellt.

Am Boden, am Ende sein – wer das nicht kennt, weiß nichts von Aufstehen, ohne Fallen kein Auferstehen.

B, 122

Passionszeit – oder: Wir dürfen Probleme haben (1)

In den letzten Wochen vor Ostern tritt die Passion Jesu in den Blickpunkt. Drei Gründe sind es, die die Kirche bewegt, dazu einzuladen, das Leiden Jesu zu betrachten. Der erste Grund liegt darin, dass der Mensch gerne vor dem Leiden flieht. Doch zum Menschsein gehört notwendigerweise das Leiden an seiner endlichen Existenz, an seinen Grenzen und Schwächen, an seiner Sterblichkeit. Doch viele wollen nicht wahrhaben, dass sie endlich sind. Sie gebärden sich wie Gott. Darin besteht die Ursünde: sein zu wollen wie Gott, allmächtig, sich selbst genug, unangefochten. Aus dieser Ursünde entsteht alles Unheil: Da muss sich einer vor dem anderen verstecken, weil er doch nicht Gott ist, sondern nackt. Da muss einer auf den andern neidisch sein und ihn aus dem Weg räumen, um an der eigenen Größe festhalten zu können.

G, 122

Passionszeit – oder: Wir dürfen Probleme haben (2)

In eine Angstneurose gerät einer, der meint, immer der Beste und Größte sein und alles perfekt machen zu müssen. Es lassen sich heute viele Ersatzleiden beobachten. Einer leidet an Magengeschwüren, weil er es nicht aushalten kann, dass die Welt sich nicht nach seinen Vorstellungen richtet, und weil er den Ärger über diese Enttäuschung in sich hineinfrisst. Ein anderer erleidet einen Herzinfarkt, weil er vor sich selbst davonläuft und sich in ständige Aktivität flüchtet. Alle Fluchtwege vor dem Leiden führen nur zu neuen Leiden, zu Ersatzleiden. In der Passionszeit schauen wir auf das Leiden Jesu, um uns damit auszusöhnen, dass wir endlich und schwach sind, von andern angefeindet und bedroht, dass unser Leben auf den Tod zuläuft.

G, 122

Jesu Kreuz und Tod – Klarstellungen (1)

Die Frage ist, wie wir die »Erlösung von der Schuld« verstehen sollen. Was hat Vergebung mit Jesu Tod am Kreuz zu tun? Wie kann ein vergangenes Ereignis heute Vergebung vermitteln? Gott ist – so sagt das Matthäusevangelium – immer der Barmherzige, der Schuld vergibt. Er wendet sich in Jesus, seinem Sohn, auf besondere Weise den Sündern zu. Diese Zuwendung zu den Sündern erreicht im Tod Jesu ihren Gipfelpunkt. Gott braucht nicht den Tod Jesu, um vergeben zu können. Er vergibt, weil er liebt. Warum aber verbindet dann Matthäus und nach ihm die westliche Theologie die Vergebung der Sünden mit dem Tod Jesu?

Für mich geht es am Kreuz nicht um die Frage, wie Gott vergibt, sondern wie ich als einer, der sich schuldig fühlt, an Gottes Vergebung glauben kann. Der Tod Jesu am Kreuz ermöglicht es mir, an die Vergebung zu glauben. Wenn ich auf Jesus sehe, der selbst seinen Mördern noch vergibt, dann darf auch ich vertrauen, dass Gott mir meine Schuld nicht anrechnet. G, 131

Jesu Kreuz und Tod – Klarstellungen (2)

Dabei ist das Kreuz jedoch mehr als nur die psychologische Ermöglichung, an Erlösung zu glauben. Im Kreuz drückt Gott vielmehr seine bedingungslose Liebe zu uns aus. Wir können nicht sagen, dass erst das Kreuz die Vergebung bewirkt, denn Gott vergibt immer und überall, aber das Kreuz drückt die Vergebung Gottes so aus, dass sie uns erreicht. Karl Rahner spricht hier von der Selbstmitteilung Gottes. Gott teilt sich in seiner vergebenden Liebe im Tod seines Sohnes am Kreuz uns mit. In einem geschichtlichen Ereignis, in dem Tod auf Golgota, lässt Gott seine vergebende Liebe sichtbar für alle Menschen erscheinen und vermittelt durch dieses Geschehen den Menschen die Vergebung ihrer Sünden. G, 131

Jesu Kreuz und Tod – Klarstellungen (3)

Wir müssen uns vor dem magischen Missverständnis hüten, als ob der Tod Jesu notwendig war, damit Gott uns vergeben könne. Gottes vergebende Liebe ist absolut. Sie hat nichts nötig, schon gar nicht den Tod seines geliebten Sohnes. Gott hat schon vor dem Tod Jesu am Kreuz Menschen ihre Sünden vergeben. Gott braucht den Tod seines Sohnes nicht, aber offensichtlich braucht der Mensch das Bild des Kreuzes, um an die Vergebung durch Gott glauben zu können. Er hat von seiner leib-seelischen Struktur her die Vermittlung der Vergebung durch den Tod Jesu nötig. Seine Selbstverurteilung hindert ihn daran, an die Vergebung zu glauben. Es genügt ihm nicht, wenn jemand ihm sagt, Gott sei barmherzig, er werde ihm schon vergeben. Das hört er zwar, aber es dringt nicht in sein schulderfülltes Herz. Und vor allem hebt es nicht die unbewusste Selbstablehnung auf und befreit ihn nicht von der Selbstzerfleischung durch Schuldgefühle.

G, 132

Jesu Kreuz und Tod – Klarstellungen (4)

Der Psychologe Paul Tournier erzählte einmal, wie er bei einem Patienten dessen falschen, durch zu strenge Erziehung verursachten Schuld*gefühle* aufgearbeitet habe. Doch dann stieß er auf wirkliche Schuld. Er wies den Patienten auf die Barmherzigkeit Gottes hin. Doch der rief: »Alles muss bezahlt werden!« Offensichtlich ist tief in der menschlichen Seele dieses Gesetz eingeschrieben, dass die Schuld nicht einfach durch einen äußeren Spruch vergeben werden kann, sondern dass sie bezahlt werden muss. – Der Blick auf Jesus, der selbst seine Mörder noch liebt, kann von der tief in uns sitzenden Selbstverurteilung befreien und einen Glauben an die Vergebung ermöglichen, den nicht nur der Verstand, sondern auch das Herz, ja sogar das Unbewusste mit vollziehen kann.

G, 132

Heilung aller inneren Wunden

Vorausschau: Ein wahres Mysterienspiel ist die Liturgie des Karfreitags. Da wird nicht gepredigt, nicht mit Worten gedeutet und erklärt, sondern da werden Riten vollzogen, die so dicht sind, dass sie keine redselige Predigt vertragen. Das Psychodrama beginnt mit einem tiefen Schweigen. Der Priester wirft sich zu Boden. Er muss sich vor dem Geheimnis beugen. Wir können nur betroffen, sprachlos staunend das Geheimnis feiern. Das Schweigen bereitet uns auf das Hören der geheimnisvollen Worte des Propheten Jesaja vor: »Er hat unsere Krankheit getragen, unsere Schmerzen auf sich geladen, durch seine Wunden sind wir geheilt« (53,4f). – Damit ist der Schlüssel angegeben, wie wir Jesu Passion zu sehen haben: Seine Verachtung und Verspottung, seine Schwäche und sein Scheitern, seine Verlassenheit und Verzweiflung, das sind *unsere* Wunden. Das sind aber zugleich die Wunden, durch die wir geheilt werden. Die Passionsgeschichte ist eine einzige Heilungsgeschichte, die Geschichte der Heilung aller inneren Wunden.

G, 123

Begegnung mit unserem Schatten

Vorausschau: Auch der Karsamstag hat eine wichtige Funktion auf dem Weg unserer Ganzwerdung. Die Liturgie mutet uns zu, uns einen ganzen Tag lang dem toten Christus am Grab zu stellen. Und sie fordert auf, ins eigene Grab zu steigen, in die eigene Tiefe, und darin eins zu werden mit dem Grund unseres Seins, mit den Wurzeln unseres Lebens. Christus ist nicht nur den Tod gestorben, sondern er war drei Tage lang tot. Er konnte nichts mehr tun, nichts mehr fühlen, er war leblos, von jeder Kommunikation abgeschnitten. Im Grab hat Christus den Tod erfahren als radikale Einsamkeit, in die kein Wort der Liebe mehr dringt. Der Karsamstag will sagen: In unsere Einsamkeit, in unsere Kälte, in unsere Starre, da ist Christus eingedrungen. Und dort, wo sonst der Tod herrscht, da wohnt nun seine Liebe. Da, wo wir abgeschnitten sind vom Leben, da erreicht er uns mit seinem Wort der Liebe. G, 124

APRIL

Jeder Nacht folgt eine Morgenröte

–

Österliche Lebensspuren

Geh in dein Herz

Bist du schon mal bei dir im Innern gewesen? Hast du schon mal in dein eigenes Herz geschaut? Wenn du immer nur an der Außenseite lebst und immer nur Interesse hast für die Fassade, für dein Aussehen und deinen guten Ruf, dann hängt dein Glück am Pendel von Äußerlichkeiten. Dann bist du heute glücklich und morgen unglücklich, heute gut aufgelegt und morgen ganz niedergeschlagen.

Geh mal in dich hinein, tu etwas für dein Inneres, für das Innere deines Herzens. Du kannst stundenlang deinem Hobby frönen. Du hast alle Zeit, Kleider auszusuchen. Beim Frisör unter der Haube wirst du nicht nervös. Warum hast du so wenig Zeit, für dein Herz zu sorgen? Du weißt doch, die Gefühle, die da geboren werden, sind bestimmend für dein ganzes Leben. Ist dein Herz leer, dunkel, verwirrt, verwahrlost, dann wachsen dort Gefühle von Enttäuschung, Verbitterung, Neid, Sinnlosigkeit, Ekel, Verzweiflung. – Geh in das Innere deines Herzens. Du wirst von der Wirkung überrascht sein.

B, 118

Barrieren überspringen

Ostern ist die Feier des Lebens. Wir feiern die Überwindung des Todes durch das Leben. Christus hat den Tod besiegt. Aber das heißt auch: In uns ist das Leben stärker als der Tod. Es ist nicht mehr tot zu kriegen. In der Eucharistie essen und trinken wir uns in das neue Leben der Auferstehung hinein. In uns ist nun das Leben, das alle Fesseln sprengt. Dieses Leben muss auch Ausdruck finden. Eine Möglichkeit wäre, es auszutanzen. Bei unseren Osterkursen in Münsterschwarzach feiern die Jugendlichen nach der Osternacht noch weiter. Dabei drängt es sie immer wieder, die Osterfreude in den Leib zu lassen und sie im Tanzen auszudrücken. Sie führen Reigentänze auf, tanzen miteinander um das Osterfeuer. Tanzen kann man nicht allein. Auch Ostern kann man nicht alleine feiern. Das kann man nur miteinander. Das Leben des Auferstandenen, das alle Grenzen überspringt, sollte an Ostern auch Barrieren überspringen und uns miteinander im gemeinsamen Feiern verbinden. G, 125

Mangel

Alle Offenbarungen, wie göttlich sie auch sein mögen, können nie mehr sein als ein Fingerzeig zum Mond. So wie wir im Orient sagen: »Wenn der Weise auf den Mond zeigt, sieht der Tor nur den Finger.«

Jean Guitton, ein frommer und streng gläubiger französischer Schriftsteller, fügte dem noch einen erschreckenden Kommentar hinzu: »Wir gebrauchen unsere Finger oft, um Augen auszustechen.« Ist das nicht schrecklich? Bewusstwerden, Bewusstwerden und noch einmal Bewusstwerden! Darin ist Heilung, Wahrheit, Rettung. Im Bewusstwerden ist Spiritualität, Wachstum, Liebe. Im Bewusstwerden geschieht das Erwachen.

Betrachten wir einen Menschen, sehen wir ihn in Wirklichkeit nicht, wir meinen nur, wir sähen ihn. Wir sehen nur das, was wir uns vorher eingeprägt haben.

Der kleine Fisch im Ozean sagt: »Entschuldigen Sie, ich suche den Ozean. Können Sie mir sagen, wo ich ihn finde?« Man kann Mitleid mit ihm haben, nicht wahr?

M, 285

Weil Gott mich liebt ...

Wir dürfen uns die Auferstehung der Toten nicht so abstrakt vorstellen, wie es manche evangelische Theologen getan haben, die vom »Ganztod« sprachen. Sie glauben, dass der Mensch ganz und gar stirbt und dass es keine Kontinuität zwischen dem Tod und der Auferstehung gebe. Sie setzen die biblische Auferstehung dem altgriechischen Glauben an die unsterbliche Seele gegenüber.

Das Anliegen, dass wir den biblischen Begriff der Auferweckung nicht einfach mit Fortleben nach dem Tod verwechseln, kann ich akzeptieren. Aber für mich gibt es durchaus eine Verbindung der griechischen Unsterblichkeitshoffnung mit dem biblischen Glauben an die Auferstehung der Toten. Ich glaube daran, dass ich als Person auch im Tod nicht aus der Liebe Gottes herausfallen werde, dass Gott mich im Tod auferweckt und verwandelt zu der Gestalt, die er uns in der Bibel verheißen hat.

Weil Gott mich liebt, bin ich als Person, und weil die Liebe Gottes den Tod übersteigt, werde ich als Person auch im Tod nicht vernichtet. G, 336

Das Kreuz – Zeichen der Sehnsucht, der Erinnerung und des Segens

Der Drang der Menschen, an vielen wichtigen Orten – wie auf dem Gipfel der Berge, wie an Wegkreuzungen, an Kirchtürmen, Häusern und an den Unfallstellen entlang der Autobahnen und Landstraßen – Kreuze zu errichten, ist nicht immer Ausdruck einer Frömmigkeit. Offensichtlich steckt dahinter eine tiefer liegende Sehnsucht, sich immer und überall an Gott zu erinnern, dem diese Welt gehört und der allein sie menschlich werden lässt. Wird die Welt sich selbst überlassen, hat sie die Tendenz, sich absolut zu gebärden, brutal und grausam zu werden.

Das Kreuz ist ein Zeichen des Segens. Mit dem Kreuz segnet man Menschen und Gegenstände. Das Kreuz zeigt uns, dass unsere Welt und dass wir selbst unter dem Segen Gottes stehen, dass Gott seine segnende und Leben spendende Hand über uns hält. G, 85

Im Zeichen des Kreuzes

Viele Städte sind nach dem Muster des Radkreuzes gebaut, vor allem Rom, das als »Roma quadrata«, als viergeteilte Stadt geplant worden ist. Im nordgermanischen Bereich gibt es das Hammer-Kreuz. Es gilt als Waffe des nordischen Gottes Thor. In Indien finden wir das Hakenkreuz, das »Glückszeichen« bedeutet. Bei den Indianern in Lateinamerika finden wir das Kreuz in chi-förmiger Gestalt (= X), die bei uns als Andreas-Kreuz bekannt ist. In allen Kulturen ist das Kreuz also ein kosmisches Symbol und ein Symbol für den Segen, den die Götter dem Menschen schenken, für Leben und Glück. – Unabhängig vom Tod Jesu am Kreuz ist es schon ein Heilszeichen, ein Zeichen, das uns hinweist auf das wahre Leben, das uns zeigen möchte, wie menschliches Leben gelingt. Wer sich mit dem Kreuz bezeichnet, gehört ganz und gar Christus an, er weiht sich ihm und erfährt von ihm her Schutz in allen Bedrängnissen dieser Zeit. G, 72

Macht und Ohnmacht (1)

Ein seltsames Ende eines Festes: Die kleine Gruppe hat das Haus verlassen, in dem sie miteinander gefeiert haben. Die meisten von ihnen sind müde geworden und eingeschlafen in einem kleinen Wald im Dunkel der Nacht. Nur einer von ihnen wacht, etwas abseits von den anderen – und kämpft den Kampf seines Lebens: Jesus am Ölberg, in tiefster Todesangst, in der Auseinandersetzung mit seinem Gott, den er immer noch Vater nennt. »Lass diesen Kelch an mir vorübergehen!« Lass nicht zu, dass ich sterben muss! Ein Schrei mag es gewesen sein.

Jesus, der einsame Mann am Ölberg, spürt, dass er mit seiner Kraft am Ende ist. Und so bittet er die Freunde: »Wachet und betet mit mir!«, um nicht der Versuchung zu erliegen, sich einfach zu entziehen, so zu tun, als ob nichts gewesen sei. Die Freunde aber, vielleicht noch in angenehmer Feststimmung, müde vielleicht, bekommen von seinem Kampf nichts mit. Sie hören seine Worte, um dann doch wieder einzuschlafen. S1, 76

Macht und Ohnmacht (2)

Mag sein, dass es diese nächtlichen Stunden der Einsamkeit gebraucht hat, um den kommenden Tag aushalten zu können, sich nicht zu entziehen: Gefangennahme, Folterung, Verurteilung, Ermordung. Brutal ans Kreuz geschlagen, muss er erkennen, dass die meisten Freunde ihn verlassen haben.

Ich kann sie verstehen, diese Freunde. Alle Hoffnungen hatten sie auf ihn gesetzt, Haus und Hof verlassen, die eigene Familie vor lauter Begeisterung vergessen. Er würde alles wenden, alles gut machen, ihm konnten sie glauben. Und jetzt – ihre Hoffnungen und Träume ans Kreuz geschlagen, brutal gemordet von den Mächtigen des Landes.

Der Weg Jesu ist ein anderer Weg. Er sprengt den herkömmlichen Rahmen, er verlässt die Muster unseres normalen Denkens. Jesus begibt sich in die Ohnmacht, er erleidet die scheinbare Niederlage, schlägt sich auf die Seite der Verlierer. S1, 77

Macht und Ohnmacht (3)

Gott wird oft nur im Schönen und Guten gesucht. Man will ihn als Objekt der Anbetung, an den man bestimmte Dinge delegieren kann. Gott zu suchen in der Niederlage, im Scheitern – auf die Idee kommen wir nicht. Gott aber entfaltet seine Macht gerade in der Machtlosigkeit.

Es ist vielleicht gar nicht so entscheidend, ob wir »gewinnen« oder »verlieren«. Es könnte sein, dass dies Worte sind, die zu einem Denken gehören, das Gott nicht zu eigen ist, falls man überhaupt als Bild davon sprechen darf, dass »Gott denkt«. Vielleicht ist es viel entscheidender, die Stunde am Ölberg nicht zu fliehen, Einsamkeit, Verlassenheit, Ratlosigkeit zuzulassen, sich in sie hineinzubegeben – um vielleicht im Scheitern leben zu lernen trotz und wegen des Todes. Mag sein, dass wir uns in solchen Stunden von ihm verlassen fühlen. Möglicherweise aber begleitet er uns gerade dann, vielleicht ist er uns dort am nächsten. S1, 77f

»*Wir sind ein Teil dieser Erde*«

(Indianerhäuptling Seattle)

Es gibt Momente, in denen ich verliebt bin in diese Erde, in Natur, Schöpfung, die Menschen. Es sind Augenblicke, in denen ich mich eins fühle mit Gott und der Welt, Momente, in denen es »stimmt«. Es gibt keine Grenzen mehr zwischen mir und dem anderen, ich tauche ein in ein Meer von Zärtlichkeit, verliere und verströme mich, lasse los, ein Sein mit Stein, Tier, Pflanze, Mensch – Eins-sein. Es ist ein Spüren, Ahnen, Fühlen, dass ich im Strom des Lebens bin, ein Teil dieser Schöpfung. In solchen Momenten gelten meine Grenzen nicht mehr, und ich brauche sie auch nicht.

Und dann bricht wieder der Alltag ein – Fremdheit, Nicht-Verstehen, Abgrenzung, Einsamkeit. Aber inmitten dieses Alltages weiß ich um die Erfahrung, dass einmal die Grenzen aufgehoben waren. Das aber verändert mich und meinen Alltag – ich werde sehnsüchtig ... Eine solche Sehnsucht lehrt suchen ... mitten im Alltag.

Si, 44

Warum eigentlich beten?

Ich habe mit dir schon so vieles besprochen, aber dein Gesicht nie gesehen und deine Stimme nie gehört. Ich weiß nicht, wer du bist, Mann oder Frau, Junge oder Mädchen, verheiratet oder nicht verheiratet. Ich weiß nicht, ob du ein gläubiger Mensch bist. Und doch möchte ich jetzt zusammen mit dir beten, ein Gebet, das ich fotokopiert auf einem Stück Papier fand. Wenn du willst, bete es in deinem Herzen mit:

»Herr, wenn ich Hunger habe, gib mir einen Menschen, der mehr Hunger hat, dass ich noch teilen kann. Wenn mir kalt ist, gib mir einen Menschen, dem ich von meiner Kleidung abgeben kann. Wenn ich allein bin, einen, den ich aufnehmen kann. Wenn ich traurig bin, Herr, einen, den ich trösten kann. Wenn ich Zärtlichkeit brauche, einen Menschen, den ich in die Arme schließen kann. Wenn meine Last zu schwer wird, dann belaste mich mit der Last der anderen. Lass überall, wo ich Menschen begegne, deine Liebe gegenwärtig sein.« B, 279

Steh auf – ich will mit dir reden! (1)

Kartage in St. Ulrich ... mit vierzig Jugendlichen und jungen Erwachsenen der Landjugend erleben und feiern wir die Kar- und Ostertage.

In der Gruppe ist eine nachdenkliche Stimmung, jeder spricht ein wenig leiser als sonst, aber es wird ohnehin nicht mehr allzu viel gesprochen. Es ist nicht notwendig im Moment. Jeder ist bei sich und bei seinem Gott.

In mir ist Trauer – ich trauere um nicht gelebtes Leben, trauere um verpasste Chancen, trauere um das, was ich falsch gemacht habe, um das, womit ich anderen nicht gerecht geworden bin.

Beim Klang der Holzratschen, die zur Karfreitagsliturgie rufen, läuft es mir kalt den Rücken hinunter. Die Hände in den Anoraktaschen vergraben, gehe ich einige Schritte seitwärts – ich mag jetzt nicht reden und mag jetzt nicht angesprochen werden. S3, 21

Steh auf – ich will mit dir reden! (2)

Es ist Nacht geworden. Drüben im Haus werden noch Beichtgespräche geführt. Ich ziehe mir einen dicken Pullover über, hole die Taschenlampe aus dem Auto und gehe in die Kirche, die dunkel und ruhig dasteht. Im Schein der Lampe taste ich mich durch den Altarraum, die Stufen hinunter und setze mich in eine der Kirchenbänke. Ich knipse die Lampe aus ... Dunkelheit umfällt mich, nur langsam gewöhnen sich die Augen, erkennen Fenster und Altar. Das ewige Licht flackert, ein kleiner verlässlicher Lichtpunkt. In mir wird es ruhiger, ich denke »Gott« und »du, hier bin ich«, lege mein Gesicht in die Hände. Und »sprich – ich bin bereit zu hören«.

In mir sind Aufruhr und Ruhe zugleich. Und nur langsam und mühsam finde ich Worte an diesen Gott. Vielleicht fühle ich diese Worte auch nur ... aber dieser Gott, diese Kraft des Lebens, ist mir ganz nahe. In mir wird es ruhig, die angespannten Muskeln entspannen sich – ich anerkenne die Größe dieses Gottes, vor dem ich auf dem Boden liege. S3, 22f

Steh auf – ich will mit dir reden! (3)

Das Wort fällt mir ein, das Gott zu dem Propheten Ezechiel sagt: »Steh auf, ich will mit dir reden!« Gott ist nicht darauf angewiesen, dass die Menschen vor ihm im Dreck liegen. Er will nicht von oben herab Befehle erteilen, will keinen blinden Gehorsam, keine Menschen, die sich klein machen. »Steh auf, ich will mit dir reden!«

Mühsam stehe ich auf, die Knochen schmerzen, der Boden war hart und kalt. Ich versuche, gerade zu stehen, meinen Standpunkt zu finden. Mich von Gott anschauen zu lassen, fällt schwer. Und doch spüre ich zugleich etwas von der Freude in mir, dass dieser Gott mich ernst nimmt, dass dieser Gott auch mich meint. Vor meinem Gott stehen, zu meinem Gott stehen – denn dieser Gott steht zu mir. Langsam gehe ich dem Altar entgegen, bleibe stehen, fühle ein ganz tiefes »danke« in mir. Eigene Worte habe ich nicht in diesem Moment ... so nehme ich Zuflucht zu den Worten, die Jesus schon seine Jünger gelehrt hat, »Vater unser ...«.

In dieser Nacht bin ich in meiner Trauer getröstet ...

S3, 23f

Erleuchtet

So erklärte der Meister, wie Erleuchtung sich einstellt, nicht durch Anstrengung, sondern durch Verstehen: »Stellt euch vor, ihr werdet hypnotisiert und sollt glauben, ein Tiger befinde sich in diesem Raum. In eurer Angst werdet ihr versuchen, ihm entgegenzutreten, euch vor ihm zu schützen, ihn zu besänftigen. Aber wenn dann der Bann gebrochen wird, muss nichts mehr getan werden. Und ihr seid alle von Grund auf verändert.

Also bricht Verstehen den Bann,
der gebrochene Bann führt zu Veränderung,
Veränderung zu Ruhe,
Ruhe ist Macht: Ihr könnt tun, was immer ihr wollt,
denn ihr seid nicht mehr dieselben.« M, 295

Auferstehung erfahren

Geistliche Übungen wollen uns einüben in eine neue Sichtweise, mit der wir den Alltag bestehen sollen. So gehen Sie in einer Meditation konkret Ihren Alltag durch: Fangen Sie beim Morgen an, wenn der Wecker schellt, und gehen dann jede Stunde durch. Sie waschen sich, ziehen sich an, beten, frühstücken und gehen zur Arbeit. Und stellen Sie sich vor, dass in jedem Augenblick der Auferstandene bei Ihnen ist. »Es ist der Herr«, können Sie sich in jede Situation hineinhalten. Wenn Sie alles achtsam und bewusst, im Bewusstsein der Gegenwart Christi tun, dann wird sich ihr Alltag wandeln.

Auferstehung ist nicht etwas Fremdes und Unverständliches. Es geht darum zu glauben, dass der Auferstandene mich heute aufrichten möchte, dass für mich heute Auferstehung Wirklichkeit wird, wenn ich aufstehe aus meiner Angst, wenn ich den Schritt zu einem Gespräch wage, das ich schon lange vor mir hergeschoben habe, wenn ich ausbreche aus der Enge einer Beziehung, die nicht mehr stimmt ... G, 291

In meinen Wunden wachsen Perlen (1)

»Verwundete Austern lassen aus blutigen Wunden eine Perle entstehen. Den Schmerz, der sie zerreißt, verwandeln sie in einen Juwel« (Richard Shanon). In meinen Wunden wachsen die Perlen. Sie können in mir aber nur entstehen, wenn ich mich mit meinen Wunden aussöhne. Wenn ich die Zähne zusammenbeiße, um meine Wunden krampfhaft zu verschließen, kann darin nichts wachsen. Es tut oft weh, mit meiner Wunde in Berührung zu sein. Da spüre ich die Ohnmacht, sie loszuwerden.

Dort, wo ich verwundet bin, bin ich auch lebendig; dort spüre ich mich, dort spüre ich die andern. Da kann ich die anderen eintreten lassen in meine Wunde, da wird Begegnung und Berührung möglich, die auch den anderen zu heilen vermag. Nur der verwundete Arzt kann heilen, so sagen die Griechen der Antike. Wo ich stark bin, kann niemand in mich eindringen. Wo ich gebrochen bin, kann Gott in mich einbrechen, können Menschen bei mir eintreten. Dort komme ich in Berührung mit dem wahren Selbst, dem Bild, das Gott sich von mir gemacht hat.

G, 91

In meinen Wunden wachsen Perlen (2)

Wir leben oft in der Illusion, dass all unsere Wunden heilen können. Wir benutzen dann Gott dazu, dass er unsere Wunden heilen soll. Unter Heilung verstehen wir, dass die Wunden sich schließen und wir sie nicht mehr spüren. Solange sie nicht vernarben, kreisen wir um unsere Wunden und bohren uns immer tiefer in sie ein. Wir werfen Gott vor, dass er diese Wunde zuließ. Erst wenn wir bereit sind, uns mit unserer Wunde auszusöhnen, kann sie für uns zum Tor nach innen werden, zum Tor in den unverwundeten und heilen Raum, in dem Gott selbst in uns wohnt. G, 91

Enttäuschungen als Chance wahrnehmen

Immer wieder enttäuscht uns das Leben. Wir sind enttäuscht über uns selbst, über unser Versagen und Scheitern. Wir sind enttäuscht von unserem Beruf, von unserem Ehepartner, von der Familie, vom Kloster, von der Pfarrei. Manche reagieren resigniert auf die Enttäuschung. Sie finden sich halt ab mit dem Leben, wie es ist. Aber in ihrem Herzen stirbt jede Lebendigkeit, jede Hoffnung. Die Träume vom Leben werden begraben. Aber auch die Enttäuschung könnte mich zum Schatz führen.

Die Enttäuschung entlarvt die Täuschung, der ich bisher verfallen war, und hebt sie auf. Sie zeigt mir, dass mein Selbstbild nicht gestimmt hat, dass ich mich falsch eingeschätzt habe. So ist die Enttäuschung die Chance, das wahre Selbst zu entdecken, das Bild, das Gott sich von mir gemacht hat. Natürlich tut die Enttäuschung erst einmal weh. Aber durch den Schmerz hindurch kann ich lernen, mich mit der Realität auszusöhnen und so realistisch und angemessen zu leben. G, 90

Die verborgene Auferstehung

Die Auferstehung Jesu war ein verborgenes Geschehen. Jesus Christus ist nicht dem Grab erstanden, um seine Gegner zu verblüffen, um eine Siegeserklärung abzugeben oder denjenigen, die ihn ans Kreuz geliefert hatten, zu beweisen, dass er doch Recht hatte. Jesus Christus ist von den Toten auferstanden als Zeichen für alle, die ihn geliebt hatten und ihm gefolgt waren; ein Zeichen dafür, dass die Liebe Gottes stärker ist als der Tod. Den Frauen und Männern, die sich ihm anvertraut hatten, offenbarte er, dass seine Sendung erfüllt war. Denen, die an seiner Sendung teilgenommen hatten, übertrug er die heilige Aufgabe, alle Menschen zu neuem Leben mit ihm aufzurufen.

Die Welt hat davon keine Notiz genommen. Nur diejenigen, die er beim Namen gerufen hatte, mit denen er das Brot brach und denen er Worte des Friedens gesagt hatte, erkannten, was geschah. Es war jedoch ein verborgenes Geschehen, das die Menschen von den Fesseln des Todes befreite. N, 354

Verstanden

Ein Schüler sagte zu seinem Guru, dass er einen fernen Ort aufsuchen wolle, um zu meditieren und, wie er hoffte, Erleuchtung zu erlangen. Dann schrieb er im ersten Monat einen Brief: »Nun verstehe ich, was es heißt, das Selbst aufzugeben.« Der Guru warf ihn in den Papierkorb. Nach sechs Monaten erhielt er die nächste Nachricht: »Nun besitze ich das Empfinden für alles Lebendige.« Auch diesen Brief zerriss er. Die dritte Nachricht lautete: »Jetzt kenne ich das Geheimnis des Einen und des Vielen.« Der Brief wurde zerrissen. So ging es mehrere Jahre, bis schließlich keine Nachricht mehr kam.

Nach einiger Zeit regte sich beim Guru die Neugier. Als ein Reisender auf dem Weg zu dem fernen Ort war, an dem sich sein Schüler aufhielt, bat der Guru ihn: »Könntest du herausfinden, was aus dem Mann geworden ist?« Endlich erhielt er einen Brief von seinem Schüler: *»Was macht das schon aus?«* Als der Guru das las, rief er laut: »Er hat es geschafft! Er hat es geschafft! Endlich hat er verstanden! Er hat es verstanden!« M, 284

Wo Dienen wichtiger ist als Verdienen

Wenn man mit Menschen und ihren Nöten zusammenkommt, hat man oft das Gefühl, in einen Dschungel zu geraten, wo Menschen zerbrochen, wo sie einfach plattgemacht werden. Die modernen Barbaren können in feinen Büros sitzen. Sie unterschreiben, ihre Hände werden nicht schmutzig.

In der Welt der Kranken, Behinderten, Pflegebedürftigen, in der Welt der Menschen, die einen Fehltritt begingen, in der Welt derer, die sich selbst nicht helfen können und anderen Menschen völlig ausgeliefert sind, auch in dieser Welt kann Ausbeutung vorkommen, die genauso widerlich ist wie in der Welt der Wirtschaft.

Wenn dein Beruf die Sorge für leidende Mitmenschen ist, musst du zuerst ihr Leid und ihre Not sehen und sie gern haben. Dienen ist hier unendlich viel wichtiger als Verdienen. Wer hier ausschließlich ans Verdienen denkt, versündigt sich durch eine besonders scheußliche Form der Ausbeutung. B, 345

Umdenken

Viele Menschen haben negative Gefühle und sind sich dessen nicht bewusst. Zuerst muss man sich seiner negativen Gefühle bewusst werden. Was sind das für negative Gefühle? Schwermütigkeit, zum Beispiel. Sie sind verzweifelt und niedergeschlagen. Sie können sich selbst nicht mehr leiden oder fühlen sich schuldig? Diese negativen Gefühle gibt es nur in Ihnen, nicht in der Wirklichkeit. Hören Sie damit auf, die Wirklichkeit ändern zu wollen. Hören Sie damit auf, andere ändern zu wollen. Wir verwenden unsere ganze Zeit und Kraft auf den Versuch, äußere Umstände verändern zu wollen: unsere Ehefrauen, Chefs, Freunde, Feinde – eben die anderen umzukrempeln. Wir müssen nichts ändern. Niemand und nichts auf der Welt hat die Macht, Sie unglücklich zu machen, Ihnen zu schaden oder Sie zu verletzen: kein Ereignis, keine Umstände, keine Situation, auch kein anderer Mensch. Aber niemand hat es Ihnen gesagt; vielmehr erzählte man Ihnen das Gegenteil. Vergessen Sie diesen Unsinn. M, 281

Durch eine gefärbte Brille

In meiner Heimat Indien wuchsen viele Männer in dem Glauben auf, Frauen seien wie Kühe. »Ich habe sie geheiratet«, sagen sie, »sie gehört mir.« Kann man diesen Männern einen Vorwurf machen? Machen Sie sich auf einen Schock gefasst: Nein, kann man nicht. Ebenso wenig wie vielen Amerikanern vorzuwerfen ist, wie sie über Russen denken. Ihre Brillen wurden einfach getönt, und in diesem Farbton sehen sie jetzt die Welt. Sobald Sie die Welt aus der Sicht einer Ideologie betrachten, sind Sie am Ende. Keine Wirklichkeit passt in eine Ideologie, das Leben ist viel mehr als das. Darum suchen die Menschen immer nach einem Sinn des Lebens. Aber das Leben kann keinen Sinn haben, denn Sinn ist eine Formel; Sinn ist etwas, was unserem Verstand vernünftig erscheint. Immer, wenn Sie meinen, in der Wirklichkeit einen Sinn zu sehen, stoßen Sie auf etwas, was den Sinn wieder zunichte macht. Sinn ist nur zu finden, wenn Sie über den Sinn hinausgehen. Das Leben hat nur Sinn, wenn Sie es als Mysterium verstehen. M, 218

Wer an die Auferstehung glaubt

Ostern ist das Fest der Auferstehung, das Fest des Jungseins, das Fest des ewigen Lebens. Wer an die Auferstehung glaubt, wird niemals alt, kann immer neu anfangen, findet nach der schwärzesten Nacht immer einen leuchtenden Morgen. Wer an die Auferstehung glaubt, braucht keine Angst vor dem Leben zu haben, braucht vor Leid und Tod nicht zu verzweifeln.

Wer an die Auferstehung glaubt, vermiest und versauert und vergiftet nicht sein Leben und verfängt sich nicht im fein gesponnenen Netz unlösbarer Probleme, die nur noch unlösbarer werden, wenn man den Menschen total begraben will, mit Seele und Geist und mit allem.

Ich glaube an die Auferstehung. Ich glaube an das Leben. Ich glaube an die Vergebung der Sünden und dass schlechte Menschen, wenn es die gibt, wieder gute Menschen werden. Ich glaube an die Liebe als die absolute Macht, die alle Menschen und die Welt und den ganzen Kosmos bewegt. Ich glaube an Gott, der Lebe ist.

B, 125

Leben und sterben lernen

Viele Menschen kennst du mehr oder weniger oberflächlich. Aber einen Menschen musst du gründlich kennen lernen, und selbst dann wirst du nicht immer durchschauen, warum er so fühlt und warum seine Leidenschaften manchmal so ausbrechen wie ein Vulkan. Einen Menschen gibt es, mit dem du täglich lebst und von dem du dich nicht leicht lösen kannst. Dieser Mensch sitzt in deiner eigenen Haut. Dieser Mensch bist du selbst.

Und nun sage ich etwas ganz Seltsames: Um leben zu lernen, musst du sterben lernen. Um glücklich zu sein, musst du eine Menge Dinge loswerden. Unter anderem musst du dich lösen von deiner Selbstsucht, von deinem krankhaften Starrsinn, von deiner Gier. Aber wie? Du musst keine verrückten Dinge machen. Das gewöhnliche tägliche Leben ist dein bester Lehrmeister. Immer dasselbe, dieselben Gesichter, dieselben Arbeiten, derselbe tägliche Ärger, die unvermeidlichen Reibereien. Immer wieder Wünsche, die nicht in Erfüllung gehen. Das alles wird dich schleifen wie einen Diamanten.

B, 111

Entwicklungsstufen

Als der Meister das Bildwort Jesu erklärte, in dem von Menschen die Rede ist, die »Mücken aussieben und Kamele verschlucken«, erzählte er, wie während des Krieges bei einem Luftangriff alle im Keller des Klosters Schutz suchen mussten. Den ganzen Tag saßen sie im Dunkeln und hörten, wie draußen die Bomben detonierten. Als der Abend kam, konnten zwei das Warten nicht länger ertragen. »Wir haben genug«, sagten sie. »Bomben hin, Bomben her, wir gehen nach Hause.« Sie verließen den Keller, kamen aber keine drei Minuten später wieder zurück.

»Wie ich sehe, habt ihr euere Meinung geändert«, sagte der Meister lächelnd.

»Ja«, sagten sie verärgert. »Es hat angefangen zu regnen.« M, 382

Seltsames Menschenleben

Das Menschenleben ist so seltsam, so unbegreiflich. Es gibt Tage, da scheint die Sonne. Du weißt nicht warum. Du bist zufrieden. Du siehst die schönen Seiten des Lebens. Du freust dich, du bist dankbar. Deine Arbeit läuft gut. Alle sind freundlich zu dir. Du weißt nicht warum.

Aber auf einmal verändert sich alles. Es ist, als ob eine übergroße Sonne die Wolken anzieht. Eine unerklärliche Traurigkeit kommt über dich. Dir fällt alles schwer, du siehst alles schwarz. Du meinst, dass die anderen dich nicht mehr mögen. Du beklagst dich über Kleinigkeiten, machst Vorwürfe. Du denkst, das bleibt so und wird nie mehr anders. Und wieder weißt du nicht, warum das so ist. Vielleicht bist du müde? Du weißt es nicht. Warum ist das so?

Weil der Mensch ein Stück Natur ist. Wenn du das begreifst, kannst du voll Mut und Vertrauen weiter, denn dann weißt du: Nach jeder Nacht kommt wieder ein neuer Morgen und dass dieses regelmäßige Sterben notwendig ist, um wieder neu voller Freude zu leben.

B, 100

Keine Antwort

»Sag mir«, wandte sich der Atheist an den Meister, »gibt es wirklich einen Gott?«

Sagte der Meister: »Wenn du willst, dass ich vollkommen ehrlich zu dir bin, möchte ich nicht antworten.«

Daraufhin fragten die Schüler den Meister, warum er keine Antwort geben wollte.

»Weil seine Frage nicht zu beantworten ist«, erwiderte er.

»Also bist du ein Atheist?«

»Ganz bestimmt nicht. Der Atheist macht den Fehler, das zu leugnen, wovon nichts gesagt werden kann.«

Und nach einer Pause, in der seine Worte sich gleichsam setzen konnten, fuhr der Meister fort: »Und der Theist macht den Fehler, es zu behaupten.« M, 309

Segenswunsch

Dein Friede
möge uns erfüllen

dein Friede
möge uns unruhig machen

dein Friede
möge uns sehnsüchtig machen

dein Friede
möge uns Mut zum Dunkel geben

dein Friede
möge uns Lust am Leben machen

dein Friede
möge uns Vertrauen lehren

dein Friede
möge uns auf die Suche schicken

dein Friede
möge Antwort
auf meine Fragen sein

S4, 115f

MAI

Was wirklich zählt und trägt

–

Klänge der Lebenstiefe

Gott hat die Sehnsucht ausgegossen in unsere Herzen (1)

Es gibt Tage in meinem Leben, da steckt eine geheimnisvolle Kraft in mir. Da ist es, als ob alles Verhärtete plötzlich weich wird. Da fließt es in mir, ich bin in der Bewegung, die Bewegung ist in mir. Das sind Tage, an denen mein Lächeln ansteckt, meine Augen offen sind für Dinge, die ich sonst übersehe, da hören meine Ohren plötzlich Melodien – das sind Tage, an denen einfach alles rund läuft und rund ist. Ich gebe zu, sie sind selten, diese Tage – und ich empfinde sie wohl auch nur deshalb als so hell, weil es einen dunklen Hintergrund dazu gibt, von dem das Helle absticht.

Vielleicht muss es so sein: Das Helle und das Dunkle, Licht und Schatten, Tag und Nacht, bedingen einander, ja brauchen sich, um das jeweils Eigene zu sein. Der Frühling wird erst durch Sommer, Herbst und Winter zum Frühling.

S3, 79

Gott hat die Sehnsucht ausgegossen in unsere Herzen (2)

Es braucht das Durchleben der Wochen und Monate, in denen ich vom morgendlichen Autoscheiben-Freikratzen geweckt werde und weiß, ich muss zehn Minuten früher die Wohnung verlassen. Es braucht die kurzen Tage, an denen ich, durch Arbeitszeiten bestimmt, morgens im Dunkeln weggehe, abends im Dunkeln heimkomme. Es braucht die eiskalten Hände und den eingefrorenen Wasserhahn und die Sehnsucht nach lauen Sommernächten, um den Frühling wirklich begrüßen und willkommen heißen zu können.

Immer nur Helle, immer nur Frühling, immer nur Sonntag, immer nur Hefezopf – wie langweilig ... Dunkelheit, Alltag und Schwarzbrot sind notwendig, um das jeweils andere beschreiben und begreifen zu können. Dabei lassen sich die einzelnen Begriffe solcher Unterschiedspaare nicht bewerten. Eins braucht das andere.

S3, 79f

Gott hat die Sehnsucht ausgegossen in unsere Herzen (3)

Unsere Vorlieben scheinen dabei zum Hellen, zum Tag, zum Hefezopf hin zu tendieren. Dieser Pol scheint uns einfacher lebbar zu sein. Man will sich das Angenehmere holen – und das auf den ersten Blick weniger Schöne wegfallen lassen. So freue ich mich auf das freie Wochenende – und mag den Montag nicht, denn da fängt die Arbeit wieder an. Krankheit, Siechtum, Alter, Tod werden verdrängt, abgeschoben – sicher, irgendwann einmal, aber jetzt doch nicht! Die Jahreszeiten werden egalisiert – im Januar werden Erdbeeren und neue Kartoffeln angeboten, die nach nichts schmecken. Ich lasse Liebe und Zärtlichkeit als Gefühle zu, ersticke aber meinen Hass und meine Wut. Ich lebe mein Glück und will die Trauer nicht kennen. Ich will das Schöne und Angenehme – am liebsten dauernd und sofort. S3, 80

Gott hat die Sehnsucht ausgegossen in unsere Herzen (4)

Ich glaube, das kann so nicht gut gehen. Das ist, als wenn ich meinen Schatten verkaufen wollte – ich gebe etwas her, das zu mir gehört, das mir aber doch sinnlos erscheint, mit dem ich im Moment nichts anfangen kann und will. Mit meinem Schatten mag ich mich nicht auseinander setzen – und auch nicht mit Tod, Krankheit, Behinderung, den dunklen Mächten der Nacht und was weiß ich sonst noch alles. Damit aber verarme ich auch. Ich verkaufe dem scheinbaren Glück meinen Schatten und merke nicht, dass es der Teufel selbst ist, dem ich mich verkaufe.

S3, 81

Gott hat die Sehnsucht ausgegossen in unsere Herzen (5)

Schatten können nur da sein, wo Licht ist – es braucht den Gegensatz, um das jeweils andere zu erkennen. Ohne Herbst kein Frühling ... der Frühling lässt sich nicht dadurch erzwingen, dass ich den Herbst verkaufe. Leben ohne Tod ist kein Leben.

Es mag schwer sein, diese Gegensätze in mir und in anderen auszuhalten. Mir jedenfalls fällt es schwer, an den Tagen der Trauer, der Dunkelheit mich nicht nur in die Hoffnung des Lichtes zu flüchten, sondern diese Dunkelheiten anzunehmen und zu er-leben.

Aber möglicherweise bedeutet der Ausdruck »ganzheitlich leben« – oder biblisch gesagt »das Leben in Fülle« genau dies: nicht einseitig zu leben, sondern den Gegensätzen und Widersprüchlichkeiten in mir Raum und auch Zeit geben, um in einen Rhythmus zu finden von Tag und Nacht, Sein und Werden, Tun und Lassen.

S3, 81

Gott hat die Sehnsucht ausgegossen in unsere Herzen (6)

Versöhnung ist angesagt, eine Versöhnung aber, die die Gegensätze nicht verleugnet, sondern ihnen ihren Platz lässt. Eine Versöhnung, die zulässt, dass es Schwarz und Weiß, Mann und Frau, Bewegung und Ruhe gibt; eine Versöhnung, die die Gegensätze auf einer anderen Ebene aufhebt und integriert – nachdem sie gelebt werden. Der Gott, an den ich glaube, ist auch zuallererst Gegensatz, bevor ich ihn auf einer neuen anderen Stufe des Erlebens als überraschend neue Einheit erlebe. Gott ist Tag und Nacht – ist Mann und Frau – Sonntag und Alltag – Frieden und Konflikt – Geborgenheit und Wüste – Aufbruch und Ankommen. Er ist all dies und gleichzeitig doch mehr, eben weil in ihm diese Gegensätze zu einer neuen Einheit verschmelzen – einer Einheit, die aber erst durch die Anerkennung der Gegensätze möglich ist.

S3, 81f

Dein tiefstes Wesen

Ein älterer Herr betrieb in einer größeren Stadt ein Antiquitätengeschäft. Eines Tages betrat ein Tourist den Laden und unterhielt sich mit dem alten Mann über die vielen Dinge, die hier aufgestapelt waren.

Sagte der Tourist: »Welches ist für Sie der seltsamste und geheimnisvollste Gegenstand, den Sie hier haben?«

Der alte Mann warf einen Blick auf die zahllosen Kuriositäten, Antiquitäten, ausgestopften Tiere, Schrumpfköpfe, präparierten Fische und Vögel, archäologischen Fundstücke, Hirschköpfe ... wandte sich dann dem Touristen zu und sagte: »Das seltsamste Ding in diesem Land bin zweifellos ich selbst.« M, 135

Gut von Menschen reden

Es ist eine Erfahrungstatsache, dass wir mit Loben bei vielen Menschen oft weiterkommen als mit ständiger Kritik. Wer Kinder zu erziehen hat, weiß, wieviel ein lobendes Wort bewirkt. Wenn ich im Lob das Gute am andern benenne, wecke ich es zum Leben, ich locke das Gute in ihm hervor. Das Lob vergisst nicht, dass im andern auch negative Seiten sind, die keineswegs gelobt werden können. Aber das Loben spricht bewusst das Gute an. Es hebt das Gute ins Wort und damit zum Leben. Denn auch hier gilt: Was ausgesprochen wird, wird wirksam. Das Aussprechen schafft etwas von dem, was ausgesprochen wird. Zumindest wird es für den Hörer bewusster, und dadurch kann es in ihm etwas bewirken.

Im Loben vergesse ich mich, vergesse ich auch die Wirkung des Wortes auf den anderen. Im Loben lasse ich dem andern Raum. Er wächst durch das Lob. Das Gute in ihm wird durch mein Ansprechen verstärkt. Und er kann nun selbst ein Stück mehr an das Gute in sich glauben, es zulassen und so sein Wachsen fördern.

G, 101

Visionen – Träume (1)

In Träumen spricht Gott mit uns, aber es ist eine dunkle Sprache, eine Sprache in Rätseln. Wir sind jedoch darauf angewiesen, auf die Träume zu hören, wenn wir Gottes Wort für uns vernehmen, wenn wir wissen wollen, wie wir richtig leben können. In unserem bewussten Leben sind wir oft blind und taub gegenüber Gott. Wir übersehen, was er uns sagen will. Wir hören nur auf unsere eigenen Gedanken oder auf die der Menschen um uns herum und überhören Gottes Stimme. Da muss Gott sich in Träumen vernehmbar machen. So sind Träume für die Israeliten etwas Heiliges, da Gott uns darin berührt und anspricht. Aber er spricht nicht nur, er erscheint auch in Visionen. Wenn die Bibel von Visionen spricht, dann meint sie nicht außergewöhnliche Ereignisse, Geschehnisse, die wir im Film festhalten könnten. Es sind immer Erscheinungen für Menschen gemeint, Erscheinungen, die sich in unserer Psyche bemerkbar machen und die wir mit unserem inneren Auge wahrnehmen können.

G, 266

Visionen – Träume (2)

Im Neuen Testament spielt der Traum vor allem bei Matthäus eine große Rolle. Die Geburt Jesu wird von Träumen begleitet. Joseph erfährt im Traum, dass seine Verlobte vom Heiligen Geist schwanger ist. Der Traum enthüllt ihm, was geschehen ist und was er zu tun hat. Und Joseph gehorcht. Er nimmt Maria zu sich. Der Traum ist für ihn nicht ein unverbindliches Wissen, sondern er verpflichtet ihn zum Handeln.

Als das göttliche Kind geboren war, machten sich Sterndeuter aus dem Osten auf den Weg, um das Kind anzubeten. Auch sie hören auf Träume. Aber sie verbinden ihre Träume mit der Wissenschaft von den Sternen und mit ihrem geschichtlichen Wissen. So erreichen sie ihr Ziel. Der Stern weist ihnen den Weg. Wiederum im Traum erfahren sie, dass sie auf einem anderen Weg heimziehen sollen. Und sie gehorchen, genau wie Joseph, dem ein Engel im Traum erscheint, um ihn zur Flucht nach Ägypten aufzufordern. Und auf einen Traum hin kehrt Joseph wieder nach Israel zurück. G, 267

Visionen – Träume (3)

So ist die Geburt Jesu von lauter Träumen umgeben. Im Traum erkennt Joseph das Geheimnis Marias und das Geheimnis des göttlichen Kindes. Und der Traum weist ihm den Weg, den er zu gehen hat. Träume sind also verpflichtend. Sie wollen sich in die Realität des Lebens hinein auswirken.

Joseph gehorcht seinen Träumen, doch Pilatus hört nicht auf den Traum seiner Frau, die ihm bezeugt, dass Jesus unschuldig ist und ihn auffordert, seine Hände von diesem Mann zu lassen. Die Gerichtsverhandlung kann nicht erweisen, ob Jesus schuldig ist oder nicht. Doch der Traum zeigt es deutlich. G, 267

Visionen – Träume (4)

So hat der Traum in der Bibel eine zweifache Bedeutung. Einmal enthüllt er mir die Wahrheit über mich und über andere Menschen, über meinen persönlichen Zustand und über das Geheimnis meines Lebens, aber auch über die politische und religiöse Situation des Volkes oder eines einzelnen Menschen. Der Traum korrigiert und ergänzt meine bewusste Sicht, aber er eröffnet auch ganz neue Horizonte. Er lässt die Wirklichkeit in ihrem wahren Licht erscheinen. Gott zeigt mir im Traum die Wahrheit, zieht den Schleier weg, der über der Wirklichkeit liegt. – Aber der Traum ist auch Ort direkter Gottesbegegnung. Gott sendet nicht nur Botschaften über die Wirklichkeit, sondern er tritt uns entgegen, kämpft mit uns wie im nächtlichen Ringen mit Jakob (Genesis 32, 23–33), und er gibt sich selbst zu erkennen, er erscheint in Visionen und lässt sich in den Bildern des Traumes schauen.

G, 269

Visionen – Träume (5)

Die zweite Bedeutung der biblischen Träume ist die konkrete Weisung. Gott gibt uns im Traum an, was wir zu tun und welchen Weg wir einzuschlagen haben. Er zeigt uns, wie wir uns entscheiden sollen, und hilft uns so, eine Orientierung in unserem Leben zu finden. In der klaren Weisung liegt etwas Befreiendes, Eindeutiges. Wenn Gott im Traum einen Befehl erteilt, dann bleibt uns nichts übrig, als zu gehorchen, selbst wenn wir den Sinn der Weisung noch nicht einsehen. Der Traum ist keine Gedankenspielerei, sondern geht uns unbedingt an. Er hat Auswirkungen auf unser Tun, verwirklicht sich in konkreten Taten in dieser Welt, ja er bestimmt wichtige historische Entscheidungen und Entwicklungen. Er setzt ein Geschehen in Gang, das weitreichende Folgen für alle Menschen hat. Gott selbst greift im Traum in die Geschichte ein und lenkt sie nach seinem Ratschluss und Willen.

G, 269

Wach werden

Spiritualität bedeutet wach werden. Die meisten Leute schlafen, ohne es zu wissen. Sie wurden schlafend geboren, sie leben schlafend, sie heiraten im Schlaf, erziehen im Schlaf ihre Kinder und sterben im Schlaf, ohne jemals wach geworden zu sein. Niemals verstehen sie den Reiz und die Schönheit dessen, was wir menschliches Leben nennen. Bekanntlich sind sich alle Mystiker – ob christlich oder nichtchristlich und egal, welcher theologischen Richtung oder Religion sie angehören – in diesem einen Punkt einig: dass alles gut, alles in Ordnung ist. Obwohl gar nichts in Ordnung ist, ist alles gut. Ein wirklich seltsamer Widerspruch. Aber tragischerweise kommen die meisten Leute gar nicht dazu zu erkennen, dass tatsächlich alles gut ist, denn sie schlafen. Sie haben einen Albtraum.

M, 12

Geistliche Dürre

Es gibt Zeiten, in denen wir eine zerstörende Trockenheit in unserem spirituellen Leben erfahren. Das Verlangen zu beten erlischt, Erfahrungen der Gegenwart Gottes verblassen, Gottesdienste langweilen, und selbst das, was wir von Gott, Jesus Christus und dem Heiligen Geist glaubten, erscheint fast wie ein Märchen.

In solch einer Situation müssen wir uns zu Bewusstsein bringen, dass fast alle diese Gefühle und Gedanken nichts weiter als eben Gefühle und Gedanken sind und der Geist Gottes jenseits unserer Gefühle und Gedanken wohnt. Es ist ein großes Geschenk, Gottes Gegenwart in unseren Gefühlen und Gedanken erfahren zu können. Sind wir dazu aber nicht fähig, so muss das nicht heißen, dass Gott abwesend ist. Vielmehr bedeutet dies oft, dass Gott uns zu großer Glaubenstreue aufruft.

Gerade in Zeiten spiritueller Trockenheit sollten wir an unseren gewohnten geistlichen Praktiken festhalten, damit wir zu einer neuen Vertrautheit mit Gott finden.

N, 230

Zusage

Du brauchst nicht
das Unmögliche möglich zu machen
du brauchst nicht
über deine Möglichkeiten zu leben
du brauchst dich nicht zu ängstigen
du brauchst nicht alles zu tun
du brauchst
keine Wunder zu vollbringen
du brauchst dich nicht zu schämen
du brauchst nicht zu genügen
du brauchst Erwartungen an dich
nicht zu entsprechen
du brauchst keine Rolle zu spielen
du brauchst
nicht immer kraftvoll zu sein

und du brauchst nicht
alleine zu gehen S2, 26

Unser Leben anderen erschliessen

Werden wir gefragt, warum wir eigentlich nicht schreiben, sagen wir meist: »Ich habe nichts wirklich Neues zu sagen. Was ich auch sagen möchte, hat jemand anderer schon gesagt, und dies viel besser, als ich es je könnte.« So zu antworten ist aber kein stichhaltiges Argument, nicht zu schreiben. Jeder Mensch ist einzigartig und mit besonderen Fähigkeiten ausgestattet. Auch hat kein anderer das erlebt, was wir erlebt haben. Darüber hinaus haben wir das, was wir erlebt haben, nicht nur für uns, sondern ebenso für andere erlebt. Schreiben kann ein sehr schöpferischer und anregender Weg sein, unser Leben uns selbst und anderen zu erschließen.

Wir dürfen darauf vertrauen, dass unsere Geschichten, Erfahrungen und Erlebnisse wert sind, erzählt zu werden. Dabei werden wir vielleicht entdecken, dass je besser wir sie erzählen, um so besser wir sie auch leben möchten.

N, 134

Vom Maß der Dinge ... (1)

In der Regel ist es erst das Maß, die Menge, die Intensität einer Sache, die darüber entscheidet, ob sich etwas als heilsam auswirkt oder lebensbedrohend wird. Freiheit ist ein wichtiger Lebenswert für den Menschen – solange sie nicht in Zügellosigkeit ausartet. Sensibilität ist hilfreich, solange sie nicht zur Überempfindlichkeit wird. Sparsamkeit kann zum Geiz werden, Treue zur Abhängigkeit, Wut kann zur sinnlosen Zerstörung führen.

In Maßen ist alles sinnvoll – es kommt auf die »Dosis« an. Erst das »Zuviel« ist schädlich, das »Zuviel«, das das andere nicht mehr zum Zug kommen lässt.

Manchmal kann ich »das Maß« erst erkennen, wenn ich es überschritten habe. Ich habe über meine Kräfte hinaus gearbeitet, habe zugehört, Außenkontakte gehabt, jetzt brauche ich Stunden, Tage, an denen ich nichts mehr von außen an mich herankommen lassen darf. Oder ich war einem Menschen so nah, dass es jetzt wieder einen Schritt in die Distanz braucht. Si, 20

Vom Maß der Dinge ... (2)

Lebe ich zu lange und zu intensiv nur in eine Richtung des Lebens, dann zieht das oft die Gegenbewegung nach sich. Bedingungslose Liebe kann zu Hass werden, Konsum kann plötzlich in absolute Askese, den totalen Verzicht umschlagen, Karrieretypen steigen aus.

Ich denke, dass die Balance wichtig ist, die Balance zwischen den beiden Polen. Es mag Zeiten geben, in denen es notwendig ist, das »Äußerste« zu leben. Dann aber muss ich auch wieder den Gegenpol in meinem Leben wahrnehmen und ihn stärken. Für meine eigene Entwicklung finde ich es hilfreich, darauf hinzuschauen: Was lebe ich in welchem Maß – und was ist mir im Moment gerade aus dem »Blick« geraten? Um das Gleichgewicht wieder zu finden, kann es wichtig sein, den Pol zu leben, der bisher bei mir zu wenig vorkommt.

S1, 20f

Königlich

Wenn Ihnen nichts mehr etwas anhaben und niemand Sie mehr verletzen kann, Sie nichts und niemanden mehr fürchten werden: Ist das nicht wunderbar? Sie werden wie ein König oder eine Königin leben. Das heißt königlich zu leben und nicht so ein Unsinn, wie Ihr Foto in der Zeitung zu sehen oder eine Menge Geld zu haben. Das ist es wirklich nicht. Sie fürchten niemand, weil Sie vollkommen damit zufrieden sind, niemand zu sein. Erfolg oder Versagen berühren Sie nicht, sie bedeuten Ihnen nichts. Ansehen oder Schande bedeuten alles nichts! Wenn Sie sich lächerlich machen, bedeutet das ebenso wenig. Ist das nicht ein wunderbarer Zustand!

Manche erreichen dieses Ziel mit Mühe und Geduld Schritt für Schritt, über Wochen und Monate des Bewusstwerdens ihrer selbst. Aber etwas kann ich Ihnen versprechen: Ich habe noch niemanden gesehen, der sich dafür Zeit genommen hat und der nach ein paar Wochen keinen Unterschied bemerkt hätte. M, 180

Wie und wovon ich rede

Wenn einer nichts für sich behalten kann, sondern alles herausreden muss, Gutes wie Schlechtes, dann hat man von ihm den Eindruck, er hat keinen Tiefgang. Er kennt keine Geheimnisse. Er kann nicht mit Geheimnissen leben, er kann sie nicht aushalten. Dann kann er aber auch nicht tiefer in ein Geheimnis eindringen. Er zerstört es, indem er sofort davon reden will. Letztlich äußert sich in diesem ständigen Reden eine Angst vor dem Geheimnis, eine Angst vielleicht vor Gott. Im Reden will man alles benennen, alles durchschaubar, mitteilbar und damit beherrschbar machen. Worüber ich rede, das habe ich in der Hand. Ich werfe es einem andern zu. Also kann es mich nicht umwerfen.

Die zweite Gefahr des Redens ist das Urteilen über andere. Wenn wir unser Reden genau beobachten, so ist ein großer Teil das Reden über andere. Wenn man positiv über andere reden will, ertappt man sich doch dabei, wie man urteilt. Und häufig ist das Reden über andere ein Reden über sich selbst, ohne dass es einem bewusst ist.

G, 370

Wie gelingt mein Leben? (1)

In vielen Gleichnissen geht es Jesus um die gleiche Frage: Wie gelingt mein Leben? Und gerade in den drastischen Gleichnissen will er uns warnen, einem falschen Lebensentwurf zu folgen. So ein falscher Lebensentwurf kann sich sogar hinter einem anständigen und korrekten Leben verstecken.

Im Gleichnis vom königlichen Hochzeitsmahl (Matthäus 22,1–14) kümmern sich die Eingeladenen nicht um das Mahl. Der eine geht auf seinen Acker. Ihm sind sein Besitz und seine eigene Fruchtbarkeit wichtiger als das Hochzeitsmahl, das ja nicht nur für das ewige Leben nach dem Tod steht, sondern für das gelungene Leben hier, für ein Leben, das hier und jetzt schon eins wird mit Gott und hier schon ununterbrochen das Fest der Auferstehung feiert. Der andere geht in seinen Laden. Ihm ist sein Geschäft, seine Geschäftigkeit, seine Aktivität, wichtiger. Er möchte alles selber tun. Andere, so sagt das Gleichnis, »fielen über seine Diener her, misshandelten sie und brachten sie um« (Matthäus 22,6). G, 328

Wie gelingt mein Leben? (2)

Es sind offensichtlich Menschen damit gemeint, die die innere Einladung zum wirklichen Leben gewaltsam niederschlagen, weil sie sich davon nicht verunsichern lassen möchten. Sie spüren, dass da noch eine andere Stimme in ihnen ist, die sie zum authentischen Leben einlädt. Aber sie haben sich so eingerichtet in ihrer eigenen Welt, dass sie diese Stimme nicht nur totschweigen, sondern totschlagen müssen.

Gott lädt alle Menschen ein, ohne Rücksicht auf ihre Herkunft und auf ihren moralischen Zustand. Alle, Böse und Gute, dürfen zum Hochzeitsmahl kommen. In der Fassung des Gleichnisses bei Lukas (14,15–24) sind es gerade »die Armen und die Krüppel, die Blinden und die Lahmen« (14,21), die zum Festmahl geladen sind. Also gerade die verwundeten und verletzten Menschen, die ihre eigenen Grenzen spüren, sind offen für die Verheißung des vollen Lebens, des Lebens mit Gott. G, 328

Das Alte und die Zukunft

Alte Sachen entsorgen, die nichts mehr taugen. Sich freimachen vom Ballast des Alten, der das neue Leben erdrückt und sich nicht entfalten lässt. Sei progressiv, ein Mensch, der in die Zukunft denkt und lebt, der nicht am Alten klebt und nicht Vergangenes verhätschelt. Es muss aufgeräumt und Schimmel beseitigt werden.

Aber mach es bitte nicht wie jene modernen Fanatiker, die zuerst einmal alles niederreißen und heruntermachen. Ihnen fehlt alles überlegte Urteil, jedes Verantwortungsgefühl. Ihre Kritik ist nichts als krankhafter Widerspruchsgeist. Ihnen geht es gar nicht um Reform, sondern um ihre Person. Sie wollen um jeden Preis auffallen und Aufsehen erregen, in die Zeitung und ins Fernsehen kommen.

Gott gebe uns Menschen, die sich nicht so wichtig nehmen, die wissen, wie weit wir gekommen wären, wenn die Vorfahren nicht das Rad schon erfunden hätten, und die damit rechnen, dass auch gestern schon Blumen der Güte und der Schönheit blühten. B, 347

Christi Himmelfahrt – Christus in uns (1)

Das Fest Christi Himmelfahrt will unseren Blick auf unser Ziel richten, auf den Himmel. Wir sollen nicht aufgehen in den irdischen Geschäften, sondern aufschauen zu Christus, der schon im Himmel ist. Was auf den ersten Blick wie ein moralischer Appell aussieht, ist in Wirklichkeit eine befreiende Botschaft. Denn wer vom Himmel als von seiner Heimat her leben kann, für den relativieren sich viele Dinge seines Lebens, für den haben Erfolg und Besitz und Gesundheit nicht mehr den höchsten Stellenwert. Wenn er im Herzen schon am Ziel ist, dann ist der Weg nicht mehr so beschwerlich, dann hat er einen inneren Abstand zu dem, was ihm auf dem Weg begegnet. Er klammert sich nicht daran fest. Er ist in seinem Herzen schon woanders. – C. G. Jung meint, dass der Blick auf Christus, der die Schwelle des Todes bereits überschritten hat, dem Menschen gut tut und ihn psychisch gesund hält. Nun kann er im Tod ein positives Ziel sehen. Denn »von der Lebensmitte an bleibt nur der lebendig, der mit dem Leben sterben will« (Jung).

G, 126

Christi Himmelfahrt – Christus in uns (2)

Für C. G. Jung ist die Religion eine Schule, die uns auf die zweite Lebenshälfte hin erzieht. Christi Himmelfahrt ist innerhalb dieser Lebensschule das Fest, das uns über die Selbstbehauptung in der Welt hinausführt in einen Bereich, wo wir erst wahrhaft zum Menschen werden.

Wir berühren nicht mehr den historischen Jesus, sondern den Christus im Geist. Aber ihn berühren wir wirklich, er ist in uns. Ja, er ist uns sogar näher gekommen als damals. Denn damals stand er neben und zwischen den Menschen. Aber jetzt ist er in uns. Solange ein Mensch neben uns lebt, sind wir fixiert auf das, was wir sehen. Aber sein eigentliches Geheimnis übersehen wir oft. Christus musste zum Vater gehen, damit wir nicht an seiner historischen Gestalt hängen bleiben. Wenn er geht, können wir alles verinnerlichen, was er gelebt hat. Christus kann nun in uns Gestalt annehmen. So geht es am Fest Christi Himmelfahrt darum, dass wir Christus nicht oben im Himmel suchen, sondern in uns.

G, 126

Krankheit als Weg ... (1)

Die häufigsten Ursachen für das Entstehen von Krankheit sind die Aggressionshemmung sowie die Lust- und Bedürfnishemmung. Weil man nicht gut umgeht mit seinen Aggressionen, seinem Wunsch nach Lust und mit seinen Bedürfnissen, wird man krank. Ein falscher Asketismus, der bei Christen weit verbreitet ist, ist oft Schuld an diesen Hemmungen. Man verbietet sich Lust und Bedürfnisse. Wenn ein Bedürfnis aber nicht eingestanden wird, kann es sich in der Krankheit auf eher heimliche Weise sein Recht verschaffen. Wenn sich z. B. eine Frau ständig für die Familie aufopfert und ihr Bedürfnis nach Zuwendung und Zärtlichkeit nicht zulässt, dann kann sie sich durch eine Krankheit unbewusst die Befriedigung ihres Bedürfnisses erzwingen. Da muss sich der Mann um sie kümmern, und die Kinder können nicht mehr nur von ihr fordern. Sie wird umsorgt, und man nimmt auf sie Rücksicht. In verschlüsselter Form hat sie der Familie ihr Bedürfnis nach Zuwendung und zugleich nach Ruhe vor den Erwartungen der anderen mitgeteilt.

G, 356

Krankheit als Weg ... (2)

Manchen Menschen bleibt nur die Krankheit als Weg, ihren Wunsch nach Zuwendung oder auch nach Abgrenzung auszudrücken. Insofern kann die Krankheit auch eine Hilfe sein.

Und gerade bei psychosomatischen Krankheiten sollte man nicht beim Kranken die Schuld suchen und überlegen, wo er psychische Probleme hat, sondern sollte seine Krankheit als Anlass zur Gewissenserforschung nehmen: Wo bin ich schuld an seiner Krankheit? Habe ich mich ihm gegenüber so verhalten, dass ihm keine andere Lösung übrig blieb, als krank zu werden und mit seiner Krankheit mir seine wahren Bedürfnisse zu zeigen, die ich bisher übersehen habe? Und ich muss mir die ernste Frage stellen, ob und warum Menschen um mich herum krank werden. In einer Familie wird die Frau oft krank, wenn sie keine Möglichkeit hat, ihre Bedürfnisse zu leben. Aber auch die Krankheit des Mannes kann oft etwas aussagen über die Beziehung der Partner oder über die Situation in der Familie. G, 356

Das Geschenk der Elternschaft

Kinder sind kein Eigentum, das man als Besitzer verwaltet, sondern Gaben, die man hegt und pflegt. Kinder sind die wichtigsten Gäste ihrer Eltern. Sie betreten den Raum, der für sie geschaffen wurde und in dem sie zu Hause sind, verweilen darin eine Zeit lang – fünfzehn, zwanzig oder auch fünfundzwanzig Jahre – und nehmen dann Abschied, um sich ihren eigenen Raum zu schaffen und ihren eigenen Weg zu suchen. Wenngleich Eltern von »unserem Sohn« und »unserer Töchter« sprechen, gehören die Kinder ihnen nicht. Eltern müssen ihre Kinder kennen lernen, deren Stärken und Schwächen entdecken, sie zu Reife und Verantwortung führen, um sie später eigene Entscheidungen treffen zu lassen.

Das größte Geschenk, das Eltern ihren Kindern machen können, ist die Liebe zueinander. Durch diese Liebe schaffen sie einen Raum, in dem sie ohne Angst aufwachsen können, Vertrauen zu sich selbst entwickeln und zu der Freiheit finden, einmal von zu Hause fort und ihren eigenen Lebensweg zu gehen. N, 80

Das Herz jeder Familie

Der Mai ist der Monat aller Mütter. Trag die Mutter auf Händen! Wahre Mütter sind etwas Wunderbares. Sie verstehen uns, arbeiten für uns, sorgen für uns, lieben uns, beten für uns. Das einzig Schlimme, was sie uns antun: sterben und uns verlassen. Wenn du noch eine Mutter hast, halte sie in Ehren. Warte nicht, bis sie tot ist, um ihr Blumen zu bringen. Sei gut zu ihr, und das nicht nur am Muttertag.

Wenn deine Mutter alt ist und sich vielleicht mit ihrer Gesundheit abplagt, sorge doppelt für sie. Sie trug dich durch den Morgen des Lebens, trage du sie voll Liebe durch den Abend des Lebens. Die Mutter ist das Herz jeder Familie, das Band, das alles zusammenhält, das Feuer im Herzen, das alle wärmt. Wie alt du auch wirst und was du auch angestellt haben magst, für die Mutter bleibst du immer ihr Kind. Wahre Mütter sind zu den unmöglichsten und wunderbarsten Dingen der Liebe imstande. Mütter sind einmalig, unersetzlich.

B, 137

Hast du den Vogel singen hören?

Das hinduistische Indien schuf ein schönes Bild, um die Beziehung zwischen Gott und seiner Schöpfung zu beschreiben. Gott »tanzt« seine Schöpfung. Er ist der Tänzer, die Schöpfung der Tanz. Der Tanz ist etwas anders als der Tänzer, und doch gäbe es keinen Tanz ohne ihn.

Auf seiner Suche nach Gott denkt der Mensch zu viel, redet zu viel. Selbst wenn er diesen Tanz betrachtet, den wir Schöpfung nennen, grübelt er die ganze Zeit, spricht, überlegt, analysiert und philosophiert: Worte, Lärm.

Sei still und sieh dem Tanz zu. Nur hinschauen: ein Stern, eine Blume, ein welkendes Blatt, ein Vogel, ein Stein. Jeder Teil des Tanzes ist geeignet. Schauen, lauschen, riechen, berühren, schmecken. Und sicher wird es nicht lange dauern, bis du Ihn siehst, den Tänzer selbst!

M, 308

JUNI

»Halt an, wo laufst du hin?«

–

Sich des himmlischen Ursprungs erinnern

Innewerden, dass ich lebe

Wenn wir uns vorstellen, dass wir morgen sterben würden, dann würden wir nochmals ganz bewusst und intensiv den heutigen Tag erleben. Wir würden jeden Augenblick auskosten. Wir würden uns auf die Begegnungen vorbehaltlos einlassen. Wir würden auf jedes Wort achten, das wir sprechen, und abwägen, was wir eigentlich sagen möchten.

Sich vor Augen zu halten, dass wir sterben werden, heißt menschlich leben, so leben, wie es unserer menschlichen Existenz entspricht, die ja sterblich ist. Und es heißt für mich: achtsam und wach leben, mir immer wieder des Geheimnisses innewerden, dass ich da bin, dass ich atme, dass ich fühle, dass ich lebe, dass ich einzigartig bin auf der Welt. Das Denken an den Tod dient dem Leben. Was bedeutet es zu leben, zu sein? Wie fühlt sich das Leben an? Wie schmeckt Leben? Und was heißt es, einmalig zu sein, etwas vermitteln zu dürfen, das nur ich vermag? Was heißt es, dass die Welt auf mich wartet, dass ich das Wort sage, das mir allein vorbehalten ist?

G, 329

Die Mitte sprechen lassen

»Hab Mut!«, sagen wir oft zueinander. Mut ist eine geistliche Tugend und christliche Grundhaltung. Früher brauchte man für Mut häufig das französische Wort Courage und bezeichnete einen beherzten Menschen als couragiert. Courage leitet sich ab vom lateinischen »cor«, das heißt »Herz«. Eine couragierte, mutige Tat wie ein couragiertes, mutiges Wort entspringen dem Herzen, wenngleich das Herz nicht gerade der Ort ist, an dem unsere Emotionen ihren Platz haben. Das Herz, wohl das bedeutungsreichste menschliche »Urwort«, bezeichnet die innerste Mitte unserer leib-geistigen Person, den Quellort der Gedanken und Erwägungen, des Planens, Wollens und Handelns, aber auch des affektiven Lebens, der Leidenschaften und Entschlüsse.

Ein mutiges, ein beherztes Leben ist ein aus der Mitte heraus geführtes Leben. Es ist ein tief verwurzeltes, im Gegensatz zu einem oberflächlichen Leben. »Hab Mut!« bedeutet deshalb: »Lass deine Mitte sprechen!« N, 195

Gute Nacht

Viele klagen: »Ich bin mit den Nerven fertig.« Wir leben zu gehetzt und gejagt. Wir haben den Sinn für Stille und Ruhe verloren, für die Nacht, die Gott uns zur Erholung gab. Gestörte Nächte machen gereizt, und Nervosität schafft neue Probleme.

Ärger schlägt auf den Magen. Verbitterung geht auf die Galle. Pessimismus legt sich aufs Gemüt. Über Nacht wirken diese Gifte weiter, bis man ganz und gar sauer ist, unleidlich, unausstehlich. Und der erquickende Schlaf ist dahin.

Versuch es mal, warte bis zum anderen Tag, um dich aufzuregen. Du wirst sehen, wie wenig die ganze Wut wert ist. Eine Nacht gut schlafen löst manches Problem.

Geh nicht mit Gift im Herzen schlafen. Denk an die schönen Dinge des Tages. Fülle dein Herz mit Vertrauen, Verständnis, Güte und Vergebung. Leg dich nicht schlecht gelaunt ins Bett. Geh mit einem Herzen schlafen, das morgen wieder lieben kann. B, 366

Pfingsten – Lebendigkeit, Liebe, Freude … (1)

Um an Pfingsten etwas vom Heiligen Geist in sich zu spüren, könnte es hilfreich sein, sich einfach einmal in den Wind zu stellen, die Augen zu schließen und mit allen Sinnen den Wind wahrzunehmen, wie er zärtlich über die Wangen streicht, wie er einen kräftig durchweht, wie er einen in Bewegung bringt. Wer den Wind als Symbol für den Gottesgeist versteht, kann unmittelbar im Wehen des Windes Gottes Geist spüren. Es ist nicht bloß Einbildung, sondern Realität. Der Geist Gottes ist ja im Wind, er ist in diesem Augenblick, da der Wind mich durchweht, in mir, er reinigt und belebt mich, er streichelt und liebkost mich. Im Wind spüre ich das Leben der Natur, und zugleich erfahre ich in ihm auch das Leben des Heiligen Geistes, ja den Heiligen Geist selbst.

G, 127

Pfingsten – Lebendigkeit, Liebe, Freude ... (2)

Ein anderes Bild für den Heiligen Geist ist das Feuer, die Glut. Der Geist lässt sich in Feuerzungen auf die Jünger nieder. Feuer ist Symbol für Lebendigkeit. Wenn wir von einem Menschen sagen, in ihm brenne ein Feuer, meinen wir, er ist lebendig, voller Kraft, aus seinen Augen funkelt es, da geht etwas von ihm aus: Leben, Liebe, Freude. Pfingsten ist das Fest unserer eigenen Lebendigkeit. Wir sehnen uns danach, wirklich lebendig zu sein, wirklich lieben zu können. Oft genug fühlen wir uns ausgebrannt, leer, langweilig, ohne Gefühle, ohne Schwung. Und wir fühlen, dass wir in uns nicht genügend Kraft haben, die uns antreibt. Wenn wir diese Erfahrung zulassen, spüren wir auch in uns eine Sehnsucht nach einer Lebensquelle, die nicht versiegt, nach einer Kraft, die nicht erlahmt, und nach einer Glut, die nicht ausgeht. Wir ahnen darin schon, dass es doch so etwas wie den Heiligen Geist geben müsse, einen Geist, der von Gott kommt und doch in uns ist, der teilhat an der Fülle des Lebens und uns davon mitteilt. G, 127

Ins Gerede gekommen (1)

Pfingstmontag, der Feiertag, der ins Gerede gekommen ist – noch vor einigen Wochen hätte man wohl kaum einen Pfifferling für die Zukunft dieses Feiertages gegeben. Neben Fronleichnam und dem Buß- und Bettag war der Pfingstmontag lange Zeit dazu »auserkoren«, durch seine Abschaffung als staatlicher Feiertag die kommende Pflegeversicherung mit zu finanzieren.

Bei den Überlegungen dürften eher pragmatische als religiöse Überlegungen eine Rolle gespielt haben. Der Pfingstmontag, die Pfingstferien, haben einfach einen höheren Freizeitwert als ein Feiertag mitten im November, der zudem so läge, dass er sich kaum für einen Kurzurlaub eignet.

Der Pfingstmontag ist ins Gerede gekommen – schade, dass es dazu erst die Diskussion um die Pflegeversicherung brauchte. Ins Gerede zu kommen – das ist so pfingstlich, wie es denn pfingstlicher fast nicht mehr sein kann.

S2, 63

Ins Gerede gekommen (2)

Als der Geist Gottes in Jerusalem die Jünger und Jüngerinnen erfüllt, geben sie ihre selbst gewählte Zurückgezogenheit auf, gehen in die Öffentlichkeit, sprechen in fremden Sprachen, bezeugen Gott. Sie reden und kommen damit ins Gerede – »betrunken werden sie sein!«, so lautet ein Urteil der Menge.

In unserer Gesellschaft ist die Radikalität der christlichen Weihnachts- und Osterbotschaft zu einem netten Familienfest domestiziert worden, die Radikalität des Pfingstfestes dagegen wird vielleicht gerade auch von unseren Kirchen nicht mehr gesehen.

Pfingsten – das ist das Fest der Konsequenzen, das Fest mit der Botschaft, die zum Reden und Handeln einlädt, ja regelrecht dazu auffordert. Und vielleicht ist gerade das eine Erklärung dafür, warum wir dieses Fest so gerne aus unserem Bewusstsein verdrängen. S2, 63f

Ins Gerede gekommen (3)

Pfingsten – das ist die Konstituierung von Kirche und damit der Auftrag Gottes an uns Menschen, seine Ideen, seine Botschaft, seine Werte und sein Verständnis von Leben in diese Welt hineinzutragen und -zusagen. Kirche existiert nicht um ihrer selbst willen – sie will und soll dieser Botschaft Gottes dienen. Sie soll zum Leben befreien überall dort, wo Menschen mit dem Tod konfrontiert sind, wo Leben verkürzt wird, wo Menschen das Recht auf Leben abgesprochen wird. Sie soll Menschen aus fremden und selbst gebauten Gefängnissen herausholen. »Ich bin gekommen, damit sie das Leben haben und es in Fülle haben!« – diese Botschaft Jesu ist eindeutig. Und hier gilt es, die Zurückgezogenheit aufzugeben, aus den Kirchen herauszukommen, auf die Straßen und Plätze zu gehen, die Dinge beim Namen zu nennen, zu handeln und zu tun – auch auf die Gefahr hin, dabei ins Gerede zu kommen. Wer sich für das Leben einsetzt, der wird und muss ins Gerede kommen. S3, 64

Ins Gerede gekommen (4)

Sich für das Leben einsetzen – konkrete Menschen, konkrete Situationen fallen mir ein: ein junger Mann, HIV-positiv, die Kräfte reichen zum Arbeiten nicht mehr aus, isoliert von der Gesellschaft und von seinen Freunden, alleine, einsam. Die junge Frau, die keinen anderen Ausweg mehr sieht, als ihr Kind abzutreiben, weil durch die Schwangerschaft ihr eigenes Leben gefährdet ist. Der Mann, dem mit 55 gekündigt wurde und in die Depression verfällt, weil er keinen Sinn mehr im Leben sieht. Der Priester, der eine Frau liebt – und diese Liebe vor der Öffentlichkeit verstecken muss ... S2, 64f

Ins Gerede gekommen (5)

Die junge Frau in der Psychiatrie, die etliche Selbstmordversuche hinter sich hat. Das kleine Mädchen mit dem Gehirntumor, das aufgrund der Chemotherapie blind geworden ist. Die geschiedene Frau, die wieder geheiratet hat, und sich in dieser Kirche nicht angenommen fühlt. Die junge Familie, die den Versprechungen der Werbung erlegen und jetzt hoffnungslos überschuldet ist. Die junge Studentin aus Ruanda, die seit Wochen ohne Nachricht von ihren Eltern ist. – Beispiele über Beispiele, und die Liste wäre fortzuführen.

Hier sind Christen und Christinnen gefragt, ihre Zurückhaltung aufzugeben, sich einzumischen, in die Öffentlichkeit zu gehen, sich kundig zu machen, Rede und Antwort zu stehen – und zu handeln. Auf die Gefahr hin, damit ins Gerede zu kommen ...

Es geht darum, Menschen zu ihrem Mensch-Sein zu befreien, sie dabei zu unterstützen, ihr Mensch-Sein leben zu können.

S2, 65

Von welchem Geist bist du beseelt?

Der Geist des Menschen ist die stärkste Kraft auf Erden, unglaublich schöpferisch oder unheimlich zerstörerisch. Auch in deinem eigenen Leben wird alles durch den Geist bestimmt, von dem du beseelt bist. Wirst du beherrscht vom Geist hemmungsloser Kritik, vom Geist der Unverträglichkeit und Unzufriedenheit, des Neides, der Hartherzigkeit, der Selbstbemitleidung, dann werden deine Tage grauer und grauer. Dann machst du dir selbst und anderen das Leben grauenvoll, ein Stückchen Hölle auf Erden.

Ich wünsche dir in dieser Pfingstzeit einen Geist der Güte und Liebe, des Optimismus und der Hoffnung, den Geist Gottes, der die steinernen Herzen wegnimmt und der dir die schönste Frucht in den Schoß fallen lässt: wahre, tiefe Lebensfreude, die sich die reichsten Menschen mit allem Geld der Welt nie und nimmer kaufen können.

B, 178

Die Sonntage im Jahreskreis – Widerschein des Lebens (1)

Nach Pfingsten werden [in der katholischen Liturgie] die Sonntage im Jahreskreis fortgesetzt, die zwischen Weihnachtszeit und Fastenzeit begonnen wurden. Im Licht der Bibel sollen wir uns selbst neu sehen und verstehen lernen. Da werden in den Evangelien Heilungsgeschichten erzählt. Indem wir sie hören, entdecken wir unsere Krankheiten, die Beeinträchtigungen unseres Lebens: Wir sind oft gelähmt, können nicht aus uns heraus, fühlen uns blockiert. Wir sind die Blinden, die keinen Blick für den anderen haben, die den eigenen Weg nicht kennen. Wir sind taub und stumm, wir haben kein Ohr, die Not des anderen zu hören, kein Wort, das uns mit dem anderen verbindet, das Leben in ihm weckt. Wir sind aussätzig, wir können uns selbst nicht leiden mit unseren Schwächen und schließen uns von der menschlichen Gemeinschaft aus. Wir finden uns in den Kranken wieder. Aber wir dürfen Jesus auch zutrauen, dass er uns heilt.

G, 133

Die Sonntage im Jahreskreis – Widerschein des Lebens (2)

Da hören wir in den Evangelien die Gleichnisse Jesu. Die Gleichnisse vom Himmelreich wollen Wege zeigen, wie wir zu uns selbst kommen, wie wir das eigentliche Leben, den Schatz im Acker, die kostbare Perle finden können, wie unser Leben intensiver und reicher werden könnte. In die gleiche Richtung zielen auch die Weisungen und Forderungen Jesu, die uns oft als Überforderungen erscheinen. Aber auch sie wollen uns nur die Möglichkeiten aufzeigen, wie frei und wie menschlich wir leben könnten, wenn wir von unserem eigenen Ego ließen, wenn wir uns nicht krampfhaft an uns festhalten müssten, sondern uns einlassen würden auf Christus. Die Bergpredigt schildert uns den neuen Menschen, der in Gott seinen Grund gefunden hat und daher frei ist vom Zwang zur Selbstbehauptung. G, 133

Optimismus

Schau nicht immer nach unten, auf die dunklen Seiten des Lebens. Sei kein Schwarzseher. Sonst hast du keine Lust mehr zu essen, kannst nicht mehr schlafen, bist bedrückt, wirst blass und krank. Schau auf die sonnigen Seiten des Lebens, und sei optimistisch.

Optimismus: das wunderbarste, billigste Vitamin, um lange, gesund und glücklich zu leben. Zum Optimismus brauchst du einen gesunden Geist, nicht einen Geist, der immer fragt: Was bringt mir das, was habe ich davon? Gift für den inneren Frieden ist die rastlose Jagd nach immer neuen, raffinierteren Genüssen, nach immer mehr Spaß und Unterhaltung. Ein Vergnügen, das mit der Flasche am Ende ist, mit der letzten Station des Freizeitcenters, mit Rausch und Kick, ist keine wahre Freude. Die liegt viel tiefer.

Wahre Freude kommt aus dem Geist der Liebe, der wie eine Flamme von Herz zu Herz überspringt, aus dem Geist Gottes. Ich wünsche dir diesen Geist, damit dir Glückseligkeit zuteil wird, ein Stück vom Paradies.

B, 175

Das Leben verlieren und gewinnen

Es ist ein großes Paradox des Lebens, dass derjenige, welcher sein Leben verliert, es gewinnen wird. Dieses Paradox bestätigt sich in vielen gewöhnlichen Situationen. Klammern wir uns an unsere Freunde, werden wir sie gewiss verlieren. Stellen wir hingegen in unseren Beziehungen keine Besitzansprüche, werden wir viele Freunde gewinnen. Suchen und verlangen wir nach Ansehen, wird es schwinden, sobald wir meinen, es erlangt zu haben. Streben wir aber nicht danach, angesehen und bekannt zu sein, kann die Erinnerung an uns den Tod überdauern. Möchten wir gern im Mittelpunkt stehen, werden wir vermutlich als Randfigur enden. Sind wir aber frei genug, dort zu sein, wo auch immer es sein muss, werden wir uns oft im Mittelpunkt finden.

Unser Leben für andere zu verschenken ist eine große, ja die größte menschliche Kunst. Diese Tat wird uns das Leben gewinnen. N, 135

Ein lebenslanger Dienst

Versöhnung ist kein einmaliges Geschehen, bei dem ein Konflikt gelöst und Friede gestiftet wird. Ein Dienst der Versöhnung reicht über die Suche nach einer Lösung, über das Bedenken des Vorschlags und die Verständigung zum Frieden weit hinaus. Es gibt keinen Augenblick in unserem Leben, in dem nicht die Notwendigkeit zur Versöhnung besteht. Wenn wir in uns zu schauen wagen und einen Blick auf die Myriaden feindseliger Gefühle und Gedanken in unserem Herzen und in unserem Sinn werfen, werden wir bald die vielen kleinen und großen Kriege erkennen, in die wir verwickelt sind.

Unser Gegner, unser Feind können ein Elternteil sein, ein Kind, ein »freundlicher« Nachbar, Menschen mit anderen Lebensgewohnheiten, Leute, die nicht so denken, sprechen oder handeln wie wir. Sie alle können zu denjenigen gehören, von denen wir nur mit »Ach, die!« sprechen. Genau an dieser Stelle ist Versöhnung notwendig. N, 391

Wer möchte nicht heil sein? (1)

Die biblischen Heilungsgeschichten beschreiben uns unseren Zustand, wie er unter der Oberfläche eines erfolgreichen Lebens schamhaft verborgen ist. Sie wollen uns ermutigen, ehrlich anzuschauen, wie es uns wirklich geht. Von alleine trauen wir uns oft nicht, der Wirklichkeit unseres Herzens ins Auge zu sehen. In den Heilungsgeschichten treffen wir auf Menschen, die genauso krank und verwundet sind wie wir. Und sie werden in der Begegnung mit Jesus geheilt. Von der Heilung ihrer Krankheiten her können wir es wagen, auch die eigenen Wunden zu betrachten und sie im Gebet und in der Meditation Christus hinzuhalten, damit er sie heile. Dabei ist es hilfreich, wenn wir genau die Schritte anschauen, mit denen Jesus die Kranken heilt. Sie beschreiben oft Prozesse des Heilwerdens, die bei uns wesentlich länger dauern. Und doch sind sie in ihrer Reihenfolge wichtig. Sie zeigen, wie auch bei uns Heilung geschehen kann.

G, 171

Wer möchte nicht heil sein? (2)

Bei meinen Kursen über tiefenpsychologische Schriftauslegung lade ich die Teilnehmer ein, die Heilungsgeschichten mit folgenden Fragen zu bearbeiten:

1. Welche Krankheit wird hier beschrieben, wie wird sie beschrieben? Welche seelische Haltung drückt sich in der Krankheit aus? Was könnten die psychischen Ursachen sein? Versuche, zu den Bildern der Krankheit zu assoziieren! Welche Bilder und Assoziationen fallen dir ein?

2. Wie weit findest du dich im Kranken wieder? Welche Menschen kennst du, auf die die Beschreibung der Krankheit zutrifft? Was wird in dir selbst angesprochen, welche psychischen Haltungen, welche Erfahrungen?

3. Wie geschieht die Heilung in der Geschichte? Welche Schritte tut der/die Kranke, was tut Jesus? Versuche, die äußeren Schritte als innere zu verstehen!

4. Versuche, dich mit dem/der Kranken zu identifizieren und mit ihm/ihr ein Gespräch zu beginnen! Und dann sprich mit Jesus über dich und deine Krankheit!

G, 172

Träume

Eine Frau träumte, sie beträte einen ganz neuen Laden am Markt, und zu ihrem Erstaunen stand Gott hinter dem Ladentisch.

»Was verkaufst du hier?«, fragte sie.

»Alles, was dein Herz begehrt«, sagte Gott.

Die Frau wagte kaum zu glauben, was sie hörte, beschloss aber, das Beste zu verlangen, was ein Mensch sich nur wünschen konnte. »Ich möchte Frieden für meine Seele und Liebe und Glück, und weise möchte ich sein und nie mehr Angst haben«, sagte sie. Nach kurzem Nachdenken fügte sie hinzu: »Nicht nur für mich allein, sondern für alle Menschen auf der Erde.«

Gott lächelte: »Ich glaube, du hast mich falsch verstanden, meine Liebe«, sagte er, »wir verkaufen hier keine Früchte, nur die Samen.« M, 95

Echte Liebe

Jeder Mensch stellt sich die Frage: Was ist wirklich Liebe? Denn das Glück jedes Menschen hängt an der Liebe, die er kennt, die er sucht, die er erlebt und erfährt. Suche die Liebe nicht dort, wo sie als Sex zur Schau gestellt wird, wo sie die Fingerabdrücke gewissenloser Geschäftsleute trägt. Sie haben die Liebe wie einen unerkannten Diamanten in die Kloake geworfen.

Wenn du wissen willst, wie viel du von dieser Liebe besitzt, dann brauchst du nur für das Wörtchen Liebe deinen eigenen Namen einzusetzen. Da heißt es: »Die Liebe sucht überall das Gute. Die Liebe ist nicht neidisch. Die Liebe bildet sich nichts ein. Die Liebe sucht nicht sich selbst. Die Liebe lässt sich nicht verbittern und rechnet das Böse nicht an. Die Liebe hat keine Freude an den Fehlern anderer. Sie freut sich am Guten, das getan wird. Sie erträgt alles. Sie glaubt alles. Sie hofft alles. Sie duldet alles.« Glaub mir, dies ist die einzige Liebe, die Bestand hat. Diese Liebe geht niemals in die Brüche.

B, 124

Ein sicherer Ort für andere sein

Haben wir uns von dem Zwang befreit, über andere zu richten oder andere zu verurteilen, können wir zu einem sicheren Ort werden, an dem Menschen sich begegnen können, ohne einander zu kränken und zu verletzen und zwischen einander Trennwände zu errichten. Als Glaubende, die in der Liebe Gottes verwurzelt sind, können wir Menschen nicht zu lieben helfen, sie aber einladen, einander zu lieben. Wenn die Menschen merken, dass wir nicht auf eine Anweisung hin oder in versteckter Absicht kommen, dass wir für uns keinen Vorteil zu gewinnen suchen, sondern uns nur der Friede und die Versöhnung am Herzen liegen, werden sie die innere Freiheit und den Mut finden, ihre Waffen der Selbstverteidigung abzulegen und in ein Gespräch mit ihrem Gegner zu treten.

Es gelingt immer wieder, ohne dass wir es geplant haben. Unser Dienst der Versöhnung hat meist dann den größten Erfolg, wenn wir uns dieses Dienstes am wenigsten bewusst, sondern einfach da sind, ohne zu richten.

N, 390

Einfach aufgeben

Wie können Sie von einem Menschen, der an etwas krampfhaft festhält, erwarten, dass er sich auf das weite Meer des Glücks hinauswagt, das Reich Gottes heißt? Genauso gut kann man von einem Kamel erwarten, dass es durch ein Nadelöhr geht!

Das Tragische an solchem Festhalten ist freilich, dass es unglücklich macht, sobald man nicht bekommt, woran man sich klammert. Und bekommt man es, macht es ebenso wenig glücklich – es verschafft uns nur das schnelle Vergnügen, den Genuss, gefolgt vom Überdruss und seinem selbstverständlichen Begleiter: der Angst, es wieder zu verlieren.

Sie werden sagen: »Darf ich denn mein Herz nicht an ein Einziges hängen?« Selbstverständlich! An so vieles, wie Sie möchten. Doch jede einzelne Abhängigkeit kostet Sie ein Stück Ihres wahren Glückes.

Nur so ist der Kampf gegen Abhängigkeiten zu gewinnen: Geben Sie sie einfach auf! Es ist – aller verbreiteten und gegenteiligen Meinung zum Trotz – ganz einfach.

M, 67

Wahre Gastfreundschaft

Jede gute Beziehung zwischen zwei oder mehreren Menschen, ob in einer Freundschaft, Ehe oder Gemeinschaft, schafft Raum, in den Fremde eintreten und Freunde werden können. Gute Beziehungen sind gastfreundlich. Betreten wir das Heim eines anderen und fühlen uns freundlich empfangen, werden wir bald spüren, dass die hier herrschende Liebe den Ausschlag gab, so herzlich aufgenommen zu werden.

Bestehen Spannungen, wird sich der Gast in kürzester Zeit in sie einbezogen sehen und gezwungen sein, für die eine oder andere Seite Partei zu ergreifen. »Bist du für ihn oder für sie?« – »Vertrittst du deren oder unseren Standpunkt?« – »Magst du ihn oder mich lieber?«

Solche Fragen verhindern wahre Gastfreundschaft, erlauben dem Fremden nicht, sich geborgen zu fühlen und seine eigenen Gaben zu entdecken. Gastfreundschaft ist mehr als ein Ausdruck von Liebe für den Gast. Sie ist auch und vor allem Ausdruck der Liebe unter den Gastgebern.

N, 79

Wahre Nähe

Menschliche Beziehungen unterliegen leicht der Gefahr, besitzergreifende Formen anzunehmen. Unser Herz sehnt sich so sehr nach Liebe, dass wir immer versucht sind, uns an den Menschen, der uns Liebe, Zuneigung, Sympathie, Freundschaft oder Fürsorge schenkt, zu klammern. Kaum haben wir einen Hauch von Liebe entdeckt oder gespürt, verlangen wir nach mehr. Daran mag es auch liegen, dass Liebende so häufig miteinander streiten.

Es fällt der Liebe schwer, nicht in Besitz zu nehmen, denn unser Herz sehnt sich nach vollkommener Liebe, die aber kein Mensch geben kann. Nur Gott kann vollkommene Liebe schenken. Deshalb gehört zur Kunst des Liebens auch die Kunst, einander Raum zu gewähren. Wenn wir in den Raum des anderen eindringen und ihm nicht erlauben, ein freier Mensch zu sein, stiften wir in unseren Beziehungen viel Kummer und Enttäuschung. Gewähren wir jedoch einander Raum, kann es zu wahrer Nähe kommen. N, 64

Besitz

Der Guru saß in Meditation versunken am Ufer des Flusses, als ein Schüler ihm zwei große Perlen als Zeichen der Verehrung und Ergebenheit vor die Füße legte. Der Guru öffnete die Augen, hob eine der Perlen auf und hielt sie so nachlässig in der Hand, dass sie herausrutschte und die Böschung hinunter in den Fluss rollte. Der entsetzte Schüler tauchte sofort nach der Perle, aber obwohl er es bis spät in den Abend hinein immer wieder versuchte, hatte er kein Glück.

Schließlich weckte er den Guru aus seiner Meditation, nass und erschöpft, wie er war, und sagte: »Ihr habt die Perle fallen sehen. Zeigt mir genau wo, dann kann ich sie für Euch wieder finden.« Der Guru hob die zweite Perle auf, warf sie in den Fluss und sagte: »Genau dort.«

Versucht nicht, Dinge zu besitzen, denn sie können nie wirklich besessen werden.

Achtet nur darauf, nicht von ihnen in Besitz genommen zu werden, dann seid ihr der Herr der Schöpfung.

M, 54

Schlaflos

Mullah Nasruddin wälzte sich eines Nachts in seinem Bett hin und her. Da sagte seine Frau zu ihm: »Was ist denn los? Schlaf endlich ein!« Der Mullah stöhnte und gab zu verstehen, dass er die sieben Silbermünzen nicht habe, die er seinem Nachbarn Abdullah schulde und morgen zurückzahlen müsse. Dies plagte ihn so sehr, dass er beim besten Willen nicht einschlafen konnte. Da stand seine Frau kurzerhand auf, warf sich einen Schal um die Schultern, ging auf die Straße und rief: »Abdullah! Abdullah!«, bis der alte Abdullah schließlich ans Fenster kam, sich den Schlaf aus den Augen rieb und fragte: »Was ist denn los? Um was geht's?«

Die Frau rief laut zurück: »Du wirst morgen deine Silbermünzen nicht bekommen. Mein Mann hat sie nicht aufgetrieben.« Danach drehte sie sich um und ging wieder nach Hause. »Schlaf ein, Nasruddin«, sagte sie ihrem Mann, »jetzt kann sich Abdullah Sorgen machen.«

Und der Meister schloss: »Einer muss zahlen. Plagt jemanden etwas?« M, 55

Vom Anklagen zum Vergeben

Den größten Schmerz bereiten uns oft gerade diejenigen, die uns lieben und die wir selbst lieben. Die Beziehungen zwischen Gatte und Gattin, Eltern und Kindern, Bruder und Schwester, Lehrer und Schülern, Vorgesetzten und Untergebenen bilden die Stelle, an der uns die tiefsten Wunden zugefügt werden. Noch lange danach und selbst dann, wenn die, welche uns verletzt haben, längst gestorben sind, suchen wir noch Hilfe, um herauszufinden, was damals geschah und warum es uns so getroffen hat.

Wir neigen dazu, diejenigen, die uns am nächsten standen, als Schuldige unserer gegenwärtigen Situation anzuklagen. Es ist eine große Herausforderung und verlangt viel Mut, die eigenen Verletzungen zu erkennen und uns an unser wahres Selbst zu halten statt an die Folgen des Verhaltens anderer uns gegenüber. Nur wenn wir uns an unser gottgeschaffenes Selbst als die wahre Ursache unseres Seins halten, werden wir die Freiheit finden, denen zu vergeben, die uns verletzt haben. N, 113

Der einzige Grund

Warum nehmen Sie das Glück nicht wahr, das Sie schon besitzen? Weil Ihr Verstand dauernd Unglücklichsein produziert. Verjagen Sie dieses Unglücklichsein aus Ihrem Kopf, und sofort wird das Glück, das schon immer in Ihnen war, die Oberhand gewinnen ...

Wenn Sie genau hinschauen, werden Sie erkennen, dass es nur einen einzigen Grund für Ihr Unglücklichsein gibt. Er heißt *Abhängigkeit* – ein gefühlsmäßiger Zustand des Sich-Anklammerns, der aus der Überzeugung entsteht, dass man ohne eine bestimmte Sache oder einen bestimmten Menschen nicht glücklich sein kann.

Stellen Sie sich einen Menschen vor, der in einem Straflager sein Essen hinunterschlingt: Mit einer Hand führt er das Essen zum Mund, mit der anderen möchte er es von den anderen abschirmen, die es ihm sofort wegschnappen, wenn er nicht aufpasst: das perfekte Bild eines Menschen, der an etwas festklammert. So ist Festklammern immer eine Bedrohung für Ihren inneren Frieden und Ihre Ausgeglichenheit. M, 66

Das Wesentliche

Ein Löwe geriet in Gefangenschaft und wurde in ein Lager gebracht, wo er zu seinem Erstaunen noch andere Löwen antraf, die schon jahrelang dort waren, einige sogar ihr ganzes Leben, denn sie waren dort geboren. Er lernte bald die sozialen Betätigungen der Lagerlöwen kennen. Eine Gruppe bestand aus den Gesellschaftslöwen; eine andere ging ins Showgeschäft; wieder eine andere betätigte sich kulturell, um die Bräuche, die Traditionen und die Geschichte jener Zeiten zu bewahren, als die Löwen in Freiheit lebten. – Als sich der Neuankömmling umsah, bemerkte er einen Löwen, der stets tief in Gedanken versunken schien, ein Einzelgänger, der sich meistens von allen fernhielt. Es war etwas Seltsames um ihn, das sowohl die Bewunderung der anderen hervorrief, aber auch ihre Feindseligkeit. Er sagte zu dem Neuankömmling: »Schließ dich keiner Gruppe an. Diese armen Narren kümmern sich um alles, bloß nicht um das Wesentliche.« – »Und was ist das?«, fragt der Neuankömmling. »Über die Art des Zaunes nachzudenken.«

M, 61

Segen eines alten Menschen

Wenn ich so viele alte Menschen sehe, dann wünschte ich, dass sie viel Freundschaft erfahren und von Herzen diesen »Segen eines alten Menschen« sprechen können:

Gesegnet seien, die verstehen, dass meine Füße nicht mehr gut gehen können und meine Hände zittrig geworden sind.

Gesegnet seien, die begreifen, dass ich schlecht höre, und die sich bemühen, laut und deutlich zu sprechen.

Gesegnet seien, die wissen, dass meine Augen nicht mehr viel sehen und dass ich nicht alles gleich mitbekomme.

Gesegnet seien, die nicht schimpfen, wenn ich etwas verschütte, wenn ich etwas umstoße oder fallen lasse.

Gesegnet seien, die mir helfen, meine Sachen zu finden, weil ich nicht mehr weiß, wo ich sie hingelegt habe.

Gesegnet seien, die mich anlachen und mit mir reden.

Gesegnet seien, die mir zuhören, wenn ich von früher erzähle.

Gesegnet seien, die meine Schmerzen lindern.

Gesegnet seien, die mich fühlen lassen, dass ich geliebt werde, und die mich freundlich behandeln.

Gesegnet seien, die mir den Gang in die Ewigkeit leicht machen.

Gesegnet seien alle, die gut zu mir sind und die mich dadurch an den guten Gott denken lassen. Wenn ich einmal bei Gott bin, werde auch ich bestimmt an sie denken. B, 344

JULI

Glaubhaft ist nur Liebe

–

Befreiung, Erlösung,
Versöhnung suchen wir alle

Scheinbar allmächtig

Wir leben in einer Zeit, in der der Mensch im Bereich von Wissenschaft und Technik scheinbar allmächtig wird: Laboratorien im Weltraum, weltweite Datenvernetzung, Satelliten, Transplantationsmedizin, Genforschung, Biotechnik. Während diese Macht wächst, droht der Mensch geistig, moralisch, kulturell völlig ohnmächtig zu werden. Menschen werden gequält, gefoltert, ermordet, ganze Völker vertrieben und ausgerottet, während Millionen der Gewalt, dem Krieg, dem Elend mit neugierigen Gesichtern am Bildschirm zusehen, einen Schluck trinken und zur Show umschalten.

Menschen in den Wohlstandsländern ertrinken im Überfluss, während junge Menschen, des Lebens überdrüssig, zu Gewalt, Alkohol und Drogen greifen. Vergiss nicht, die Tragik liegt vor allem in der Tatsache, dass heute die phantastischen Möglichkeiten des Menschen auf dem Gebiet von Technik, Wissenschaft und Massenkommunikation realisiert werden in einer geistigen Wüste ohnegleichen. B, 291

Meditation des Lebens (1)

Das Leben ist eines für Spieler. Genau das sagte Jesus. Sind Sie bereit, das Risiko einzugehen? Wissen Sie, wann Sie bereit dazu sind? Wenn Sie das herausgefunden haben, wenn Sie wissen, dass das, was man Leben *nennt*, nicht wirkliches Leben *ist*. Die Menschen meinen fälschlicherweise, Leben bedeute, seinen Körper am Leben zu erhalten. Lieben Sie also den Gedanken an den Tod. Kommen Sie immer und immer wieder auf ihn zurück. Denken Sie an die Schönheit dieser Leiche, dieses Skeletts, bis es zu einer Handvoll Staub zerfällt. Dann werden Sie sehr erleichtert sein. Mag sein, dass manche dies alles von sich weisen. Sie fürchten jeden Gedanken daran. Dabei ist es sehr erleichternd, aus dieser Perspektive auf sein Leben zu blicken. M, 244

Meditation des Lebens (2)

Oder besuchen Sie einen Friedhof. Es ist eine überaus läuternde und tiefe Erfahrung. Sie entdecken einen Namen und sagen sich: »Ach, vor so langer Zeit hat er gelebt, vor zwei Jahrhunderten! Ihn müssen dieselben Probleme geplagt haben wie mich, er muss manch schlaflose Nacht gehabt haben. Es ist seltsam, wir leben nur so kurze Zeit.«

Ein italienischer Dichter sagte: »Wir leben in einem kurzen Aufblitzen von Licht; der Abend kommt, und es ist für immer Nacht.« Es ist nur ein Aufblitzen, und wir nutzen es nicht. Wir vertun es mit unserer Furcht, unseren Sorgen, unseren Bedenken, unseren Belastungen.

Versuchen Sie es mit dieser Meditation, können Sie am Ende Informationen gewonnen haben oder Bewusstheit. Und in diesem Moment des Bewusstwerdens sind Sie *neu*. Zumindest solange es anhält. M, 244

Worte der Liebe

Manchmal schweigen wir, wenn wir sprechen sollten. Ohne Worte ist es schwer, Liebe zu vermitteln. Sagen wir zu unseren Eltern, Kindern, Freunden oder einem lieben Menschen: »Ich mag dich sehr!« oder »Ich mach mir um dich Sorgen!« oder »Du bist für mich ein großes Geschenk!«, dann haben wir uns dafür entschieden, Leben weiterzugeben.

Es fällt nicht immer leicht, unsere Liebe und Sympathie direkt in Worten zum Ausdruck zu bringen. Tun wir es aber, werden wir feststellen, dass wir einen Segen ausgesprochen haben, der lange in Erinnerung bleiben wird. Wenn ein Sohn zu seinem Vater sagt: »Papa, ich hab' dich gern!« und eine Mutter zu ihrer Tochter: »Ich hab' dich sehr lieb!«, erschließt sich ein neuer Ort, ein Raum des Segens, in dem gut bleiben ist. Es ist wirklich so: Worte können Leben stiften. N, 271

Barmherzigkeit und Dankbarkeit

Vor langer Zeit gab Gott einmal eine Party, zu der er alle Tugenden, die großen und die kleinen, die bescheidenen und die mächtigen, einlud. Sie versammelten sich in einer wunderbar geschmückten Halle im Himmel und begannen sich alsbald himmlisch zu amüsieren, weil sie sich untereinander kannten und einige sogar eng miteinander verwandt waren.

Plötzlich fielen Gott zwei liebreizende Tugenden auf, die sich nicht zu kennen schienen und offenbar nicht viel miteinander anzufangen wussten. Also nahm er eine von ihnen bei der Hand und stellte sie der anderen förmlich vor. »Dankbarkeit«, sagte er, »das ist Barmherzigkeit.«

Aber kaum hatte Gott den Rücken gedreht, als die beiden wieder auseinander gingen. Und deswegen wird erzählt, dass selbst Gott die Dankbarkeit nicht dorthin bringen konnte, wo die Barmherzigkeit ist. M, 384

Das gehört mir! (1)

Eine alte Frau starb, und Engel brachten sie vor den Richterstuhl. Bei Durchsicht ihrer Akte fand der Richter keine einzige barmherzige Tat, außer dass sie einmal einem hungrigen Bettler eine Karotte gegeben hatte.

Eine einzige liebevolle Tat wiegt jedoch sehr viel, und so beschloss man, sie um dieser Karotte willen in den Himmel zu bringen. Die Karotte wurde dem Gericht vorgeführt und der Frau übergeben. Im gleichen Augenblick, als sie sie ergriff, begann die Karotte, wie von unsichtbaren Fäden gezogen, aufzusteigen und trug die Frau mit sich gen Himmel.

Ein Bettler tauchte auf. Er klammerte sich an den Saum ihres Kleides und wurde mit ihr zusammen hochgehoben. Eine dritte Person bekam den Fuß des Bettlers zu fassen und wurde auch hochgezogen. Bald war da eine lange Menschenkette, die von dieser Karotte emporgezogen wurde. M, 383

Das gehört mir! (2)

So seltsam es auch klingen mag, die Frau spürte das Gewicht der vielen Leute nicht, die sich an ihr festhielten; tatsächlich bemerkte sie sie gar nicht, da sie himmelwärts blickte.

Sie stiegen immer höher, bis sie beinahe das Himmelstor erreicht hatten. Da schaute die Frau zurück, um noch einen letzten Blick auf die Erde zu tun und sah das ganze Gefolge.

Sie war empört! Mit einer gebieterischen Handbewegung rief sie: »Macht, dass ihr wegkommt, alle! Das ist meine Karotte!«

Bei dieser herrischen Geste musste sie die Karotte einen Augenblick loslassen – und stürzte mit ihrem ganzen Tross in die Tiefe.

Alles Übel auf der Welt hat nur eine Ursache:
»Das gehört mir!« M, 383

Bedingungslos

Viele sind der Meinung, wir besäßen einen natürlichen Drang, geliebt und geschätzt zu werden, zu jemand zu gehören. Das ist falsch. Wir haben einen natürlichen Drang, frei zu sein, zu lieben, aber nicht geliebt zu werden. Immer wieder stoße ich bei psychotherapeutischen Gesprächen auf ein weit verbreitetes Problem: »Niemand liebt mich; wie kann ich da glücklich sein?« Ich erkläre ihm oder ihr: »Soll das heißen, Sie hätten nie Momente, in denen Sie vergessen, dass Sie nicht geliebt werden, und einfach gelöst und glücklich sind?«

Nehmen wir zum Beispiel eine Frau, die im Kino sitzt und sich ganz vertieft einen Film ansieht. Es ist eine Komödie. Sie biegt sich vor Lachen, und in diesem gesegneten Augenblick vergisst sie, sich daran zu erinnern, dass niemand sie liebt. Sie ist glücklich! Auf dem Weg nach Hause trifft ihre Freundin, mit der sie im Kino war, ihren Freund und verabschiedet sich von ihr. Die Frau ist wieder allein und denkt: »Ich habe niemanden. Ich bin so unglücklich. *Niemand liebt mich*!« M, 191

Belanglos

Kennen Sie die Geschichte vom Rechtsanwalt, dem der Klempner eines Tages eine Rechnung ausstellte? Er sagte zum Klempner: »Also hören Sie mal, Sie verlangen zweihundert Mark für die Stunde. Soviel verdiene ich ja als Rechtsanwalt nicht.« Darauf antwortete der Klempner: »Als ich noch Rechtsanwalt war, habe ich das auch nicht verdient!«

Ob man Klempner, Rechtsanwalt, Geschäftsmann oder Priester ist, berührt das eigentliche »Ich« nicht. Wenn ich morgen meinen Beruf wechseln würde, wäre das so, als wechselte ich meinen Anzug. Ich selbst bleibe derselbe. *Sind* Sie Ihre Kleider? *Sind* Sie Ihr Name? *Sind* Sie Ihr Beruf? – Wenn Sie das wirklich begriffen haben, kann Sie keine Kritik mehr treffen. Keine Schmeichelei, kein Lob wird Sie mehr rühren. Diese Dinge hängen von Ihrer Beeinflussbarkeit ab. Sie haben nichts mit Ihrem »Ich« zu tun. Das »Ich« passt in keine dieser Schubladen.

M, 190

Die Dummen und die wirklich Dummen

Wenn du eine Gemeinschaft aufbauen willst, ganz gleich, ob eine Ehe, eine Familie, eine Gruppe, dann muss »Liebe« das Fundament sein. Das weiß jeder. Jeder gibt dir Recht, wenn du sagst: Auf die Liebe kommt es an, und ohne Liebe ist das Leben nicht möglich.

Und doch herrscht in vielen Ehen, Familien, Gemeinschaften, Interessengruppen so viel Zank und Streit und Spannung. Auslöser sind, oberflächlich gesehen, meistens Kleinigkeiten: Missverständnisse, unglückliche Worte, ein dummes Verhalten. Schon ist die Atmosphäre vergiftet, die Begeisterung verflogen. Der tiefere Grund für das Dahinsiechen und Zerbrechen von vielen, einst begeistert begonnenen Gemeinschaften ist nichts anderes als eingefleischte Eigensinnigkeit.

Die Dummen sind aber nicht diejenigen, die lieben, sondern jene, die nur kritisieren oder beleidigt schweigen, weil sie übergangen wurden oder ihren Willen nicht bekamen. Die wirklich Dummen sind jene, die nicht leben können, weil sie nicht imstande sind zu lieben.

B, 193

Freundesliebe

»Mein Freund ist nicht vom Schlachtfeld zurückgekommen, Sir. Erbitte Erlaubnis, ihn zu suchen und hereinzuholen.«

»Abgelehnt«, sagte der Offizier, »ich möchte nicht, dass Sie Ihr Leben aufs Spiel setzen für einen Mann, der wahrscheinlich tot ist.«

Der Soldat machte sich trotzdem auf die Suche und kam eine Stunde später tödlich verwundet zurück, in den Armen seinen toten Freund.

Der Offizier tobte. »Ich habe Ihnen gesagt, er sei tot! Nun habe ich Sie beide verloren. Was hat es nun gebracht hinauszugehen, um eine Leiche zurückzubringen?«

Der sterbende Mann antwortete: »Es hat sich gelohnt, Sir. Als ich ihn fand, lebte er noch. Und er sagte zu mir: Ich wusste, Jack, dass du kommen würdest.«

M, 155

Erwartungen

Wenn Menschen nicht vollkommen die Lust am Leben verloren haben, in Depressionen versunken sind, dann haben sie in der Regel ein mehr oder weniger deutliches Bild von ihrer Zukunft, dann haben sie Erwartungen an das, was diese Zukunft ihnen bringen soll. Solche Erwartungen mögen aus vielen Quellen herauswachsen: Man schreibt die eigenen, bisher gemachten Erfahrungen einfach in die Zukunft fort und rechnet sie sozusagen hoch. Man mag auf das vertrauen, was schon immer so war; dann wird es wohl auch zukünftig so sein. Man sieht etwas bei den anderen und möchte dies gerne auch für sich haben, sei es das größere Auto, den noch exklusiveren Urlaub, die Lebensenergie oder auch eine harmonische Familiengeborgenheit. »Ich erwarte vom Leben ...« – so könnte der Satz anfangen, in dem solche Erwartungsbilder eingefangen werden. S3, 38f

Bekommt Daddy einen Kuss?

Sagte der Meister: »Was du Freundschaft nennst, ist in Wirklichkeit ein Geschäft: Entsprich meinen Erwartungen, gib mir, was ich möchte, und ich werde dich lieben; weise mich ab, und meine Liebe schlägt in Groll und Gleichgültigkeit um.«

Er erzählte von dem Familienvater, der nach einem anstrengenden Arbeitstag zu seiner Frau und seinem niedlichen, drei Jahre alten Töchterchen nach Hause kam.

»Bekommt Daddy einen Kuss?«

»Nein!«

»Schäm dich! Dein Daddy muss den ganzen Tag hart arbeiten, um etwas Geld nach Hause zu bringen, und du behandelst ihn so! Wo ist der Kuss?«

Das niedliche, drei Jahre alte Töchterchen schaute ihm in die Augen: »Und wo ist das Geld?« M, 145

Schuldig!

»Angeklagter«, sagte der Großinquisitor, »Ihnen wird vorgeworfen, Menschen ermutigt zu haben, Gesetzte, Traditionen und Regeln unserer heiligen Religion zu brechen. Was haben Sie dazu zu sagen?«

»Ich bekenne mich schuldig, Euer Ehren.«

»Sie werden beschuldigt, des öfteren in Gesellschaft von Ketzern, Prostituierten, gemeinen Sündern, wucherischen Steuereinnehmern, den kolonialen Eroberern unseres Volkes, kurz dem Abschaum der Gesellschaft gesehen worden zu sein. Was sagen Sie dazu?«

»Ich bekenne mich schuldig, Euer Ehren.«

»Man wirft Ihnen vor, öffentlich jene kritisiert und gebrandmarkt zu haben, die in der Kirche Gottes an oberste Stelle gesetzt wurden. Was sagen Sie dazu?«

»Schuldig, Euer Ehren.«

»Wie heißen Sie, Gefangener?«

»Jesus Christus, Euer Ehren.« M, 391

Ein neuer Anfang

Erwartungen an das Leben können wie Glas zerbrechen – und es kann weh tun, Abschied nehmen zu müssen von bestimmten Ideen und Vorstellungen, von gedachten Plänen und unerfüllten Träumen. Schmerzhaft können die Krisen sein, die aus solchen Ent-täuschungen entstehen, und man kann tiefe Wunden und Narben davontragen.

Manchmal können solche Krisen, solche Einbrüche des Lebens aber auch einen Umbruch einleiten, der einen anderen, einen neuen Anfang möglich macht. Wenn die festen Bilder der Erwartungen von mir weggenommen, ja vielleicht sogar weggerissen wurden, wenn äußere Sicherheiten zerbrochen sind, die Zukunft für mich kein Gesicht mehr hat, wenn ich nackt und entblößt bin von all dem, was mich bisher getragen und gehalten hat – dann wird es existentiell. Und dann kann möglicherweise in mir etwas neu zum Leben kommen, was nichts mehr mit meinen früheren Erwartungen an das Leben zu tun hat, sondern sich einer Grundhaltung des »Erwartens« annähert.

S2, 39f

Stellen wir uns einmal vor ...

Wir verwenden viel Energie, Zeit und Geld darauf, Abstand voneinander zu halten. Ein großer, wenn nicht gar der größte Teil der Ressourcen der Welt wird benutzt, damit einer sich gegen den andern verteidigen, jeder seine Schlagkraft erhalten oder möglichst steigern und eine vorteilhafte Position erringen kann.

Stellen wir uns aber einmal vor, diese ungeheuren Anstrengungen würden in den Dienst des Friedens und der Versöhnung gestellt! Gäbe es da noch Armut, Verbrechen, Kriege? Stellen wir uns doch einmal vor, es gäbe keine Angst mehr unter den Menschen, keine Rivalitäten, kein Konkurrenzdenken, keine Feindschaft, Verbitterung oder Vergeltungssucht. Stellen wir uns doch einmal vor, alle Menschen dieser Erde nähmen einander an der Hand und bildeten einen großen Kreis der Liebe!

Vielleicht halten wir dem entgegen: »So etwas ist unvorstellbar!« Gott aber sagt: »Genau das stelle ich mir vor: die ganze Welt, die nicht nur nach meinem Bild geschaffen ist, sondern auch nach ihm lebt.« N, 393

Mensch, ich hab' dich gern

Du kannst nicht leben ohne Menschen, die dir von Zeit zu Zeit unaufgefordert zu verstehen geben: Mensch, ich hab' dich gern. Das ist von größter Bedeutung in der Ehe. Das ist eine Lebensnotwendigkeit für ein Kind. Eine Quelle des Glücks für einen alten Menschen. Ein Stück Gesundheit für einen kranken Menschen. Ein stiller Trost für einen einsamen Menschen. Wahre Liebe findet tausend Wege zum Herzen des Mitmenschen, Wege, auf denen du dich selbst verschenkst, gratis.

Sieh mal nach, ob vielleicht in deiner Umgebung, in deiner nächsten Nähe Menschen in der Kälte stehen, die ohne deine Liebe nicht leben können. Du hältst ein Stück von ihrem Glück in deinen Händen. Wenn du am Grab eines lieben Menschen stehst, sind es gerade die versäumten Liebeserweise, die vergessenen Aufmerksamkeiten, die am meisten weh tun. Der einzige Trost, der weit über die Grenzen des Todes reicht, ist die Liebe und Geborgenheit, die du anderen in ihrem Leben gegeben hast.

B, 22

Wer bin ich?

Eine Frau lag im Koma. Plötzlich hatte sie das Gefühl, sie käme in den Himmel und stünde vor dem Richterstuhl. »Wer bist du?«, fragte eine Stimme.

»Ich bin die Frau des Bürgermeisters«, erwiderte sie.

»Ich habe nicht gefragt, wessen Ehefrau du bist, sondern wer *du* bist.«

»Ich bin die Mutter von vier Kindern.«

»Ich habe nicht gefragt, wessen Mutter du bist, sondern wer *du* bist.«

Und so ging es weiter. Alles, was sie erwiderte, schien keine befriedigende Antwort auf die Frage zu sein: »Wer bist du?«

»Ich bin eine Christin.«

»Ich fragte nicht, welcher Religion du angehörst, sondern wer du bist.«

Offensichtlich bestand sie die Prüfung nicht, denn sie wurde zurück auf die Erde geschickt. Als sie wieder gesund war, beschloss sie herauszufinden, wer sie war. Und darin lag der ganze Unterschied. M, 129

Klarsichtig (1)

Es ist sehr befreiend, mit seinen Gefühlen von nichts abhängig zu sein. Würden Sie dies für nur eine Sekunde erfahren, gäbe es für Sie in Ihrem Gefängnis keine Mauern mehr; und Sie könnten einen Blick auf die Weite des Himmels werfen. Eines Tages werden Sie vielleicht sogar fliegen ...

Ich schaue in mich hinein und komme immer wieder zu demselben Schluss: Wenn ich von Lob und Wertschätzung abhängig bin, werde ich die Menschen danach beurteilen, ob sie meine Abhängigkeiten gefährden oder fördern. – Wenn Sie als Politiker gewählt werden möchten, worauf werden Sie wohl bei den Leuten achten, wonach wird sich Ihr Interesse richten? Sie werden sich um die Leute kümmern, die Sie wählen könnten. – Wenn Sie an Sex interessiert sind, wie glauben Sie, werden Sie Frauen und Männer betrachten? – Wenn Sie nach Macht streben, wird das Ihre Sicht der Menschen beeinflussen. Jemandem verfallen zu sein zerstört Ihre Fähigkeit zu lieben. M, 144

Klarsichtig (2)

Was ist Liebe? Liebe ist Empfindsamkeit, Liebe ist Wahrnehmungsfähigkeit.

Was ist ein liebendes Herz? Ein liebendes Herz ist dem ganzen Leben gegenüber empfindsam, allen Menschen gegenüber; ein liebendes Herz verschließt sich vor nichts und niemandem. Aber in dem Augenblick, da Sie in meinem Sinn des Wortes abhängig werden, blockieren Sie vieles andere. Sie haben nur noch Augen für das, woran Ihr Herz hängt; Sie haben nur noch Ohren für die Pauken oder Trompeten in einem Orchester, das Herz ist verhärtet, ja es ist verblendet, denn es sieht das Objekt seiner Abhängigkeit nicht mehr objektiv. Liebe heißt ungetrübte Wahrnehmung, Objektivität; es gibt nichts, was so klarsichtig wäre wie die Liebe. M, 144

Ausstrahlung

Ein Klosterbesucher war von der Eigenschaft des Meisters besonders beeindruckt, die er Ausstrahlung nannte. Als er eines Tages zufällig einem alten Freund des Meisters begegnete, fragte er ihn, ob er dafür irgendeine Erklärung habe.

Sagte der Freund: »Ich möchte es so ausdrücken: Das Leben ist ein Geheimnis. Der Tod ist der Schlüssel, der es aufschließt. In dem Augenblick, in dem du den Schlüssel umdrehst, versinkst du für immer in das Geheimnis.«

»Müssen wir auf den Tod warten, bevor wir den Schlüssel umdrehen?«, fragte der Besucher.

»Nein! Du könntest ihn jetzt umdrehen – durch Schweigen – und im Geheimnis aufgehen. Dann würdest auch du Ausstrahlung haben – wie der Meister.«

M, 112

Ist Zeit Geld?

Menschen sagen: »Zeit ist Geld.« Denn Geld ist der Sinn ihres Daseins geworden. Darum sitzen so viele fest, fest im Sumpf. Geld ist nötig, aber man weiß nie, wann man genug hat. Zeit ist Geld: Das ist nicht wahr!

Für wen die Zeit zum Leben nur eine Zeit für das Geld ist, bringt sich selbst um mit seiner Zeit-ist-Geld-Maschine. Er findet keine Freude und kein Glück mehr. Darum will er Geld, um sich Freude und Glück zu kaufen. Geld, überall Geld!

Ich war neulich in einem großen Versicherungsbüro, wo unzählige Angestellte in großen Räumen hinter Glas sitzen. Als die Uhr Fünf zeigte, ging ein Sturm durch die Räume. Die Angestellten sprangen auf, drängten zu den Ausgängen. Als ob jeden Moment eine Zeitbombe explodieren könnte! Ist das der Sinn der Zeit, kommt es nur aufs Geld an? Stell die Zeit-ist-Geld-Maschine ab! Lebe und tu, was du zu tun hast, mit Liebe. Nicht Geld, sondern Liebe sei der Sinn deines Daseins. Denn allein in der Liebe wachsen die Blumen der Freude. B, 192

Die kleinen Schritte der Liebe

Wie können wir die Liebe wählen, wenn wir kaum Liebe erfahren? Wir entscheiden uns für sie durch kleine Schritte der Liebe, für die es immer eine Gelegenheit gibt: ein Lächeln, ein freundlicher Wink, ein Händedruck, ein ermutigendes Wort, ein Telefonanruf, eine Postkarte mit einem herzlichen Gruß, ein ermunterndes Schulterklopfen, ein Zeichen der Anteilnahme, eine besondere Aufmerksamkeit, eine unerwartete Hilfeleistung, ein kleines Geschenk, ein Besuch ... und viele andere kleine Schritte zur Liebe hin.

Jeder Schritt ist wie eine brennende Kerze in der Nacht. Ihr Licht hebt die Dunkelheit nicht auf, führt uns aber durch die Finsternis. Blicken wir dann auf viele kleine Schritte der Liebe zurück, werden wir sehen, dass wir eine lange und schöne Wegstrecke zurückgelegt haben.

N, 184

Worte, die uns ernähren

Wenn wir miteinander sprechen, so meist darüber, was sich getan hat, wir gerade tun oder zu tun gedenken. Oft sagen wir: »Na, was gibt's Neues?« und erwarten, dass wir einander Näheres aus unserem Alltag berichten. Doch möchten wir manchmal auch gern etwas anderes hören: dass uns jemand sagt: »Ich habe heute schon an dich gedacht« oder: »Ich habe dich vermisst« – »Es wäre schön, du wärst immer hier« oder gar: »Ich hab' dich wirklich gern.« Wenn es auch nicht immer leicht fallen mag, dies auszusprechen, können solche Worte doch unsere Beziehungen zueinander vertiefen.

Jemandem »Ich hab' dich gern« zu sagen, mit welchen Worten auch immer, wird stets eine gute Nachricht sein. Niemand wird es in den Sinn kommen, darauf zu antworten: »Schön, ich wusste das schon, du brauchtest es mir nicht noch einmal zu sagen!« Worte der Bestätigung, der Zuneigung und Liebe sind wie Brot. Wir brauchen sie Tag für Tag. Sie halten uns innerlich am Leben.

N, 55

Vollkommen

»Erleuchtet ist«, sagte der Meister, »wer erkennt, dass alles in der Welt, so wie es ist, vollkommen ist.«

»Wie verhält es sich mit dem Gärtner?«, fragte jemand. »Ist er auch vollkommen?«

Der Klostergärtner war ein buckeliger Mann.

»Für das, was ihm im Leben bestimmt ist«, erwiderte darauf der Meister, »ist der Gärtner ein vollkommener buckeliger Mann.«

Der Gedanke, dass alles in der Welt vollkommen ist, überstieg das Maß dessen, womit die Schüler einverstanden sein konnten. So fasste es der Meister in Begriffe, die ihrem Verständnis besser entsprachen. »Gott webt vollkommene Muster mit den Fäden unseres Lebens«, sagte er, »sogar mit unseren Sünden. Der Grund, warum wir dies nicht erkennen, liegt darin, dass wir die Rückseite des Teppichs betrachten.« Und noch prägnanter: »Was manche Leute für einen glänzenden Stein halten, erkennt der Juwelier als einen Diamanten.« M, 109

Das Übel

Es gibt nur eines auf der Welt, was von Übel ist, nämlich Angst. Es gibt nur eines auf der Welt, was gut ist, nämlich Liebe. Sie hat manchmal auch andere Namen. Manchmal nennt man sie Glück, Freiheit, Frieden, Freude, Gott oder wie auch immer. Aber das Etikett ist nicht so wichtig. Jeden falls gibt es kein einziges Übel auf der Welt, das sich nicht auf Angst zurückführen ließe.

Erinnern Sie sich daran, wie Sie sich das letzte Mal geärgert haben, und suchen Sie nach der Angst, die dahinter steckte. Fürchteten Sie, etwas zu verlieren? Fürchteten Sie, man könnte Ihnen etwas wegnehmen? Daher rührt nämlich der Ärger.

Denken Sie einmal an jemanden, der verärgert ist, vielleicht an jemanden, den Sie fürchten. Merken Sie, wie viel Angst er oder sie hat? Er hat wirklich und tatsächlich Angst. Sie hat wirklich Angst, sonst wäre sie nicht so verärgert. Letztlich gibt es nur zwei Dinge: *Liebe und Angst.*

M, 99

Kreuzungen und Ampeln

Es gibt sehr viele Kreuzungen. Du triffst auf Menschen und Dinge. Du kannst eine Panne bekommen, es kracht auch mal. Du stößt mit Menschen zusammen, die wie ein Panzer sind. Sie gehen nie aus dem Weg. Sie bleiben stur in ihrer Spur. Sie versperren dir den Weg und können viel Ärger machen. Es gibt sehr viele Kreuzungen. Achte auf die Ampeln. Rot, das sind die Stopplichter des Lebens. Dahinter geht es einfach nicht mehr weiter: hemmungslose Habgier, eingefleischter Egoismus, krankhafter Neid. Dahinter hören die Wege auf und fangen die Abgründe an.

Freundlichkeit, Versöhnungswille, Hilfsbereitschaft, Sanftmut: Damit gehen die Ampeln deines Lebens wieder auf Grün, damit geht dein Weg wieder weiter. Sei freundlich und liebevoll im täglichen Umgang mit Menschen und Dingen. Lass den Motor deines Herzens immer warm laufen. Vergiss nicht, dass es dafür nur einen Zündschlüssel gibt, und das ist die Liebe. B, 15

Blind

Stellen Sie sich einen Politiker vor, der sich selbst davon überzeugt hat, dass er nicht glücklich sein kann, solange er keine politische Macht besitzt. Sein Streben nach Macht stumpft ihn gegenüber vielen anderen wichtigen Dingen des Lebens ab. Er hat kaum noch Zeit für die Familie und für Freunde. Plötzlich werden alle Menschen nur noch daraufhin angesehen, ob sie seinem Ehrgeiz nützen oder ihm im Wege stehen. Und diejenigen, die ihm weder nützlich noch gefährlich sein können, übersieht er einfach. Hängt sein Herz darüber hinaus noch an Dingen wie Geld oder Vergnügungen, ist der arme Mann in seiner Wahrnehmungsfähigkeit so eingeschränkt, dass man fast sagen könnte, er ist blind.

Um in dem Zustand zu sein, der Liebe heißt, müssen Sie für die Einzigartigkeit und Schönheit der Dinge und Menschen in Ihrer Umgebung empfänglich sein. Sehen Sie nur ein paar wenige Dinge auf Kosten anderer, so ist das eben keine Liebe. Liebe klammert niemanden aus.

M, 76

Zum Alleinsein finden

Jeder Mensch ist allein. Kein anderer wird genauso fühlen, denken und handeln wie wir. Jeder von uns ist einzigartig, und die Kehrseite unserer Einzigartigkeit ist unser Alleinsein. Doch stellt sich die Frage, ob wir unser Alleinsein zu einem Alleingelassensein, zum Vereinsamtsein werden lassen oder ob wir dem Alleinsein erlauben, uns in die Eins-samkeit zu führen.

Alleingelassensein, Vereinsamtsein ist bedrückend und schmerzlich, Einsamkeit ist friedlich und fruchtbar. Fühlen wir uns vereinsamt, drängt es uns zu anderen, an die wir uns verzweifelt klammern. Alleinsein erlaubt uns, andere in ihrer Einzigartigkeit zu respektieren und Gemeinschaft zu bilden.

Dies erfordert, dass wir eine bewusste Wahl treffen: mit wem wir zusammen sind, womit wir uns beschäftigen, wie wir beten und an wessen Rat wir uns halten. Kluge Entscheidungen werden uns helfen, zu dem Alleinsein zu finden, in dem unser Herz in Liebe reifen kann.

N, 29

Die Grundfrage

Die großen Lehrmeister sagen, dass die wichtigste Frage der Welt sei: »Wer bin ich?« Was ist das überhaupt, was man das »Ich« oder das »Selbst« nennt? Meinen Sie etwa, Sie hätten sonst alles verstanden, nur das nicht? Meinen Sie, Sie haben die Astronomie mitsamt ihren schwarzen Löchern und Quasaren verstanden, kennen sich mit Computern aus und wissen nicht, wer Sie sind?

Finden Sie das erst einmal heraus. Es ist die Grundlage von allem. Weil wir uns darüber nicht im Klaren sind, gibt es immer noch all diese engstirnigen religiösen Leute, die ihre sinnlosen religiösen Kriege führen – Moslems gegen Juden, Protestanten gegen Katholiken, und so weiter. Sie wissen nicht, wer sie sind; denn wüssten sie es, gäbe es keine Kriege. So wie ein kleines Mädchen einen kleinen Jungen fragte: »Bist du Presbyterianer?« Darauf antwortete der Junge: »Nein, wir haben eine andere Konfrontation.« M, 128

Herzenssache

Ein Mann kam zu Buddha mit einem Strauß Blumen in der Hand. Buddha sah ihn an und sagte: »Wirf es weg!«

Der Mann konnte nicht glauben, dass er die Blumen wegwerfen sollte. Aber dann fiel ihm ein, er solle sicherlich die Blumen wegwerfen, die er in der linken Hand hatte, weil es als unheilvoll und unhöflich galt, ein Geschenk mit der linken Hand zu übergeben. Also ließ er die Blumen fallen.

Wieder sagte Buddha: »Wirf es weg!«

Dieses Mal ließ er alle Blumen fallen und stand mit leeren Händen vor Buddha, der noch einmal lächelnd sagte: »Wirf es weg.«

Erstaunt fragte der Mann: »Was soll ich wegwerfen?«

»Nicht die Blumen, mein Sohn, sondern den, der sie brachte«, lautete Buddhas Antwort. M, 116

AUGUST

Damit das Herz aufgeht

–

Der gute Kern in uns allen

Damit das Herz aufgeht

Zachäus hat Jesus freudig bei sich aufgenommen (Lukas 19,1–10). Die Freude, dass Jesus uns annimmt, wie wir sind, dass er uns etwas zutraut und eins werden möchte mit uns, ist die Grundstimmung, in der Christen Eucharistie feiern sollten. Und was Jesus mit uns tut, müssen wir auch einander erweisen. Da dürfen wir nicht in unseren Vorurteilen gefangen bleiben, da können wir nicht mehr einander abstempeln oder abschreiben, da sind wir herausgefordert, an das Gute in jedem zu glauben und ihm so zu begegnen, dass er selbst an das Gute in sich glauben kann, dass das Herz ihm aufgeht und er auf einmal wie Zachäus frei wird von den Mechanismen falscher Selbstbestätigung auf Kosten anderer. In der Art, wie wir miteinander – nicht nur in der Eucharistie – umgehen, sollte jeder spüren, dass ihm Heil widerfahren ist und dass er Grund hat zur Freude. G, 114

Ein freier Mensch werden

Alles klar für die Ferien? Hast du alles für einen richtig schönen Urlaub? Nein? Meinst du, du hättest kein Auto, keine Kamera, keinen Ferienbungalow, kein Geld für weite Reisen? Mach dir doch darüber keine Sorgen! Das Mitschleppen von Wohlstand garantiert noch lange nicht einen wunderschönen Urlaub. Lass dich nicht anstecken von der Tourismusindustrie. Bei ihr ist alles genau vorprogrammiert, alles vorgeschrieben, was jeder zu machen hat. Lass dich nicht in eine neue Sklaverei verführen, die deine Nerven von morgens bis nachts beansprucht.

Wer ist der glücklichste Urlauber? Der Mensch, der frei ist. Der Mensch, der Geist und Herz frei gemacht hat; der nicht voll Neid auf andere schaut und sich nicht schämt, die Wunder zu genießen, von denen er umgeben ist, in solcher Nähe, dass er es gewöhnlich gar nicht merkt. Mit etwas Fantasie gehören alle Sträucher dir. Alle Sonnenstrahlen gelten dir, der Krone der Schöpfung, und alle Bäume schenken dir Schatten. Alle Blumen werden für dich blühen.

B, 232

Für andere Sorge tragen

Was bedeutet das: um einen anderen Menschen besorgt zu sein, für ihn Sorge zu tragen (englisch: »care«)? Es bedeutet, dass uns dieser Mensch nicht gleichgültig ist, dass uns sein Zustand nicht kalt lässt, und umfasst mehr, als sich darum zu kümmern (englisch: »cure«), dass Abhilfe geschaffen, Besserung erreicht wird. Letzteres läuft im Grunde darauf hinaus, etwas »auszurichten«, etwas »verändern« zu wollen. Ein Arzt, ein Rechtsanwalt, ein Seelsorger oder ein Sozialarbeiter möchte seinen Beruf so ausüben, dass sich im Leben der Menschen etwas ändert, Besserung erzielt wird. Sie werden für das, was sie »ausrichten«, »ändern« und »verbessern« können, bezahlt. Aber alles Ändern und Verbessern, so notwendig es auch sein mag, unterliegt – sofern dies nicht aus einer wirklichen Sorge für den anderen geschieht – leicht der Gefahr, Menschen Gewalt anzutun, sie zu manipulieren oder gar zu zerstören. Für einen anderen Sorge tragen bedeutet: mit ihm sein, mit ihm weinen, mit ihm leiden, mit ihm fühlen, Mensch sein. N, 51

Sei, der du bist

Wünschen wir uns nicht manchmal, wir könnten woanders sein als da, wo wir sind, oder ein anderer sein als der, der wir sind? Wir neigen dazu, uns selbst immer wieder mit anderen zu vergleichen, und fragen uns, warum wir nicht so reich, so intelligent, so bescheiden, so großzügig oder auch so fromm und gläubig wie der eine oder die andere sind. Solche Vergleiche wecken ein Gefühl von Schuld, Scham oder Neid.

Es ist sehr wichtig zu erkennen, dass das, wozu wir berufen sind, dort verborgen ist, wo wir sind, und in dem, der wir sind. Wir sind einzigartige, nicht austauschbare menschliche Wesen. Jede(r) Einzelne hat eine Berufung, etwas im Leben zu verwirklichen, was kein(e) andere(r) sonst vermag, und es in der konkreten Situation des Hier und Heute zu vollbringen.

Durch Vergleichen, ob wir besser oder schlechter als andere sind, werden wir nie zu unserer Berufung finden. Wir sind gut genug, das zu tun, was uns zu tun aufgetragen ist. Sei, der du bist! N, 28

Hör auf die Blumen

Du bist wie ein Stern vom Himmel gefallen. Milliarden Sterne stehen am Himmel, jeder ist einmalig. Milliarden Menschen sitzen auf diesem kleinen Planeten, und jeder Mensch ist einmalig. Fantastisch! Sterne leuchten und machen den Himmel schön, damit man auch in der Nacht an das Licht zu glauben vermag. Menschen leuchten und machen die Erde schön, wenn sie Sterne sind und keine entfesselten Monster.

Ich höre noch, wie die Blume im letzten Frühling sagte: »Was machen die Menschen nur! Blumen verschwinden, Bäume werden gefällt. Fische sterben in verseuchten Gewässern. Die Menschen verpesten die Luft, die sie atmen. Und laufen auf Ausstellungen, um die neueste Technik zu bewundern, und dann sagen sie: großartig!«

Nach einer langen Pause sagte mir die Blume noch: »Schau mal, bin ich nicht schön? Die feinen, zarten Blättchen und das Herz in meinem Blütenkelch. Siehst du die Farben, spürst du die wunderbare Harmonie, fühlst du das Leben?« Das höre ich noch. B, 302

Lernen, mit Herz zu leben

Wir haben alle Schwierigkeiten und Probleme. Das gehört zu unserem Leben. Aber Spannungen dürfen nicht zum Bruch führen. Und das geschieht in unseren Tagen viel zu viel. Man will einander nicht mehr helfen, Lasten zu tragen. Man will nicht mehr die Mängel voneinander ertragen, einander nicht mehr vergeben.

Dieser Tage erlebte ich Menschen in Panik. Eine Frau ist seit ein paar Jahren verheiratet mit einem jähzornigen Mann, einem Intellektuellen. Er kann sich nicht beherrschen. Wegen Lappalien misshandelt er seine Frau. Ein Mann um die Vierzig. Durch ein Telegramm erfährt er, dass seine Frau ihn verlassen hat. Gerät außer sich, telefoniert dreimal, diktiert einen Brief, nimmt Gift, kann aber durch den Notarzt gerettet werden.

Höchste Zeit, dass die Menschen wieder lernen zu leben; lernen, mit gewöhnlichen Dingen zufrieden zu sein; lernen, Vergebung zu schenken. Höchste Zeit, dass die Menschen in dieser Welt, die durch so viele verrückte Ideen verschmutzt ist, wieder lernen, mit Herz zu leben.

B, 244

Neue Augen und ein neues Herz

Schöne Dinge sehen! Das vermag nur, wer in seinem Innern offen und frei geworden ist, wer sich entspannen kann, wer zur Ruhe gekommen ist. Mit dem Fuß auf dem Gaspedal siehst du alles nur flüchtig. Den Kopf in Akten, das Herz in Begierden begraben, siehst du gar nichts mehr. Alles wird langweilig und öde.

Ferien heißt zur Ruhe kommen. Schöne Dinge sehen! Hast du je eine Birke betrachtet, ihr zartes Blatt gefühlt? Weißt du, dass keine zwei Blätter ganz gleich sind? Alles Maßarbeit, keine Massenanfertigung. Hast du schon mal über Apfelbaum und Birnbaum gestaunt, die im Garten nahe beieinander stehen? Mit ihren Füßen stecken sie im selben Boden, holen ihre Nahrung aus demselben Boden, und auf ihre Zweige scheint dieselbe Sonne. Der Apfelbaum macht daraus Äpfel und der Birnbaum Birnen, Äpfel und Birnen aus demselben Grund und Boden und doch so verschieden in Form, Farbe, Duft, Geschmack. Fantastisch! Aber wer hat Augen, das zu sehen? B, 233

Glück oder Pech?

Eine chinesische Geschichte erzählt von einem alten Bauern, der ein altes Pferd für die Feldarbeit hatte. Eines Tages entfloh das Pferd in die Berge, und als alle Nachbarn des Bauern sein Pech bedauerten, antwortete der Bauer: »Pech? Glück? Wer weiß?« – Eine Woche später kehrte das Pferd mit einer Herde Wildpferde aus den Bergen zurück, und diesmal gratulierten die Nachbarn dem Bauern wegen seines Glücks. Seine Antwort hieß: »Glück? Pech? Wer weiß?« – Als der Sohn des Bauern versuchte, eines der Wildpferde zu zähmen, fiel er vom Rücken des Pferdes und brach sich ein Bein. Jeder hielt das für ein großes Pech. Nicht jedoch der Bauer, der nur sagte: »Pech? Glück? Wer weiß?« – Ein paar Wochen später marschierte die Armee ins Dorf und zog jeden tauglichen jungen Mann ein, den sie finden konnte. Als sie den Bauernsohn mit seinem gebrochenen Bein sahen, ließen sie ihn zurück. War das nun Glück? Pech? Wer weiß? – Was an der Oberfläche wie etwas Schlechtes, Nachteiliges aussieht, kann sich bald als etwas Gutes herausstellen.

M, 171

Man kann nie wissen

Ein Dorfpriester wurde in seinen Gebeten durch spielende Kinder unter seinem Fenster abgelenkt. Um sie loszuwerden, rief er: »Unten am Fluss ist ein schreckliches Ungetüm. Lauft hin, dann werdet ihr sehen, wie es Feuer aus seinen Nasenlöchern bläst.«

Bald hatte jeder im Dorf von dem grässlichen Wesen gehört, und alles stürzte zum Fluss. Als der Priester das sah, schloss er sich der Menge an. Keuchend lief er hinunter zum Fluss, der vier Meilen entfernt war, und dachte: »Richtig, ich habe ja die Geschichte erfunden. Aber man kann nie wissen!«

Es ist einfach leichter, an die von uns geschaffenen Götter zu glauben, wenn wir andere von ihrer Existenz überzeugen können. M, 351

Parabeln und Stille

Die Loyalität der Theologen gegenüber ihren Glaubenssystemen, so behauptete der Meister, mache sie alle viel zu geneigt, sich der Wahrheit zu verschließen – und den Messias bei seinem Erscheinen abzuweisen.

Die Philosophen kamen bei ihm besser weg. Da sie nicht an Glaubenssätze gebunden seien, könnten sie in ihrem Suchen offener bleiben, so meinte er.

Doch sei leider auch die Philosophie eingeschränkt, denn sie verlasse sich auf Worte und Begriffe, um eine Wirklichkeit zu erfassen, die nur einem nicht-begrifflichen Denken zugänglich ist.

»Philosophie«, bemerkte der Meister, ist eine Krankheit, die nur durch Erleuchtung geheilt werden kann. Dann gibt sie den Parabeln und der Stille Raum.«

M, 351

Wegweisung

»Im Land der Erleuchtung ist dein erlerntes Können so wenig gefragt wie ein Unterhaltungsclub bei einer modernen Kriegsführung«, sagte der Meister.

Und zur Erklärung dieser Feststellung schloss der Meister die Geschichte von einer Schülerin an, die eine aus Lettland geflohene junge Frau als Hausgehilfin angestellt hatte und bald zu ihrem Schrecken feststellen musste, dass das Mädchen weder mit dem Staubsauger noch mit der Küchenmaschine noch mit der Waschmaschine umgehen konnte.

»Was kannst du denn?«, fragte sie verzweifelt.

Die junge Frau strahlte voller Stolz und sagte: »Ich kann ein Rentier melken.« M, 274

Herzensangelegenheiten

Mehr als dir bewusst ist, denkst du mit dem Herzen. Das Herz nimmt Menschen und Dinge wahr. Von ihm hängt das Verhältnis zu deiner Umgebung ab. Woran dein Herz hängt, das wirst du verteidigen mit deinem ganzen Verstand und aller Kraft deines Willens. Dein Herz entscheidet, wofür du leben willst. Dein Herz entscheidet über die Werte, die Politik, die Weltanschauung, für die du kämpfen willst. Es ist dein Herz, das den Verstand dunkel oder hell macht.

Ist dein Herz voller Egoismus und Misstrauen, wird dein Verstand nie einen Weg zum Frieden finden. Die Menschen lieben sich nicht, darum einigen sie sich nicht. Was sie erreichen, ist höchstens ein labiles Gleichgewicht auf der Grundlage von gegenseitigem Misstrauen. Man sollte nicht von Frieden reden, wenn das nicht mehr ist als großartige Konferenzen, die ergebnislos auf einem Vulkan gehalten werden, wenn das nicht mehr ist als ein Nebeneinander unter Hochspannung im gleichen Haus, im gleichen Land.

B, 158

Mechanisch

Es gibt nichts Schöneres, als bewusst zu leben. Oder würden Sie lieber handeln und sich Ihres Tuns nicht bewusst sein, sprechen und sich Ihrer Worte nicht bewusst sein? – Die meisten Menschen leben nicht bewusst. Sie leben mechanisch, denken mechanisch – im Allgemeinen die Gedanken anderer –, fühlen mechanisch, handeln mechanisch, reagieren mechanisch.

Es kommen Menschen in mein Zentrum in Indien und sagen: »Was für ein schöner Ort, diese schönen Bäume« (für die ich überhaupt nicht verantwortlich bin), »dieses herrliche Klima!« Und schon fühle ich mich gut, bis ich mich dabei erwische, dass mir das gut getan hat und ich mir sage: »Kannst du dir so etwas Dummes vorstellen?« Ich bin doch nicht für diese Bäume verantwortlich und habe auch nicht diesen Ort ausgesucht, so wenig wie ich das Wetter bestellt habe; es ist einfach so. Aber ich fühle mich angesprochen, also tut es mir gut. Ich bin stolz auf »meine« Kultur und »mein« Volk. – Wie dumm kann man noch werden? Wirklich wahr! M, 269

Leer sein

»Warum sind viele Leute nicht erleuchtet?«

»Weil sie nicht die Wahrheit suchen, sondern das, was ihnen passt«, sagte der Meister.

Und er machte das an einer Sufi-Geschichte deutlich:

Ein Mann, der in Geldnot war, versuchte einen rauen Teppich auf der Straße zu verkaufen. Der erste Passant, dem er ihn anbot, sagte: »Das ist ein grober Teppich und sehr abgenutzt.« Und er kaufte ihn zu einem billigen Preis.

Eine Minute später sagte dieser Käufer zu einem anderen Mann, der gerade vorbeikam: »Hier ist ein Teppich, weich wie Seide, Herr; keiner kommt ihm gleich.«

Sagte ein Sufi, der alles beobachtet hatte: »Bitte, lieber Teppichverkäufer, stecke mich in deinen Zauberkasten, der einen rauen Teppich in einen glatten verwandeln kann und einen Kiesel in einen Edelstein.«

»Der Zauberkasten«, fügte der Meister hinzu, »heißt natürlich Eigennutz: das wirksamste Instrument der Welt, um die Wahrheit in einen Betrug umzukehren.«

M, 268

Die zärtliche, kaum vernehmbare Stimme der Liebe

Viele Stimmen versuchen, unsere Aufmerksamkeit auf sich zu lenken. Eine Stimme sagt: »Zeig, dass du ein guter Mensch bist«, eine andere: »Du solltest dich eher schämen!« Wieder eine andere Stimme erklärt: »Niemand kümmert sich wirklich um mich!« Und noch einmal eine andere Stimme hämmert uns ein: »Du musst erfolgreich sein, bekannt werden und Einfluss haben!«

Doch in all diese meist sehr lauten Stimmen mischt sich eine zärtliche, kaum vernehmbare Stimme, die uns sagt: »Du bist ein geliebter Mensch, an dem ich Wohlgefallen habe.« Auf diese Stimme müssen wir vor allem hören. Um diese Stimme zu vernehmen, bedarf es jedoch einer besonderen Anstrengung: Es bedarf der Stille, des Schweigens, des Alleinseins und eines starken Willens zu horchen.

Das alles bedeutet beten. Es ist das Horchen auf eine Stimme, die zu uns sagt: »Du bist ein geliebter Mensch!«

N, 24

Zeitlos

Der Meister muss gewusst haben, dass seine Worte oft über das Verständnis seiner Schüler hinausgingen. Er sagte sie trotzdem im Wissen darum, dass der Tag sicherlich einmal kommen würde, an dem seine Worte in den Herzen derer, die ihn hören, Wurzeln schlagen und erblühen würden.

Eines Tages sagte er: »Die Zeit erscheint dir immer sehr lang, wenn du wartest – auf Ferien, auf eine Prüfung, auf etwas, wonach du sich sehnst oder wovor du in der Zukunft Angst hast. Doch denen, die es wagen, sich der Erfahrung des gegenwärtigen Augenblicks auszusetzen – mit keinem Gedanken an die Erfahrung, keinem Verlangen, dass sie wiederkehre oder dich verschone –, wird die Zeit zum Erstrahlen der Ewigkeit.«

M, 239

Keine Zeit zu verlieren

Das Wartezimmer des Arztes war gedrängt voll. Ein älterer Herr stand auf und ging zur Sprechstundenhilfe.

»Entschuldigen Sie«, sagte er höflich, »ich war um zehn Uhr bestellt, und jetzt ist es fast Elf. Ich kann nicht mehr länger warten. Würden Sie mir bitte einen Termin an einem anderen Tag geben?«

Eine der Wartenden beugte sich zu einer anderen Frau und sagte: »Er ist doch mindestens achtzig Jahre alt. Was mag er wohl so dringend vorhaben, dass er nicht länger warten kann?«

Der Herr hörte die geflüsterte Bemerkung. Er wandte sich der Dame zu, verbeugte sich und sagte: »Ich bin siebenundachtzig Jahre alt. Und genau deswegen kann ich mir nicht leisten, auch nur eine Minute der kostbaren Zeit, die ich noch habe, zu vergeuden.«

Die Erleuchteten verschwenden nicht eine Minute, denn sie wissen um die relative Unwichtigkeit allen Tuns.

M, 238

Unter Menschen

Menschen faszinieren mich. Menschen sind jeden Tag ein Abenteuer, wenn man sie mit Sympathie zu nehmen weiß. Wenn man zu staunen vermag, nicht nur über den Leib, den man sehen und berühren kann, sondern vor allem über das unergründliche Geheimnis, das dir in einer so wunderbaren Verpackung ganz nahe kommt und gleichzeitig unendlich fern und unerreichbar bleibt.

Sicher, es gibt Menschen mit gläsernen Gesichtern, hinter denen alles leer scheint, und Menschen ohne Gesicht, die an dir vorbeihasten, als ob eine unsichtbare Macht sie magnetisch anziehen würde, die ihnen keine Ruhe lässt. Menschen, die leiden, die verbittert und verzweifelt sind. Menschen, unfähig, an irgendetwas Freude zu haben. – Und dann gibt es noch die Menschen, die dich zum Nachdenken und zum Lachen bringen, Menschen, die froh sind, dich zu sehen, und die dir das auch sagen. Viele gute einfache Menschen mit einem verborgenen, unbegreiflichen Reichtum in ihrem Herzen. Es ist so oft ein Fest, unter Menschen zu sein. B, 46

Beschilderung

Das Leben ist wie eine Flasche voll berauschenden Weines. Einige begnügen sich damit, die Schilder auf der Flasche zu lesen. Einige probieren den Inhalt.

Buddha zeigte seinen Schülern einst eine Blume und forderte jeden auf, etwas über sie zu sagen. Eine Weile betrachteten sie sie schweigend. Einer hielt eine philosophische Abhandlung über die Blume. Ein anderer verfasste ein Gedicht, wieder ein anderer ein Gleichnis. Alle waren bemüht, einander an Tiefsinn auszustechen. Sie stellten Etiketten her! Mahakashyap blickte auf die Blume, lächelte und sagte nichts. Nur er hatte sie gesehen.

Wenn ich nur einen Vogel genießen könnte, eine Blume, einen Baum, ein Menschengesicht!

Aber leider! Ich habe keine Zeit!

Ich bin zu sehr damit beschäftigt, die Aufschriften zu lesen und selbst welche zu verfassen. Nie war ich auch nur einmal trunken von dem Wein. M, 229

Linderung

Zu einem bekümmerten Menschen, der sich an ihn um Hilfe wandte, sagte der Meister: »Willst du wirklich Heilung?«

»Wenn nicht, würde ich mir dann die Mühe machen, zu Euch zu kommen?«

»O ja, die meisten Menschen tun das.«

»Wozu?«

»Nicht wegen der Heilung, die tut weh, sondern um Erleichterung zu finden.«

Seinen Schülern sagte der Meister: »Menschen, die Heilung wollen, vorausgesetzt, sie können sie ohne Schmerzen haben, gleichen jenen, die für den Fortschritt eintreten, vorausgesetzt, sie können ihn ohne Veränderung bekommen.« M, 131

Identität

Es war einmal ein Mann, der war sehr dumm. Jeden Morgen, wenn er aufwachte, fiel es ihm so schwer, seine Kleidung wieder zu finden, dass er beinahe Angst hatte, ins Bett zu gehen, bei dem Gedanken, welche Mühe er beim Aufwachen haben würde.

Eines Nachts ergriff er Bleistift und Schreibblock und schrieb genau die Bezeichnung jedes Kleidungsstückes auf, das er auszog, und die Stelle, wohin er es legte. Am nächsten Morgen zog er seinen Block heraus und las: »Hosen«, da waren sie, er zog sie an. »Hemd«, da war es, er zog es sich über den Kopf. »Hut«, da war er, er stülpte ihn sich auf den Kopf.

Darüber war er sehr erfreut, bis ihm ein schrecklicher Gedanke kam. »Und ich – wo bin ich?« Das hatte er vergessen aufzuschreiben. Also suchte und suchte er, aber vergebens. Er konnte sich selbst nicht finden.

Wie steht's mit denen, die sagen: »Ich lese dieses Buch, um zu erfahren, wer ich bin.« M, 108

Fast immer

»Die Menschen wollen sich nicht von den Befürchtungen und Ängsten, ihrem Groll und ihrem Schuldgefühl trennen, weil diese negativen Empfindungen für sie ein Anstoß sind und ihnen das Gefühl verschaffen, am Leben zu sein«, erklärte der Meister.

Und mit dieser Geschichte machte er seine Einsicht den Schülern deutlich: Der Dorfpostbote nahm mit seinem Fahrrad eine kleine Abkürzung über eine Wiese, auf der Rinder weideten. Auf halbem Weg erspähte ihn ein Bulle und ging auf ihn los. Mit Mühe und Not konnte der arme Kerl über den Weidezaun entkommen.

»Fast hätte er Sie erwischt, nicht wahr?«, sagte der Meister, der die Szene aus sicherem Abstand beobachtet hatte.

»Ja«, keuchte der alte Mann, »fast erwischt es mich immer.« M, 98

Die Schriften

Ein Schüler, der sich mit religiösen Fragestellungen beschäftigte, kam auf die Bemerkungen des Meisters über das Studium der Schriften zurück: »Willst du sagen, dass die Schriften uns überhaupt keinen Begriff von Gott geben können?«

»Ein Gott, der in einen Begriff gefasst ist, ist überhaupt kein Gott. Deshalb ist Gott ein Geheimnis, etwas, von dem es keinen Begriff gibt«, erwiderte der Meister.

»Was können uns dann noch die Schriften bieten?«

Darauf erzählte der Meister, wie er einmal in einem chinesischen Restaurant beim Essen war, als einer der Musiker eine ihm bekannt vorkommende Melodie zu spielen begann, deren Titel niemandem in der Gruppe einfiel.

Der Meister rief einen smart gekleideten Kellner herbei und fragte ihn, ob er herausfinden könnte, was der Mann spiele. Der Kellner eilte durch den Saal und kam strahlend mit der Nachricht zurück: »Violine«. M, 323

Sperren beseitigen

Haben Sie schon einmal angehalten, um einen Stein oder einen Nagel vom Weg aufzuheben, damit sich niemand daran verletzt? Es spielt dabei keine Rolle, dass Sie denjenigen, dem dies zugute kommt, niemals kennen und Sie keine Anerkennung für Ihre Tat ernten werden. Sie tun es einfach aus einem Grundgefühl der Freundlichkeit heraus. Oder hat Sie schon einmal eine leichtfertige Zerstörung anderswo in der Welt betroffen gemacht, zum Beispiel die Rodung eines Waldes, den Sie nie sehen, und von dem Sie nie etwas haben werden? Haben Sie sich schon einmal die Mühe gemacht, einem Fremden den Weg zu zeigen, obwohl Sie ihn nicht kannten und ihm auch niemals wieder begegnen werden, einfach deshalb, weil es Sie drängte zu helfen?

Wie können Sie sich solche Liebe aneignen? Gar nicht, denn Sie besitzen sie schon. Das Einzige, was Sie tun können, ist: die Sperren, die Sie gegen Ihr Empfinden aufgerichtet haben, zu beseitigen. M, 46

Das »Ich« weglassen

Er dachte, das Wesentliche sei, arm und enthaltsam zu leben. Es war ihm nie klar geworden, wie entscheidend wichtig es war, sein Ego aufzugeben. Denn das Ego wächst und gedeiht, ob man nun der Heiligkeit dient oder Frau Welt, nährt sich von Armut und von Reichtum, von Enthaltsamkeit und Luxus. Es gibt nichts, das das Ego nicht ergreift, um sich aufzublasen.

Schüler: »Ich bin zu Euch gekommen mit nichts in den Händen.«

Meister: »Dann lass es sofort fallen.«

Schüler: »Aber wie kann ich es fallen lassen? Es ist nichts.«

Meister: »Dann musst du es eben mit dir herumtragen!«

Du kannst dein Nichts zu einem Besitz machen und deinen Verzicht wie eine Trophäe herumzeigen. Deinen Besitz brauchst du nicht aufzugeben. Gib dein Ego auf!

M, 45

Ein Meisterwerk

Einem Schüler, der um Weisheit bat, sagte der Meister: »Versuch Folgendes: Schließ die Augen und stell dir vor, du und alle Lebewesen werden in einen Abgrund geschleudert. Jedes Mal, wenn du dich an etwas klammerst, um nicht zu fallen, mach dir klar, dass es gleichfalls fällt ...« Der Schüler versuchte es und war nie mehr derselbe.

~

Zu einem Maler sagte der Meister: »Um Erfolg zu haben, muss jeder Maler viele Stunden in beharrliches Mühen und Streben investieren. Manchem ist es gegeben, das eigene Ich beim Zeichnen loszulassen. Wenn dies geschieht, wird ein Meisterwerk geboren.«

Daraufhin fragte ein Schüler: »Wer ist ein Meister?«

Der Meister antwortete: »Jeder, dem es gegeben ist, das eigene Ich loszulassen. Das Leben dieses Menschen ist dann ein Meisterwerk.« M, 44

Nicht auf Knopfdruck

Ist dir schon aufgefallen, dass die Menschen immer sagen: »Was würde ich glücklich sein, wenn ich bloß einen anderen Mann oder eine andere Frau geheiratet hätte; wenn ich mehr Geld oder ein eigenes Häuschen hätte; wenn ich weniger mit dem Rheuma zu tun hätte; wenn ...« Selten triffst du einen Menschen, der sagt: »Was bin ich doch reich, was bin ich doch glücklich! Ich habe zwei Augen, um so viel Schönes zu sehen. Zwei Füße, um zu laufen und zu springen. Ich kann singen und arbeiten, ich kann verliebt sein. Ich bin im siebten Himmel.«

Für alles in unserer Welt haben wir eine Formel gefunden außer für das Glück. Wäre sie auf Knopfdruck zu bekommen, dann würden wir sie schon längst haben. Die Formel des Glücks kommt allein aus dem Herzen. Aber nur aus einem Herzen, das gegen alles Gewohnte einfach und ehrlich ist, gütig und den Frieden liebend, das nicht immer fordert, aber immer bereit ist zu geben. Geh mal in dein eigenes Herz und schau nach, was dort deinem Glück im Wege steht. B, 23

Wenigstens konsequent

Mamiya wurde ein bekannter Zen-Meister. Aber er musste Zen über den schweren Weg lernen. Als er noch Schüler war, forderte ihn sein Meister auf, den Laut des Einhandklatschens zu erklären.

Mamiya widmete sich voll dieser Aufgabe, schränkte Essen und Schlafen ein, um die richtige Antwort zu finden. Aber sein Meister war nie zufrieden. Eines Tages sagte er sogar zu ihm: »Du arbeitest nicht hart genug. Du liebst die Bequemlichkeit; du hängst an den angenehmen Dingen des Lebens. Es wäre besser, du würdest sterben.«

Als Mamiya das nächste Mal vor den Meister trat, tat er etwas ganz Dramatisches. Auf die Frage, wie er den Laut des Einhandklatschens erkläre, fiel er zu Boden und blieb liegen, als sei er tot. Sagte der Meister: »Gut, du bist also tot. Aber was ist mit dem Laut des Einhandklatschens?« Mamiya öffnete die Augen und erwiderte: »Das konnte ich noch nicht herausfinden.« Der Meister wütend: »Narr! Tote Männer sprechen nicht. Raus mit dir!«

M, 37

Überzeugtsein

Eine der Sperren, die Ihr Empfinden blockieren, ist das *Überzeugtsein*: Sie sind zu einem Urteil über einen Menschen, eine Situation, eine Sache gekommen. Sie haben sich festgelegt und ihr Empfinden ausgeschaltet. Sie sehen diesen Menschen nicht mehr. Wie kann man für jemanden ein Empfinden haben, den man gar nicht sieht?

Nehmen Sie nur einmal zwei Personen aus Ihrem Bekanntenkreis und schreiben Sie auf, zu welchen positiven und negativen Urteilen Sie über sie gekommen sind und wie diese Urteile Ihre Beziehung zu ihm oder zu ihr bestimmen. Wenn Sie feststellen, er oder sie ist klug oder gewalttätig, zurückweisend, liebevoll oder wie auch immer, hat sich Ihr Wahrnehmungsvermögen verhärtet; Sie nehmen diesen Menschen in seiner jeweiligen Situation nicht mehr wahr. Es ist wie bei einem Piloten, der nach dem Wetterbericht aus der vergangenen Woche fliegt. Wenn Ihnen klar wird, dass es vorgefasste Meinungen sind und keine Entsprechungen der Wirklichkeit, werden sie verschwinden. M, 47

Du bist ein Engel

Engel sind Menschen, die Licht weitergeben. Du hast ein Problem. Du sitzt damit fest. Da bekommt über eine unsichtbare Antenne irgendwo jemand eine Eingebung, eine Art Befehl, zu dir zu gehen, zu helfen, dir einen Schubs zu geben oder dich zu trösten. »Du bist ein Engel«, sagst du zu einem Mann, zu einer Frau. Du bist erleichtert, du siehst wieder Licht, die Qual ist weg. Aber Engel kommen nicht auf Bestellung oder gegen Bezahlung. Meist tauchen sie ganz unverhofft auf, zeigen den Weg, lösen ein Problem und sind, ohne auf Dank zu warten, wieder weg.

Es gibt noch Engel in der Welt, aber viel zu wenig. Darum herrscht noch so viel Finsternis und so viel Elend. Gott ist auf der Suche nach Engeln unter den Menschen heute. Aber viele sehen ihn nicht mehr, hören ihn nicht mehr. Ihre Antenne empfängt nichts mehr und gibt nichts mehr weiter. Komm, du bist ein Engel, und es gibt in deiner Umgebung genug Menschen, für die du ein Engel sein kannst.

B, 164

Du bist ein Wunder

Du bist ein wunderbarer Mensch. Hat dir das noch keiner gesagt? In deinem Innersten bist du einmalig, unverwechselbar. Von Ewigkeit zu Ewigkeit wird keiner so sein wie du. Unter der Oberfläche deines Bewusstseins stößt du auf das Wunder, das du selbst bist.

Sei du selbst! Das ist unerlässlich, um zu den Mitmenschen in fruchtbaren Kontakt zu kommen. Du magst zur Not den gleichen Rock, die gleiche Jacke tragen. Du magst die gleiche Arbeit und die gleichen Hobbys haben. Aber lass dich nicht gleichschalten von einer Gesellschaft, nach der alle Menschen im gleichen Rhythmus reagieren sollen, im Rhythmus von Produzieren und Konsumieren. Sei du selbst!

Darum geht der Kampf deines Lebens: frei zu werden, frei von der grauen Materie, vom farblosen, freudlosen Dasein. Zurück zum Wesentlichen! Dringe zum Wunder vor, das tief in deinem Innern lebt. Staune wieder wie ein Kind – über dich selbst! Du bist ein wunderbarer Mensch. Du kannst es. B, 43

SEPTEMBER

Zur Freiheit gerufen

–

Chance und Risiko

Der in sich selbst verkrümmte Mensch

Die Dichter zwingen uns, uns immer wieder neu zu fragen, wo wir heute Leben verweigern, wo wir unser Menschsein verweigern, das wir letztlich nur in Gemeinschaft leben können, wo wir uns in uns selbst verkriechen. Augustinus hat den in sich gekrümmten Menschen, den »homo incurvatus«, als Bild für die Schuld gesehen. Die Frage ist, wo wir in uns selbst verkrümmt sind, wo wir uns weigern, der Realität ins Auge zu sehen, der Realität des eigenen Herzens.

Schuld bedeutet für Carl G. Jung Spaltung. Der Mensch isoliert sich nicht nur von der menschlichen Gemeinschaft, er verliert auch die Berührung mit sich selbst, mit seinem eigentlichen Kern. Sünde ist nach Jung die Weigerung, den eigenen Schatten anzunehmen, und das Projizieren seines Schattens auf die anderen. Der biblische Begriff vom Sündigen (hamartánein) meint ein Verfehlen. Man verfehlt sein Ziel, man verfehlt sein Menschsein.

G, 202

Die Kraft der Vision

Sind die großen Visionen vom ewigen Frieden unter allen Völkern und der ewigen, göttlichen Harmonie der ganzen Schöpfung nur utopische Märchen? Nein, durchaus nicht! Sie entsprechen dem tiefsten Verlangen des menschlichen Herzens und weisen auf die Wahrheit hin, die darauf wartet, jenseits allen Lugs und Trugs offenbart zu werden. Diese Visionen nähren unser geistliches Verlangen und stärken unser Herz. Sie geben uns Hoffnung, wenn wir verzweifeln möchten, ermutigen uns, wenn wir versucht sind, unser Leben aufzugeben, und geben uns Vertrauen, wenn Misstrauen die vernünftigere Haltung zu sein scheint.

Ohne diese Visionen verkümmert unser tiefstes Streben, das uns die Kraft gibt, Schwierigkeiten zu überwinden und schmerzliche Niederlagen zu ertragen; ohne sie wird unser Leben schal, langweilig und schließlich destruktiv. Unsere Visionen befähigen uns, das Leben in seiner Fülle zu leben. N, 374

Heimkehren zu sich selbst

Selbst-Beobachtung ist etwas Großartiges und Außergewöhnliches. Bald brauchen Sie sich gar nicht mehr anzustrengen, denn wenn die Illusionen langsam verblassen, beginnen Sie, Dinge zu erfahren, die sich nicht beschreiben lassen. Man nennt das Glücklichsein.

Ich kenne eine Geschichte von einem Schüler, der seinen Meister fragte: »Kannst du mir ein Wort der Weisheit geben? Kannst du mir etwas sagen, das mich durch meine Tage begleitet?« Es war aber der Tag, an dem der Meister Schweigen hielt, und so hob er nur eine Karte, auf der stand: »Bewusstheit«. Als der Schüler das sah, verlangte er: »Das ist viel zu wenig. Kannst du nicht ein bisschen mehr dazu sagen?« Da nahm der Meister die Karte zurück und schrieb darauf: »Bewusstheit, Bewusstheit, Bewusstheit.« Der Schüler entgegnete: »Was soll das bedeuten?« Der Meister nahm die Karte wieder zurück und schrieb: »Bewusstheit, Bewusstheit, Bewusstheit heißt – Bewusstheit.« Genau das ist Sich-selbst-Beobachten. M, 172

Selbst oder nicht selbst? (1)

Wer lebt in Ihnen? Es dürfte Sie ziemlich erschrecken, wenn Sie das erfahren. Sie meinen, Sie sind frei, doch dürfte es keine Geste, keinen Gedanken, keine Gefühlsregung, keine Einstellung, keine Meinung geben, die nicht von einem anderen stammt. Ist das nicht erschreckend? Und Sie wissen es nicht einmal. Sie vertreten in vielen Dingen einen klaren Standpunkt und denken, dass Sie es sind, die diesen Standpunkt haben, doch sind Sie es wirklich?

Achten Sie auf Ihre Reaktionen, während Sie mir zuhören? Ist das nicht der Fall, werden Sie beeinflusst, ohne es zu merken. Oder Sie werden von Kräften in Ihnen selbst beeinflusst, von denen Sie nichts wissen. Und selbst wenn Sie wissen, wie Sie auf mich reagieren, sind Sie sich dabei bewusst, warum Sie so und nicht anders reagieren? Vielleicht hören ja gar nicht Sie mir zu; vielleicht ist es Ihr Vater. Halten Sie das für möglich? Zweifellos. M, 130

Selbst oder nicht selbst? (2)

Immer wieder begegne ich in meinen Therapiegruppen Menschen, die eigentlich gar nicht selbst da sind. Ihr Vater ist da, ihre Mutter ist da, nur nicht sie selbst. Ich könnte Satz für Satz, den sie sagen, auseinander nehmen und fragen: »Stammt dieser Satz jetzt von Papa, Mama, Oma oder Opa, von wem wirklich?«

Eine schmerzliche Feststellung. Wenn Sie beginnen aufzuwachen, erfahren Sie tatsächlich eine Menge Schmerz: Wenn man sieht, wie Illusionen zerplatzen. Alles, woran Sie glaubten, Sie hätten es aufgebaut, stürzt zusammen, und das tut weh. Das ist im Grunde Reue, und das ist wirkliches Erwachen. M, 130

Freie Sicht

Setzen Sie sich still hin, und beobachten Sie, wie Ihr Verstand arbeitet. Da ist ein ständiger Strom von Gedanken, Gefühlen und Reaktionen. Beobachten Sie das alles eine ganze Weile, so wie Sie vielleicht einen Fluss oder einen Film anschauen. Bald werden Sie es weitaus fesselnder als einen Fluss oder Film finden und um vieles lebendiger und befreiender.

Können Sie eigentlich von sich sagen, lebendig zu sein, wenn Sie sich nicht einmal Ihrer eigenen Gedanken und Reaktionen bewusst sind? Man sagt, ein unbewusstes Leben ist nicht wert, gelebt zu werden. Es ist ein mechanisches Roboterdasein, ein Schlaf, eine Bewusstlosigkeit, ein Totsein, und dennoch ist es das, was die Menschen menschliches Leben nennen!

Also schauen Sie, fragen Sie, – und Ihr Verstand wird lebendig werden, sein Fett verlieren, scharf, wach und aktiv sein. Sie werden mit dem Geschenk einer ungehinderten Sicht der Dinge gesegnet sein, so wie sie sind –, mit der unmittelbaren Erfahrung der Wirklichkeit.

M, 89

Beten gegen die Rachsucht

Was tun, wenn wir die Kraft zum Verzeihen nicht aufbringen? Wir sind oft zu sehr verletzt, und unsere Gefühle sind zu sehr aufgewühlt, als dass wir verzeihen oder unsere Gegner gar lieben könnten. Ist es nicht unmenschlich und auch unrealistisch, in einer solchen Situation Liebe zu fordern? Wir beginnen, vielleicht noch sehr zaghaft, die Liebe Christi in diese verwundete Situation einzulassen. Wir geben nicht nur unserem Ärger Raum, sondern auch dem Segen und dem Frieden Christi. Wo ich für den andern zu beten beginne, wird der Groll langsam abnehmen und die Wunde zu heilen beginnen. – Wer diesen Weg des Gebetes zu gehen bereit ist, wird erfahren, dass so der Groll im Herzen abnimmt, die eigenen Wunden heilen und Verzeihung möglich wird, dass Feindesliebe keine welt- und wirklichkeitsfremde Forderung ist, sondern wenigstens anfanghaft möglich werden kann. Durch das Verzeihen findet der Mensch auch in eine neue Weite und Freiheit, die in seinem Groll vorher versperrt und blockiert war. G, 189

Die Kunst, in Freiheit zu vergeben

Wir machen unser Verzeihen oft von der Reue des Schuldigen abhängig. Es ist ja schon etwas wert, wenn wir bereit sind, die dargebotene Hand der Versöhnung zu ergreifen und das Gewesene nicht mehr nachzutragen. Was aber, wenn der Schuldige keine Reue zeigt und einem sogar weiterhin Unrecht tut? Dann fällt das Verzeihen außerordentlich schwer.

Wenn wir bereit sind zu vergeben, müssen wir uns davor hüten, uns selbst für besser zu halten. Wenn es uns schwer fällt zu vergeben, meinen wir, wir täten etwas Großes, wenn wir die innere Schwelle überwinden und verzeihen. Doch das ist noch nicht die Vergebung, die Christus meint. Und wenn jemand unsere Vergebung nicht annimmt, liegt das nach Meinung der alten Mönche nicht immer an dessen Verstocktheit, sondern an unserer Haltung, die mehr dem Stolz als der Demut entspringt. Wenn wir meinen, mit unserer Vergebung dem andern einen Gefallen zu erweisen, dann beschämen wir ihn und machen es ihm schwer, die Vergebung anzunehmen. G, 188

Es ist kalt im Haus der Liebe (1)

Wahre Freiheit besteht darin, selbstlos lieben zu können. Aber oft genug wird im Namen der Liebe die Freiheit unterdrückt und Macht ausgeübt. Wenn z. B. ein Pfarrer in der Pfarrgemeinderatssitzung bei jedem Konflikt einwirft, man solle doch einander lieben, dann ist das eine subtile Form von Machtausübung. Er lässt den Konflikt nicht hochkommen, unterdrückt jeden Widerspruch. Er vermittelt denen, die ehrlich miteinander streiten wollen, ein schlechtes Gewissen. In so einer Atmosphäre »von oben verordneter Liebe« kann man nicht kämpfen, nicht frei seine Meinung äußern. Ähnlich ist es in manchen Gemeinschaften. Da wird jede abweichende Meinung sofort damit geahndet, dass Christus doch möchte, dass wir einander lieben, miteinander eins seien. Liebe wird verwechselt mit erzwungener Einheit. Wahre Einheit entsteht immer aus der gesunden Spannung von Gegensätzen. Wenn man aber im Namen der Liebe jede Spannung von vornherein vermeiden möchte, dann wird die Liebe zur Tyrannei und zum Zwang. G, 25

Es ist kalt im Haus der Liebe (2)

Es ist eigenartig, dass gerade in Klöstern, in denen man ständig von der Liebe spricht, am wenigsten geliebt wird. Da herrscht oft eine aggressive und gereizte Stimmung. Da ist nicht Freiheit, sondern Anpassung. Da ist keine Einheit, sondern Zwang. Ein Angestellter meinte einmal von der Gemeinschaft, der er diente und in der man sich als »Haus der Liebe« bezeichnete: »Seitdem wir ein Haus der Liebe sind, wird es immer kälter bei uns.« Wenn Liebe nicht von Freiheit geprägt ist, entspricht sie nicht der Liebe, die Jesus vorgelebt hat. Das vollkommene Gesetz der Freiheit, von dem Jakobus spricht, muss die Grundlage der Liebe sein, damit wir in unserer Liebe einander die Freiheit gewähren und selbst frei sind und nicht Sklaven unserer Angst vor schlechtem Gewissen.

Die Liebe, die Christus verkündet, ist nicht die Liebe von Sklaven, sondern von freien Söhnen und Töchtern, es ist die Liebe, die der Freiheit entspringt und in die Freiheit führt.

G, 25

Freiheit – Einheit – Heimat (1)

Wenn wir in uns den Raum des Schweigens spüren, dann ist das der Raum, in dem wir daheim sein können, weil das Geheimnis selbst in uns wohnt.

Freiheit, Einheit und Heimat – diese drei Kriterien echter Spiritualität und wirklicher Gotteserfahrung gehören zusammen. Wer mit sich eins ist, wer nicht mehr hin- und hergezerrt wird von den verschiedensten Wünschen und Bedürfnissen, der ist auch frei. Wer in Gott ruht, wer in Gott Heimat gefunden hat, der richtet sich nicht mehr nach den Maßstäben dieser Welt, über den hat die Welt keine Macht, er ist frei geworden von den Erwartungen dieser Welt. So können wir an der Freiheit in uns erkennen, wie weit wir auf unserem spirituellen Weg sind. Aber zugleich müssen wir uns eingestehen, dass die Freiheit hier auf unserem Pilgerweg immer relativ ist, dass wir erst im Tod die wahre Freiheit erfahren, wenn wir für immer frei sind, Gott zu schauen und uns liebend in Gottes liebende Arme fallen zu lassen. G, 32

Freiheit – Einheit – Heimat (2)

Freiheit, Einheit und Heimat sind auch die Voraussetzungen, um wahrhaft lieben zu können. Wer in sich zerrissen ist, kann nicht wirklich lieben. Er wird vielleicht oft von der Liebe sprechen und wird mit aller Kraft versuchen zu lieben. Aber es wird nicht die Liebe sein, die heilt, die eint und befreit, sondern eher eine Liebe, die den anderen an sich bindet, die Macht ausübt, die das eigene schlechte Gewissen beruhigen soll. Die Liebe, zu der das vollkommene Gesetz der Freiheit aufruft, lässt den Menschen frei sein, sie gibt ihm seine königliche Würde. Sie bewirkt Frieden, ermöglicht dem zerrissenen Menschen, dass er ja zu sich sagen kann und so mit sich eins wird. Wahre Liebe eint und heilt den Menschen, macht ihn ganz. Und sie schenkt ihm Heimat, gewährt ihm ein Haus, in dem er wahrhaft zu Hause sein kann, in dem er wahrhaft der sein kann, zu dem Gott ihn berufen hat: ein freier Sohn und eine freie Tochter Gottes.

G, 32

Im Reich Gottes wird es keine Kirchen mehr geben (1)

Mir ist Kirche wichtig. Und das meine ich erst mal genauso allgemein, wie es da steht. Meine Geschichte bindet mich an die römisch-katholische Kirche, in die hinein mich meine Eltern haben taufen lassen. Und in dieser Kirche bin ich aufgewachsen, groß geworden, ich habe mich in ihr engagiert, war oft verzweifelt wegen ihr und hasse sie vielleicht manchmal sogar, und ich liebe und schätze sie. Ein ziemliches Durcheinander – aber so ist es nun mal mit meiner Beziehung zu dieser Kirche.

Und das Durcheinander geht weiter: Kirche – das ist für mich der Papst und der Erzbischof von Freiburg, aber das ist auch die Gemeinde in Klein-Winternheim, das sind die Freunde, die mit mir auf dem Weg sind, suchend, fragend, hoffend, träumend, handelnd – und das sind aber auch Menschen, die mit dieser offiziellen Kirche gebrochen haben und trotzdem ihren Glauben an diesen Gott des Lebens tagtäglich in ihren Alltag umzusetzen versuchen. S2, 79

Im Reich Gottes wird es keine Kirchen mehr geben (2)

Ich habe lange gebraucht, bis ich den Unterschied erkannte zwischen Glauben und Kirche, den Unterschied zwischen Ziel und Weg. Kirche ist ein Weg zum Glauben, ein Weg zu Gott, ein Vehikel, eine Möglichkeit, um die revolutionäre Botschaft der Befreiung zum Leben zu entdecken. Aber Kirche ist nicht das Ziel ...

Menschen, Worte, Zeichen, Gesten – lebendige Kirche! Durch diese Kirche bin ich zu der geworden, die ich heute bin – und dafür bin ich dankbar. Wenn ich an diese Kirche denke, dann fallen mir zuallererst Menschen und Freunde ein, die ich in dieser Kirche kennen gelernt habe. Und so denke ich, sollte Kirche eigentlich sein: Wenn man an Kirche denkt, fallen einem Menschen ein. Ich könnte sie namentlich aufzählen, sie haben mich zu diesem Gott und dem Glauben hingeführt – und ich brauche sie auch heute als Weggefährten, Weggefährtinnen, als Menschen, denen ich mich verbunden fühle im Glauben. S2, 80

Die Vision verwirklichen

Die großartige Vision vom Reich des großen, ewigen Friedens, in dem alle Gewalt überwunden und alle Menschen – Männer, Frauen und Kinder – in Frieden und liebender Einheit mit der Natur zusammenleben, ruft uns auf, dieses Reich schon in unserem täglichen Leben zu verwirklichen. Sie fordert uns heraus, statt wirklichkeitsfern in den Tag hineinzuträumen, all das schon vorwegzunehmen, was sie verheißt. Jedes Mal, wenn wir unserem Nächsten vergeben, jedes Mal, wenn wir ein Kind zum Lächeln bringen, jedes Mal, wenn wir einem Leidenden Mit-Leid erweisen, uns für Frieden und Gerechtigkeit unter den Menschen und Völkern einsetzen, lassen wir diese Vision ein Stückchen Wirklichkeit werden.

Wir müssen diese Vision einander ständig vor Augen halten. Wann immer sie in uns lebendig wird, werden wir neue Energie finden, ihr dort Geltung zu verschaffen, wo wir gerade sind. Nicht, dass diese Vision uns dem wirklichen Leben entzieht, sie bezieht uns vielmehr ganz und gar in das Leben ein. N, 375

Die Last des Richtens

Eine der schwierigsten Aufgaben ist das Ablegen unserer Vorurteile. Es ist uns meist gar nicht bewusst, wie tief sie in uns verwurzelt sind. Wir meinen vielleicht, keine Unterschiede zwischen uns und anderen zu machen, die eine andere Hautfarbe, eine andere Religion, einen anderen Lebensstil haben. In einer konkreten Situation aber verraten unser spontanes Denken, unsere unkontrollierten Äußerungen und Reaktionen immer wieder, dass wir durchaus nicht frei sind von Vorurteilen.

Fremde Menschen, die anders sind als wir, erregen Furcht, Unbehagen, Misstrauen und wecken feindliche Gefühle. Sie beeinträchtigen unsere innere Sicherheit schon dadurch, dass sie »anders« sind. Nur wenn wir uns voll und ganz darauf verlassen, dass Gott uns bedingungslos liebt, und wir diese »anderen Menschen« als ebenso geliebt ansehen, werden wir verstehen können, dass die große Vielfalt des Menschseins ein Ausdruck des unermesslichen Reichtums des Herzens Gottes ist.

N, 81

Wenn ich meine Grenzen überschreite (1)

Im Gespräch mit einem Gast merke ich sehr schnell, ob ich innerlich frei bin oder nicht. Wenn ich mich frei auf den andern einlasse, bin ich ganz präsent und spüre die Anstrengung nicht. Ich bin einfach da und höre zu. Und wenn ich das Gefühl habe, etwas sagen zu wollen, dann kommen die Worte von alleine. Nach dem Gespräch fühle ich mich selbst beschenkt und kann Gott für dieses Geschenk danken. Aber wenn ich mein Maß überschritten habe, wenn ich in das Gespräch nur gehe, weil ich zugesagt oder weil ich es nicht fertig gebracht habe, nein zu sagen, dann fühle ich mich sehr schnell müde und ausgebrannt. Und es tauchen Gefühle von Ärger und Unzufriedenheit auf, weil jeder an mir zerrt und jeder etwas von mir will. Ich zweifle, ob das Gespräch sinnvoll ist. Ich denke, der andere nutzt mich aus. G, 24

Wenn ich meine Grenzen überschreite (2)

Ich kann dann zwar versuchen, mich ganz auf den Augenblick einzulassen und mich von allen kommentierenden Gedanken und von den negativen Emotionen zu befreien. Manchmal gelingt es auch. Aber oft sind die Gefühle auch ein wichtiger Hinweis, dass meine Grenze überschritten ist. Und diesen Hinweis muss ich ernst nehmen. Dann wäre es Ausdruck meiner Freiheit, beim Zusagen besser auf meine Gefühle zu hören, ob ich jetzt nur zusage, weil ich den andern nicht verletzen will, oder weil es mir schmeichelt, so gefragt zu sein, oder weil ich meine eigenen Bedürfnisse damit ausleben möchte. Freiheit ist nicht eine Leistung, die ich erbringen kann, sondern Ausdruck dafür, dass ich so lebe, wie es mir gemäß ist und wie es meiner Begrenzung und zugleich meinen Fähigkeiten und meinen Kräften entspricht. G, 24

Glückseligkeit

Uns wurde gesagt, dass Glücklichsein gutes Aussehen ist, ein Ferienhaus zu besitzen und vieles mehr. Das ist kein Glücklichsein, aber wir haben feinsinnige Wege entwickelt, unser Glück aus solchen Dingen herzuleiten, seien sie in uns oder um uns. Wir sagen: »Ich weigere mich, glücklich zu sein, bis meine Neurose weg ist.«

Ich habe gute Nachrichten für Sie: Sie können jetzt glücklich sein, *mit* der Neurose. Möchten Sie eine noch bessere Nachricht? Es gibt nur einen Grund, weshalb Sie nicht das erfahren, was wir in Indien *anand* nennen – Glückseligkeit; nur einen Grund, weshalb Sie in genau diesem Augenblick keine Glückseligkeit erfahren, weil Sie an etwas denken oder etwas zum Mittelpunkt erheben, was Sie nicht haben. Sonst würden Sie Glückseligkeit erfahren. Sie konzentrieren sich auf etwas, was Sie nicht haben. Aber genau jetzt haben Sie bereits alles, was Sie brauchen, um glückselig zu sein. M, 186

Entspannt

Viele meinen, wenn sie keine Sehnsüchte hätten, wären sie wie ein Stück Holz. In Wirklichkeit würden sie jedoch ihre Verspanntheit verlieren. Befreien Sie sich von Ihrer Angst zu versagen, von Ihrer Anspannung, Erfolg haben zu müssen, und Sie werden bald Sie selbst sein, entspannt. – Es gibt einen schönen Satz von Tranxu, einem großen chinesischen Weisen, den ich mir gut gemerkt habe: »Wenn der Bogenschütze schießt, ohne einen besonderen Preis gewinnen zu wollen, kann er seine ganze Kunst entfalten. Schießt er, um eine Bronzemedaille zu erringen, fängt er an, unruhig zu werden. Schießt er um den ersten Preis, wird er blind, sieht zwei Ziele und verliert die Beherrschung. Sein Können ist dasselbe, aber der Preis spaltet ihn. Er denkt mehr ans Gewinnen als ans Schießen, und der Zwang zu gewinnen schwächt ihn.« Gilt dieses Bild nicht für die meisten Menschen? Wenn man nicht für Erfolg lebt, verfügt man über all sein Können; es macht einem nichts aus, ob man verliert oder gewinnt. M, 181

Fortschritt

Jeden Monat sandte der Schüler getreulich seinem Meister einen Bericht über seinen Fortschritt auf dem Weg der Erleuchtung: »Ich fühlte eine Erweiterung des Bewusstseins und erfahre mein Einssein mit dem Universum.« Der Meister überflog die Nachricht und warf sie weg. Im folgenden Monat hatte er dies zu sagen: »Ich habe endlich entdeckt, dass das Göttliche in allen Dingen gegenwärtig ist.« Der Meister schien enttäuscht. In seinem dritten Brief erklärte der Schüler begeistert: »Das Geheimnis des Einen und der Vielen ist meinem staunenden Blick enthüllt worden.« Der Meister gähnte. – In seinem nächsten Brief hieß es: »Niemand wird geboren, niemand lebt, und niemand stirbt, denn das Ich ist nicht.« Der Meister rang verzweifelt die Hände.

Danach verging ein Monat, dann zwei, dann ein ganzes Jahr. Der Meister fand es an der Zeit, seinen Schüler zu erinnern, ihn über seinen Fortschritt zu informieren. Der Schüler: »Wen interessiert das?« Als der Meister diese Worte las, war er zufrieden: »Endlich hat er begriffen.« M, 60

Getäuscht

Der Meister begab sich mit einem seiner Schüler auf eine Reise. Draußen vor dem Dorf trafen sie den Gouverneur, der irrtümlicherweise annahm, sie kämen, ihn in dem Dorf willkommen zu heißen. Er sagte also: »Ihr hättet Euch wirklich nicht die Mühe zu machen brauchen, mich zu begrüßen.«

»Ihr irrt, Hoheit«, sagte der Schüler. »Wir sind unterwegs auf einer Reise, aber hätten wir gewusst, dass Ihr kommt, hätten wir keine Mühe gescheut, Euch willkommen zu heißen.«

Der Meister sagte kein Wort. Gegen Abend bemerkte er: »Musstest du ihm erzählen, dass wir nicht gekommen waren, ihn zu begrüßen? Hast du bemerkt, wie blamiert er sich fühlte?«

»Hätten wir ihm aber nicht die Wahrheit gesagt, dann wären wir der Täuschung schuldig geworden.«

»Wir hätten ihn überhaupt nicht getäuscht«, sagte der Meister. »Er hätte sich selbst getäuscht.« M, 35

Der einzige Ausweg

Gräuel der Gewalt – für kurze Zeit geht Entsetzen durch die Welt. Dann legen sich die Menschen wieder schlafen. Mit Gewalt kann man ein Haus abreißen, einen Baum fällen oder ein Tier umbringen. Aber wer mit Gewalt einen Menschen vernichtet, vernichtet sich selbst als Mensch. In einem Mordprozess sagte die Angeklagte: »Als ich den anderen umbrachte, brachte ich mich selbst um. Einen anderen töten heißt sich selbst töten.« Neulich saß ein Mann bei mir, vierzig Jahre alt. Er hatte als Fremdenlegionär Menschen getötet. »Jetzt werde ich selbst ermordet«, sagte er, »sie kommen mich jede Nacht besuchen.«

Gewalt plus Gewalt bedeutet immer noch mehr Gewalt, ein tödlicher Kreis. Er kann nur durchbrochen werden durch die unglaubliche Liebe des Evangeliums, wo es heißt: »Liebe deine Feinde. Tu Gutes denen, die dich hassen.« Das klingt heutzutage entsetzlich naiv. Wer glaubt noch daran? Und doch, ich versichere dir: Es ist der einzige Ausweg.

B, 284

Gräben überbrücken

Um einander Nächste zu werden, müssen wir die Gräben, die Menschen oft voneinander trennen, überbrücken. Solange eine Kluft zwischen uns liegt, können wir einander nicht in die Augen sehen und lassen falsche Vorstellungen und Meinungen aufkommen. Wir nennen sie »die da drüben«, machen uns über sie lustig, überschütten sie mit Vorurteilen und gehen Kontakten aus dem Weg. Wir betrachten sie als Feinde und vergessen, dass sie nicht anders lieben als wir und sich nicht anders um ihre Kinder sorgen als wir, krank werden und sterben wie wir. Wir vergessen, dass sie unsere Brüder und Schwestern sind, und behandeln sie wie Sachen, die man, wenn man will, auch zerstören kann.

Nur wenn wir den Mut fassen, die Straße zu überqueren, den Graben zu überspringen, um zu ihnen zu gehen und einander in die Augen zu sehen, werden wir erkennen, dass sie Kinder desselben Gottes sind und Mitglieder derselben Menschheitsfamilie. N, 223

Vermutungen

Einige Jäger charterten ein Flugzeug, das sie in ein Waldgebiet bringen sollte. Nach zwei Wochen kam der Pilot, um sie wieder abzuholen. Er warf einen Blick auf die erlegten Tiere und sagte: »Diese Maschine kann nicht mehr als einen Büffel transportieren. Die anderen müssen Sie zurücklassen.« – »Aber im letzten Jahr erlaubte uns der Pilot, zwei Tiere in einer Maschine von dieser Größe mitzunehmen«, protestierten die Jäger. Der Pilot war skeptisch, sagte aber schließlich: »Wenn Sie es voriges Jahr so gemacht haben, können wir es vermutlich wieder tun.« Also hob die Maschine ab mit den drei Männern und zwei Büffeln an Bord. Doch sie konnte keine Höhe gewinnen und prallte gegen einen nahe liegenden Berg. Die Männer kletterten heraus und blickten sich um. Ein Jäger sagte zu dem anderen: »Wo glaubt ihr, sind wir?« Der andere sah prüfend in die Runde und erwiderte: »Ich glaube, wir befinden uns ungefähr zwei Meilen links von der Stelle, an der wir im letzten Jahr abgestürzt sind.«

M, 36

Aufgeben, aber wie?

Denken Sie an einen Menschen oder an etwas anderes, an dem Sie hängen: etwas oder jemand, dem Sie die Macht gegeben haben, Sie glücklich oder unglücklich zu machen. Sie werden feststellen, dass Sie sich nur noch darauf konzentrieren, das Begehrte – auch diesen Menschen – in Ihren Besitz zu bekommen, dass sich alles darum dreht, es zu behalten, damit Sie Freude haben – auf Kosten anderer Dinge und Menschen. Beobachten Sie, wie Sie diese Versessenheit gegenüber dem Rest der Welt abstumpft. Sie sind gefühllos geworden. Haben Sie den Mut und sehen Sie ein, wie voreingenommen und blind Sie sind, wenn es um diese Sache oder diesen Menschen, an dem Sie hängen, geht.

Wenn Sie das erkennen, werden Sie sich bald danach sehnen, sich von jeder Abhängigkeit frei zu machen. Das Problem ist nur: wie? Was Sie brauchen, ist nicht Verzicht, sondern *Verstehen*. Wenn Sie einmal in Ihrem Leben die Freude gespürt haben, die das Aufgeben einer Abhängigkeit mit sich bringt, ist dies eine echte Hilfe.

M, 71

Sich kümmern

Du musst nicht meinen, mit der Liebe seist du fertig, wenn du nichts gegen deine Mitmenschen hast. Das ist saftloses Wohlwollen, eine Illusion von Freundschaft. Du verhältst dich ruhig, tust nichts Böses, lässt alle leben. Fertig ist der wohlsituierte perfekte Spießbürger, unter seiner Glasglocke abgeschirmt gegen die raue Welt. So wirst du mitverantwortlich für die kollektive Gleichgültigkeit, die das menschliches Zusammenleben stranguliert.

Willst du wirklich lieben und glücklich sein, musst du dich um die Menschen kümmern, die dir nahe stehen, die deiner Sorge anvertraut sind, mit denen du zusammen wohnst, sprichst und lachst.

Sich kümmern kann viel Kummer machen. Aber es ist die Frucht wahrhaftiger Liebe. Es bringt im Grunde die Beste aller Gaben: Leben. So kommt auch in dein Leben Farbe und manchmal, vielleicht selten, ein Gefühl von unermesslicher Dankbarkeit, ein Vorgeschmack vom unbekannten Paradies. B, 245

Widrigkeiten

Ein in der Wüste verirrter Reisender war verzweifelt, weil er glaubte, er würde nie mehr Wasser finden. Er quälte sich von einem Hügel zum anderen in der Hoffnung, von oben irgendwo eine Quelle zu entdecken. Nach allen Richtungen hielt er Ausschau, ohne Erfolg.

Als er weiter taumelte, verhakte sich sein Fuß in einem trockenen Strauch, und er fiel hin. Dort blieb er liegen, ohne Energie, sich wieder zu erheben, oder den Willen, weiter zu kämpfen, und ohne Hoffnung, diese Tortur zu überleben. – Als er dort lag, hilflos und niedergeschlagen, wurde ihm plötzlich die Stille der Wüste bewusst. Überall herrschte eine majestätische Ruhe, die von keinem Laut gestört wurde. Plötzlich hob er den Kopf. Er hatte etwas gehört. Ein so schwaches Geräusch, das nur das schärfste Ohr in der tiefsten Stille wahrnehmen konnte: das leise Plätschern fließenden Wassers.

Ermutigt von der Hoffnung, die dieser Laut in ihm auslöste, erhob er sich und hielt sich auf den Beinen, bis er zu einem Bach voll frischen, kühlen Wassers kam.

M, 34

Die Stimme im Garten des Alleinseins

Alleinsein ist der Garten für unser Herz, das nach Liebe verlangt, der Ort, an dem unsere Einsamkeit Frucht bringen kann. Es ist das Zuhause für unseren rastlosen Leib und unseren sich sorgenden Verstand. Alleinsein, ob in einem konkreten Raum oder nicht, ist ein wesentlicher Bestandteil unseres Lebens. Es ist kein einfacher Aufenthaltsort, seit wir so unsicher und ängstlich geworden sind, dass wir von allem, was sofortige Befriedigung verspricht, angezogen und beherrscht werden.

Alleinsein verschafft keine augenblickliche Befriedigung, weil wir im Alleinsein unseren Dämonen begegnen, unseren Abhängigkeiten, unseren Gefühlen von Angst und Lust, unserem großen Bedürfnis nach Anerkennung und Bestätigung. Wenn wir aber dem Alleinsein nicht entfliehen, werden wir in ihm auch den finden, der zu uns sagt: »Fürchte dich nicht! Ich bin bei dir und werde dich durch das Tal der Dunkelheit führen.«

Kehren wir zu unserem Alleinsein zurück! N, 32

Der Weg

»Wie erlangt man das Glück?«

»Durch Erlernen, mit allem, was man erhält, zufrieden zu sein.«

»Dann kann man sich nie etwas wünschen?«

»Doch, man kann«, sagte der Meister, »vorausgesetzt, man tut dies in der Einstellung jenes ängstlichen Vaters, den ich einmal in einer Entbindungsstation traf. Als die Hebamme sagte: ›Sie haben sich bestimmt einen Jungen gewünscht, es ist aber ein Mädchen‹, erwiderte der Mann: ›Ach, das macht wirklich nichts, denn ich habe mir ein Mädchen gewünscht, falls es kein Junge ist.‹«

M, 170

OKTOBER

Die zarte Kraft seiner Gegenwart

–

Gott möchte gefunden werden

Die Frage

»Existiert Gott?«, fragte der Meister eines Tages.

»Ja«, sagten die Schüler im Chor.

»Falsch«, sagte der Meister.

»Nein«, sagten die Schüler.

»Wieder falsch«, sagte der Meister.

»Wie lautet die Antwort?«, fragten die Schüler.

»Es gibt keine Antwort.«

»Warum denn nicht?«

»Weil es keine Frage gibt«, sagte der Meister.

Später erklärte er: »Wenn man nichts über ihn sagen kann, über Ihn, der über Gedanken und Worte hinausgeht, wie kann man dann etwas fragen wollen?« M, 298

Mir gefallen lassen, dass Gott mich liebt

Wir haben Angst vor unseren Schwächen und sichern uns dagegen ab durch ein System von Vorschriften, die wir peinlich genau befolgen. Oder wir bauen uns ein Gebäude aus hohen Idealen auf, mit denen wir uns den Blick in den eigenen Abgrund verstellen wollen. Wir leben dann ständig in der ängstlichen Spannung, doch einmal auf unsere Schwächen zu stoßen. Oft verstecken sich diese Absicherungsversuche hinter frommen und erbaulichen Vorstellungen. Doch wenn wir entdecken, dass wir unsere Ideale mit einer gewissen Ängstlichkeit hüten und ängstlich an bestimmten äußeren Formen hängen, ist es immer ein Zeichen, dass wir hier unter einer Spannung stehen, von der wir uns frei machen sollten.

Eine Hilfe, von solchen Spannungen frei zu werden, ist das Vertrauen, dass ich in Gott geborgen bin, weil mich nicht strafende, sondern liebende Arme erwarten. Sich in Gott hinein loslassen hat etwas mit Liebe zu tun. Ich lasse es mir gefallen, dass Gott mich liebt, und ich vertraue darauf.

G, 371

Was ist wirklich?

Was ist wirklich, die geistige Welt der Ideen oder die Materie, das, was wir greifen können? Die Metaphysik sagt uns, dass Gott die eigentliche Wirklichkeit ist und dass wir nur wirklich sind, insofern wir an Gottes Sein teilhaben. Wenn wir diesen Satz der Metaphysik auf unser Leben beziehen, entdecken wir, dass wir kaum danach leben. Gott hat da nur am Rande Platz, nur so weit wir ihm das zugestehen.

Gegenüber dieser gottlosen Wirklichkeit unseres Lebens weist uns der Traum auf eine andere geistige Wirklichkeit. Wenn wir die Metaphysik ernst nehmen, dann ist Gott die wahre Wirklichkeit und wir sind nur wirklich, indem wir an ihm teilhaben. Gott ist uns näher, als wir uns selbst es sind, sagt Augustinus. Wir sind uns selbst entfremdet. In den Träumen bricht die geistige Wirklichkeit in unser Leben ein. Und es ist nicht von vorneherein gesagt, dass die Träume unwirklicher seien als das, was wir im Bewussten wahrnehmen. G, 279

Ein Herz, das die Welt übersteigt

Im Grunde unseres Herzens sehnen wir uns nach Gott. Versuchen Sie, bei allem, was Sie tun, mit der Sehnsucht Ihres Herzens in Berührung zu kommen. Spüren Sie, dass Ihr Herz diese Welt übersteigt, dass es sich nach Gott sehnt, nach bedingungsloser Liebe, nach endgültigem Daheimsein, nach absoluter Geborgenheit. Dann beten Sie, Sie brauchen nicht nach Worten zu suchen. Das Seufzen Ihres Herzens ist das Seufzen des Heiligen Geistes. Der Geist selber betet in Ihnen. Sie müssen Ihm nur Raum gewähren.

Dann wird der Geist Sie hineinführen in eine ganz vertrauensvolle und intime Liebe zum Vater. Mit Jesus dürfen Sie zum Schöpfer des Himmels und der Erde sagen: »Abba, lieber Vater.« Mit Jesus dürfen Sie sich als Sohn und Tochter Gottes wissen. Sie sind nicht mehr Sklave, d. h. Sie müssen nicht irgendwelche Gesetze erfüllen, sondern Sie sind frei, befreit zum geliebten Sohn und zur geliebten Tochter Gottes. Das ist wahres Leben.

G, 278

Wunden verheilen lassen

Es fällt sehr schwer, alte Wunden verheilen zu lassen. Oft sagen oder denken wir uns zumindest: »Was du mir und meinen Angehörigen oder meinem besten Freund angetan hast, kann ich nie vergessen und dir nie verzeihen ... Eines Tages wirst du dafür büßen müssen!« Manchmal reicht unsere Erinnerung Jahre und Jahrzehnte zurück und verlangt Vergeltung.

Jemandem Fehler und Verschulden vorzuhalten baut oft eine unüberwindliche Mauer auf. Hören wir aber, was Paulus sagt: »Wenn also jemand in Christus ist, dann ist er eine neue Schöpfung: Alles Alte ist vergangen, Neues ist geworden. Aber das alles kommt von Gott« (2. Korintherbrief 5,17f).

Wir können tatsächlich keine alten Wunden verheilen lassen, Gott aber kann es. Und wieder sagt Paulus: »Ja, Gott war es, der in Christus die Welt mit sich versöhnt hat, indem er den Menschen ihre Verfehlungen nicht anrechnete« (2. Korintherbrief 5,19). Dieses Wort ruft dazu auf, alte Wunden im Namen Gottes verheilen zu lassen.

N, 392

Was wir empfinden, ist nicht der, der wir sind

Unser Gefühlsleben ist ein ständiges Auf und Ab. Manchmal erleben wir wahre Wechselbäder unserer Gefühle, schwanken zwischen Glücklichsein und Niedergeschlagensein, zwischen Freude und Schmerz, zwischen innerer Harmonie und innerem Chaos. Eine unbedeutende Begebenheit, eine zufällige Bemerkung, eine Enttäuschung im Beruf und vieles andere können solche Stimmungsschwankungen auslösen. Gewöhnlich haben wir wenig Einfluss auf diesen Wechsel der Gefühle. Es scheint eher so zu sein, dass sie uns einfach widerfahren, als dass sie durch uns herbeigeführt wurden.

Deshalb müssen wir wissen, dass unser emotionales Leben und unser spirituelles Leben nicht dasselbe sind. Unser spirituelles Leben ist das Leben des Geistes Gottes in uns. Wenn wir spüren, dass unsere Gefühlslage umschlägt, sollten wir unseren Geist mit dem Geist Gottes verbinden und uns daran erinnern, dass das, was wir empfinden, nicht der ist, der wir sind. N, 224

Miteinander ein Zuhause schaffen

Viele menschliche Beziehungen gleichen den ineinander geklammerten Fingern zweier Hände. Zwei Menschen verbinden sich, weil jeder allein nicht überleben kann. Aber auch im Umklammern und Sich-aneinander-Festhalten wird ihnen schmerzlich bewusst, dass keiner dem anderen das Alleinsein abnehmen kann. Und je mehr wir dies versuchen, desto verzweifelter werden wir sein.

Viele Beziehungen solchen »Sich-aneinander-Klammerns« zerbrechen, weil sie erdrücken und einschnüren. Gott beruft zu einer anderen menschlichen Beziehung, die sich mit zwei gefalteten Händen vergleichen lässt: Die Fingerspitzen berühren sich, während die beiden Handflächen einen bergenden, offenen Raum bilden wie ein kleines Zelt, ein Heim, ein sicherer Aufenthaltsort. Es ist ein aus Liebe und nicht aus Furcht geschaffener Raum.

N, 78

Vergebung!

Nichts belastet so schwer wie nicht vergeben können. Nichts ist so schlimm, wie Tag und Nacht leben zu müssen mit dem scharfen Stein von Wut und Hass im Herzen. Von einem, vielleicht vielen Menschen wurde dir Böses getan, dein Innerstes ist allmählich in Kälte erstarrt. Du bist nicht mehr derselbe. Du wunderst dich selbst. Du bist nicht mehr so warmherzig, so sanftmütig. Deine Sympathie ist in Antipathie umgeschlagen.

Wo Verbundenheit herrschte, besteht nun ein Bruch. Aus Freundschaft ist Feindschaft geworden, aus Liebe Hass. Du leidest darunter. Du fühlst dich wie in einem Gefängnis. Die Rollläden sind heruntergegangen, alles ist zu. Die Sonne bleibt draußen. Das Leben wird bleischwer. Im Tiefsten deines Herzens sehnst du dich nach Befreiung, vor allem möchtest du in deinem Innern wieder frei sein.

Es gibt nur einen einzigen Weg, glaub mir: Vergebung! Vergib! Das kostet sehr viel, aber es ist den Preis wert. B, 372

Trost

Das Leben kann schwer sein, furchtbar schwer. Das Leben kann dich in tiefster Seele zerreißen. In solchen Zeiten quälender Hilflosigkeit sucht der Mensch Trost. Du kannst nicht leben ohne Trost. Trost ist aber nicht der Alkohol, das Schlafmittel, die Spritze, die dich nur betäuben und dann in eine noch schwärzere Nacht stürzen.

Trost ist wie eine milde Salbe auf eine tiefe Wunde. Trost ist wie eine unverhoffte Oase in einer Wüste. Sie lässt dich wieder glauben an das Leben. Trost ist wie eine sanfte Hand in deiner Hand, die dich beruhigt und wieder aufatmen lässt. Trost ist wie ein liebes Gesicht ganz in deiner Nähe, das deine Tränen versteht, das deinem gepeinigten Herzen zuhört, das bei dir bleibt in deiner Angst und dich ein paar Sterne sehen lässt.

Trost ist der Geist Gottes. Er kommt nur durch offene Türen. Er stellt dir als Geschenk Frieden, Freude und Liebe auf den Tisch, die Gaben, von denen du leben kannst. B, 179

Warum so viel Leid?

Weißt du, dass es Menschen gibt, für die das Leben auch in unserem Wohlstand voller Qual, ein richtiger Kreuzweg ist? Weißt du, wie viele an Leib und Seele schrecklich leiden unter allen Arten von Schmerzen, Torturen, Ängsten, Enttäuschungen, Erniedrigungen? Wie viele an ihrem Leib gezeichnet sind von Krankheit oder Behinderung? Wie viele in ihrem Herzen verletzt sind durch betrogene und verratene Liebe? Sie fühlen sich ausgestoßen, allein gelassen. Sie möchten manchmal lieber tot sein, als Tag und Nacht ihr Leid tragen zu müssen.

Warum so viel Leid, so viel unheilbares Leid bei so vielen Menschen? Ist das alles sinnlos? Bleibt nichts übrig als ein empörter Aufschrei nach Gerechtigkeit, Vergeltung und Rache? Oder ist es nicht vielmehr für uns eine Aufforderung zu mehr Liebe, mehr Zuwendung? Und für sie eine Einladung in unbekannte Fernen, um durch alle Tränen hindurch eine neue Welt zu entdecken, die Welt Gottes, die Welt wahrer Freude, die Welt wahren Glücks.

B, 99

Mit Ängsten leben (1)

Angst ist heute eine Grunderfahrung des Menschen. Es sind viele Ängste, die uns bedrängen, Angst vor der Zukunft, Angst vor Gewalt und Zerstörung, Angst vor Arbeitslosigkeit, Angst vor Versagen, Angst vor Krankheit und Tod, Angst vor der Sinnlosigkeit des Daseins.

Mit der Existenz des Menschen ist eine Grundangst verbunden, die auch von der Psychologie nicht aufgelöst werden kann. Es ist die Angst, die durch seine Endlichkeit gegeben ist, die Angst, kein Recht für sein Dasein zu haben, nicht in sich zu ruhen, sondern angewiesen zu sein auf einen anderen. Diese Grundangst des Menschen kann keine Psychologie aufheben, sie kann nur in einem abgrundtiefen Vertrauen auf Gott überwunden werden, der uns den Grund unseres Daseins schenkt, der uns aus Liebe geschaffen hat und uns aus Gnade leben lässt.

G, 35

Mit Ängsten leben (2)

Fritz Riemann hat vier Grundformen menschlicher Angst beschrieben. Die erste Angst ist die Angst des hysterischen Menschen. Es ist die Angst vor der Haltlosigkeit des Daseins. Und diese Angst versucht der Mensch zu überwinden, indem er sich an vielem festhält, am Besitz, am Erfolg, vor allem aber an Menschen. Er klammert sich an einen geliebten Menschen und erwartet von ihm absolute Geborgenheit, absoluten Halt. Aber dadurch gerät er nur noch mehr in Angst, weil er spürt, dass kein Mensch ihm absoluten Halt geben kann. Jeder ist sterblich, jeder hat seine Schwächen. Absolute Geborgenheit kann uns nur Gott schenken. Er trägt und hält uns. Aus seinen schützenden und liebenden Armen werden wir niemals fallen. Er erfüllt uns unsere Sehnsucht nach absolutem Halt. Ein Mensch kann uns Zeichen sein für diese absolute Geborgenheit. Und nur wenn wir ihn als Zeichen und Mittler für Gottes unendliche Liebe sehen, können wir uns über die Geborgenheit, die er uns schenkt, freuen und sie ohne Angst genießen. G, 35

Mit Ängsten leben (3)

Die zweite Angst ist die Angst des zwanghaften Menschen. Es ist die Angst vor der Wertlosigkeit des Daseins. Und diese Angst versucht man zu überwinden, indem man sich seinen Wert selbst beweisen will, durch viel Arbeit, durch immer höhere Leistung, aber auch durch peinlich genaue Erfüllung aller religiösen Pflichten. Man will sich selbst, den anderen und auch Gott seinen Wert beweisen. Man will so auf sich aufmerksam machen, dass einen keiner mehr übersehen kann. Man will Gott gegenüber so gewissenhaft seine Pflicht tun, dass ihm gar nichts anderes übrig bleibt, als einen zu belohnen. Doch auch mit dem größten Ehrgeiz können wir die Angst vor unserer Wertlosigkeit nicht überwinden. Im Gegenteil, wir spüren, dass uns unsere Leistung den anderen nicht näher bringt. – Die Angst vor der eigenen Wertlosigkeit können wir nur durch den Glauben überwinden, dass wir vor Gott wertvoll sind, bevor wir etwas geleistet haben, so wertvoll, dass Gott sich um uns kümmert, ja dass er sogar Wohnung in uns nimmt. G, 36

Mit Ängsten leben (4)

Die dritte Angst ist die Angst des depressiven Menschen. Es ist die Angst vor der Schuldhaftigkeit des Daseins. Man hat das Gefühl, allein durch sein Dasein schon Schuld auf sich geladen zu haben. Und man entschuldigt sich dann ständig, dass man überhaupt am Leben ist, dass man den anderen die Zeit stiehlt, den Raum zum Leben, die Luft zum Atmen wegnimmt. Oder man versucht, diese Angst durch Übernützlichkeit zu ersticken. Aber auch das gelingt nicht. Man verausgabt sich, und irgendwann kann man nicht mehr und spürt, dass man das ganze Leben versäumt hat. Um die Schuld für sein Dasein abzutragen, hat man am Leben vorbeigelebt. Und so steht man völlig leer und ausgepumpt da. – Auch diese Angst kann nur der Glaube nehmen, der Glaube, dass wir aus Gnade leben, dass wir leben, weil Gott uns gewollt hat. Wenn in mir manchmal solche lähmenden Schuldgefühle auftauchen, dann hilft mir der Satz aus dem 1. Johannesbrief: »Wenn das Herz uns auch verurteilt – Gott ist größer als unser Herz, und er weiß alles.«

G, 37

Mit Ängsten leben (5)

Die vierte Angst ist die des schizoiden Menschen, der Angst hat vor tausend Dingen, die ihn bedrohen. Er hat Angst vor dem dunklen Keller, Platzangst, Angst vor vergifteter Nahrung, Angst vor Einbrechern, Angst vor einem Unfall. Ein Stück weit sind diese Ängste normal. Aber viele steigern sich in solche Ängste hinein. Der Glaube befreit auch von dieser Angst. Er zeigt, dass uns im Grunde nichts passieren kann, dass wir schon jenseits der Schwelle leben.

Die Frage ist, wie wir einen solchen Glauben, ein solches Vertrauen gewinnen können. Kann man sich das einfach vornehmen? Sicher nicht. Das Vertrauen kann jedoch wachsen, wenn wir uns bewusst immer wieder in die Begegnung mit Jesus hineinmeditieren. Man kann sich den Glauben nicht einreden. Die Meditation der biblischen Heilungsgeschichten lässt in uns diesen Glauben wachsen. Wir müssen uns nur mit den Kranken identifizieren und uns immer wieder sagen: Das bin ich, und dieser Jesus ist heute lebendig. G, 38

Die einzige Antwort

Wenn du ein denkender Mensch bist, kommt irgendwann der Augenblick, wo du im Leben Antwort auf Fragen suchst, die in der Öffentlichkeit meistens nicht gestellt werden, aus Angst, dass es keine Antwort darauf geben könnte. Du empörst dich im tiefsten Innern gegen Leiden und Tod. Nicht gegen Leiden und Tod im Allgemeinen, sondern gegen das manchmal unmenschliche Leiden, das einen konkreten Mitmenschen zugrunde richtet, den du kennst und liebst.

Es muss eine Antwort geben. Aber die kann nur befriedigen, wenn sie tief genug ist, um alle Menschen zu umfassen. So eine Antwort finde ich in keiner Philosophie und Ideologie. Wenn das Absurde von Leiden und Tod das Blut in meinen Adern stocken lässt, ist für mich die einzige Antwort: Gott. Er ist das einzige Licht und die einzige Kraft, die das Blut in meinen Adern wieder strömen lässt. Alles, was ich sagen kann, heißt: Gott. Er ist Liebe. Und es lohnt sich, ihm zu begegnen oder wenigstens sich auf den Weg zu ihm zu machen. B, 98

In Freundlichkeit gekleidet

Immer wieder begegnen wir einem freundlichen Menschen, wenngleich Freundlichkeit eine heute mehr und mehr in den Hintergrund tretende Tugend ist und vor allem Härte und raue Direktheit bewundert werden. Wir werden dazu gedrängt, etwas zu erledigen und schnell zu erledigen, selbst wenn Menschen dabei Verletzungen davontragen. Erfolg, die Fähigkeit, sich durchzusetzen, und Produktivität zählen, doch der Preis ist hoch. In solch einer Atmosphäre ist für Freundlichkeit wenig Platz.

Freundlich ist, wer die Stärken und Schwächen des anderen achtet und sich mehr darüber freut, etwas gemeinsam zu tun, als nur etwas auszuführen. Ein freundlicher Mensch geht behutsam vor, hört aufmerksam zu, schenkt einen verständnisvollen Blick und klopft auch einmal auf die Schulter. – Kleiden wir uns mit Freundlichkeit! In unserer rauen und oft unerbittlichen Welt könnte unsere Freundlichkeit eine lebendige Erinnerung daran sein, dass Gott unter uns gegenwärtig ist. N, 50

Beten verändert alles

Ich weiß nicht, ob du gläubig bist. Trotzdem möchte ich etwas vielleicht Verrücktes fragen: Betest du schon mal? Ich kann ja nur von dem reden, was in meinen Augen wichtig ist, wichtig für Glaubende und für Nichtglaubende. Warum überhaupt solch eine Unterscheidung? Wir sind doch alle ein Stück gläubig und ein Stück ungläubig. – Beten ist bei so viel Stress und Depressionen heute nicht nur für Christen, sondern für alle ganz wichtig. Das Gebet ist eine sehr praktische Sache. Es erfüllt, psychologisch gesehen, ein Grundbedürfnis jedes Menschen, ob er glaubt oder nicht glaubt. Das Gebet hilft dir, in Worte zu fassen, was dich quält.

Sicher, das Gebet nützt nichts in der Welt, wie wir sie kennen. Du wirst davon nicht reich. Aber ich sage dir: Es verändert alles. Schließ deine Augen und bete. Deine Nerven beruhigen sich. Dein Körper entspannt sich, du kommst auf andere Gedanken. Beten muss man lernen. Das kann man nicht an einem Tag. Aber es lohnt sich, jeden Tag neu damit anzufangen. B, 290

Gottes Großzügigkeit

Gott ist ein Gott des Überflusses, kein Gott des kargen Maßes. Jesus offenbart uns Gottes Übermaß, da er an die Menschen so viel Brot austeilte, dass nach dem Essen, als alle satt waren, zwölf große Körbe mit den übrig gebliebenen Stücken gefüllt wurden (vgl. Johannesevangelium 6,5–15), oder er seine Jünger eine so große Menge Fische fangen ließ, dass ihre Netze zu reißen drohten (vgl. Lukasevangelium 5,1–7). Gott gibt uns nicht bloß genug, er gibt uns mehr als genug, mehr Brot und Fisch, als wir essen können, mehr Liebe, als wir zu verlangen wagen.

Gott ist ein großzügiger Geber. Wir können Gottes Großzügigkeit aber nur erkennen und genießen, wenn wir ihn aus ganzem Herzen, aus ganzer Seele und mit allen unseren Kräften lieben. Solange wir sagen: »Lieber Gott, ich will dich ja lieben, aber zeig mir zuerst, wie großzügig du bist«, werden wir Gott fernbleiben und nicht erfahren können, was Gott uns wirklich geben möchte: Leben, Leben im Überfluss. N, 142

Zweierlei Einsamkeit

Im spirituellen Leben müssen wir zwischen zwei Arten von Einsamkeit unterscheiden. Bei der ersten Einsamkeit haben wir den Kontakt zu Gott verloren und erleben, wie wir ängstlich irgendjemanden oder irgendetwas suchen, der oder das uns ein Gefühl von Geborgenheit, Nähe, Daheimsein geben kann. Die zweite Art von Einsamkeit entspringt einer Nähe zu Gott, die tiefer und inniger ist, als sie unsere Gefühle und Gedanken je erlangen könnten.

Diese zwei verschiedenen Einsamkeiten dürfen wir als zwei Arten von Blindheit verstehen. Die erste Blindheit ist die Folge eines Mangels an Licht, die zweite eine Folge von zu viel Licht. Die erste Einsamkeit müssen wir mit Glaube und Hoffnung zu überwinden suchen, die zweite in Liebe bereitwillig annehmen. N, 231

Die Lampe reinigen ... (1)

Gott kann in der Krankheit an mir handeln, indem er mich heilt, aber auch, indem er mich auf die eigentliche Wirklichkeit hinweist. Was macht mein Leben aus, was gibt ihm seinen Wert, worauf kommt es letztlich an? In der Krankheit erfahre ich, dass das Eigentliche nicht meine Kraft und meine Gesundheit, nicht meine Leistung und nicht die Dauer meines Lebens sind, sondern die Durchlässigkeit für Gott. Es kommt nicht darauf an, was ich in meinem Leben alles vorweisen kann, wie stark ich bin, wie vielen Menschen ich geholfen habe, sondern allein, dass ich mich und mein Leben Gott übergebe, dass ich mich ihm zur Verfügung stelle, mich ihm hinhalte und es ihm überlasse, was er mit mir und in mir wirken will und wie lange er durch mich sein Wort in die Welt sprechen will. Entscheidend ist, dass ich für Gott durchlässig werde, für seine Liebe und Barmherzigkeit.

G, 355

Die Lampe reinigen … (2)

Wenn Gottes Licht durch mich in dieser Welt etwas aufscheint und Helle und Wärme spendet, dann ist es genug. Dann ist es nicht so wichtig, ob Gott durch meine Gesundheit oder Krankheit, durch meine Kraft oder Schwäche hindurchleuchtet. Wir müssen es Gott überlassen, wieviel und wo er mit unserer Lampe leuchten will. Unsere Aufgabe ist es, die Lampe von Schmutz zu reinigen, damit sein Licht durch sie durchscheinen kann.

Und – Gottes Licht kann auch durch einen kranken Leib scheinen, manchmal sogar intensiver als durch einen gesunden. In der Krankheit spüren wir, dass es nicht auf uns und unsere Kraft ankommt, sondern auf Gottes Liebe und Licht, die uns durchdringen wollen, um durch uns hindurch auch für die Menschen um uns herum erfahrbar zu werden. G, 355

Die Gute Nachricht (1)

Ich stelle mir vor, ich hätte nur noch ein paar Tage zu leben ... Ich darf mir einen oder zwei Menschen wählen, mit denen ich diese letzten Tage verbringe. Ich treffe die schwierige Wahl ... dann spreche ich mit diesem Menschen und erkläre ihm, warum ich ihn gewählt habe ...

Zum letzten Male habe ich Gelegenheit, auf Menschen zuzugehen, die mir unsympathisch oder gleichgültig waren. Wenn ich das fertig bringe: Was sage ich einem jeden jetzt, da ich fühle, dass ich an der Schwelle der Ewigkeit stehe? ...

Eines Tages bin ich allein in meinem Zimmer und denke an all das in meinem Leben, wofür ich besonders dankbar bin ... und worauf ich stolz bin ... Dann wende ich mich den Dingen zu, die ich bereue und am liebsten ungeschehen machen würde ... M, 243

Die Gute Nachricht (2)

Während ich mich damit befasse, kommt Jesus herein. Seine Nähe bringt mir selige Freude und Frieden ... Ich erzähle ihm einiges aus meinem Leben, was mir leid tut ... Er unterbricht mich mit den Worten: »All das ist vergeben und vergessen. Weißt du nicht, dass die Liebe das Böse nicht nachträgt?« (1 Korinther 13,5).

Das klingt für mein armes, furchtsames Herz zu wunderbar, um wahr zu sein. Da höre ich ihn sagen: »Ich bin so zufrieden mit dir, ich bin dir so dankbar ...« Ich fange an zu protestieren, dass in meinem Leben nichts ist, was ihn so zufrieden und dankbar machen könnte. Er sagt: »Du wärest sicher einem Menschen, der für dich nur ein wenig von dem getan hätte, was du für mich getan hast, unaussprechlich dankbar. Meinst du, ich hätte weniger Herz als du?«

So lehne ich mich zurück und lasse mich von seinen Worten treffen ... und mein Herz jubelt vor Freude, dass ich einen solchen Gott habe!

M, 243

Das Evangelium leben (1)

Was bedeutet mein Glaube für die Gestaltung meines Alltags? Es gibt eine ganz alte Antwort auf diese Frage, die zugleich hochaktuell ist: die *Evangelischen Räte*, d. h. Leben in »Gehorsam, Armut und Jungfräulichkeit«. Das Wort »Evangelisch« in diesem Zusammenhang ist dabei nicht konfessionsbezogen zu verstehen, sondern will darauf hinweisen, dass diese Ratschläge aus dem Evangelium abgeleitet sind. In den Orden und auch in Säkularinstituten wurden die Evangelischen Räte immer schon als eine wichtige Hilfe zur Lebensgestaltung angesehen – ihnen aber allein dort einen »Ort des Lebens« zuzuweisen, hieße die Kraft der Evangelischen Räte nur unzureichend zu nutzen. Sie wollen Lebensweisung für alle Christen sein, seien es Laien oder Geistliche, Männer oder Frauen, junge oder alte Menschen.

Dazu bedarf es einer neuen Interpretation der Botschaft der Evangelischen Räte, einer Übersetzung, die im Alltag jedes Christen gelebt werden kann. S2, 56

Das Evangelium leben (2)

Gehorsam – ein Wort, das es nicht leicht hat bei uns. Unangenehme Kindheitserfahrungen mögen damit verbunden sein, das Erfahren der eigenen Machtlosigkeit; vielleicht drängen sich Erinnerungen an das Dritte Reich und an »blinden Gehorsam« auf. Genau das aber ist hier nicht gemeint.

Gehorsam im urchristlichen Sinn schaltet nicht das Denken aus, sondern will die Mündigkeit und die Gewissensentscheidung des Einzelnen. »Gehorsam« – das Wort kommt von »hören«, vom Hören auf das, was dieser Gott von uns, von mir will – es schließt das »Bedenken« mit ein und das Handeln, das aus einem solchen »Hören« kommt. Es bedeutet, mich in ein »größeres Ganzes« mit hineinzustellen, mein Leben nicht nur nach egoistischen Gesichtspunkten auszurichten, sondern es zu gestalten und damit zugleich auch gestalten zu lassen. Ich begebe mich in dieses Leben hinein, mit all seinen Höhen und Tiefen, und gestehe diesem Leben seine eigene Dynamik, seine eigene Verbindlichkeit zu. S2, 56

Das Evangelium leben (3)

Gehorsam zu sein – das bedeutet, dem Leben verpflichtet zu sein in all seiner Lebendigkeit. Gelegentlich kann dies auch Machtlosigkeit bedeuten und das Aushalten von Ohnmacht – das ist nicht immer leicht. Trotzdem – der Evangelische Rat des Gehorsams hat absolut nichts mit Passivität zu tun, mit dem »Entgegennehmen von Befehlen«, die man treu und brav ausführt, ohne weiter darüber nachzudenken. Gehorsam zu sein in einem christlichen Sinn bedeutet, dem Wort Gottes verpflichtet zu sein, der Botschaft des Gottes, der das Leben will. Es bedeutet hinzuhören, ruhig zu werden in dem Umtrieb des Lebens, um zu erkennen, was denn genau jetzt die Botschaft dieses Gottes an mich ist – und dann entsprechend zu handeln, gegebenenfalls auch gegen vorgegebene Hierarchien. Ein solches »Hören« und »Gehorchen« will Gott in mir ganz zum Zuge kommen lassen, will mich in seinen Dienst hineinstellen – jeden Tag neu. Dazu braucht es Menschen mit Persönlichkeit, die sich freiwillig und selbstbewusst einer größeren Aufgabe hingeben.

S2, 56f

Das Evangelium leben (4)

Armut – auch das ein Wort, das heutzutage wohl eher Stirnrunzeln hervorruft, denn: Haben wir nicht schon genügend Arme unter uns? Und wer will schon gerne arm sein? Doch wir kommen an der Aussage der Bergpredigt nicht vorbei: »Selig die Armen ...«

Geld spenden für Projekte in der so genannten »Dritten Welt«, karitative Organisationen finanziell zu unterstützen, das ist vielen von uns vertraut und selbstverständlich. Trotzdem – dies allein ist nicht gemeint, wenn auch ein solch finanzielles Engagement nicht gering geachtet werden soll.

Armut – das bedeutet, das herzugeben, das zu teilen, was ich habe *und* was ich bin. Dieser Evangelische Rat will darauf hinweisen, dass nicht die Dinge mich haben sollen, dass ich mich nicht narzisstisch-verliebt meinem Wissen, meinen Fähigkeiten hingebe, sondern mich und meine Kompetenzen anderen zur Verfügung stelle. Armut befreit den Menschen von Egoismus und Besitzdenken und setzt Energien frei für das wirklich Wichtige.

S2, 57f

Das Evangelium leben (5)

Jungfräulichkeit – auch das ist ein Begriff, der nicht leicht zu verstehen ist. Häufig wird er mit »Ehelosigkeit« übersetzt; damit aber würden alle Verheirateten von vornherein von dieser Form der Lebensgestaltung ausgeschlossen. Das Wort »Jungfräulichkeit« nähert sich dem, was mit diesem Rat gemeint sein mag, wohl eher an. Sich diesem Gott hingeben, so wie Maria, die Mutter Jesu, sich hingegeben hat, bereit sein, in Erwartung leben, ohne dabei diese Erwartungen im Vorhinein näher bestimmen zu können, offen sein für das Leben. Jungfräulichkeit – das ist eine Lebenseinstellung, die von Verheirateten wie von zölibatär Lebenden gleichermaßen gelebt werden kann. Es ist eine Haltung des Gottvertrauens, der Hingabe, der Absichtslosigkeit, der Offenheit. Es ist das »Ja« zu einem Weg.

S2, 58f

Das Evangelium leben (6)

Zu einer solch verstandenen »Jungfräulichkeit« gehört die »Keuschheit« mit dazu. Sie steht für die Ehrfurcht vor allem Lebendigen, in mir und in anderen, will den behutsamen Umgang mit dem Leben, will das Schützenswerte behüten. Beides, Jungfräulichkeit und Keuschheit, sind kein »Nein« zur Sexualität, sondern laden im Gegenteil dazu ein, sie als Kraft des Leibes sinnvoll zu gestalten – und dies gilt für zölibatär Lebende genauso wie für Verheiratete.

Es sind Leben stiftende Botschaften, die in diesen Evangelischen Räten verborgen sind: Offenheit für das Leben, hinhören und handeln, abgeben und teilen können, erwarten und sich hingeben können. Es wird nichts Übermenschliches von mir erwartet, im Gegenteil – die Evangelischen Räte wollen zum Mensch-Sein befreien.

S2, 59

Das Evangelium leben (7)

Diese Grundeinstellungen zum Leben bedürfen der Konkretionen, der Umsetzung in den Alltag hinein. Gastfreundschaft, mystisch und spirituell sein, teilen und sich beschenken lassen können, zärtlich sein und behutsam, die Sehnsucht und die Leidenschaft leben, den Menschen zu begegnen, Kranke und Verwundete zu pflegen und zu heilen, politisch sein und sich für das Leben einzusetzen – das mögen einige solcher Konkretionen sein.

Die Evangelischen Räte können dem Menschen nicht die Auseinandersetzung mit der Frage abnehmen: Was bedeutet mein christlicher Glaube für die Gestaltung meines Lebens? Es bleibt ein immer währendes Bemühen, die Botschaft des lebendigen Gottes in konkretes Alltagshandeln zu übertragen – und Verfehlungen und Scheitern werden dabei nicht ausbleiben. Die Evangelischen Räte können aber wertvolle Wegweiser auf diesem Weg des Lebens sein – für alle Christen! S2, 59

NOVEMBER

Berührt vom dunklen Geheimnis

–

»Wer dies nicht hat:
das Stirb und Werde ...«

Der Tod ist nicht das Ende

Friedhöfe im November. Frisch geschmückte Gräber. Tote und Lebende für kurze Zeit zusammen am selben Ort. Sie suchen einander, können aber einander nicht erreichen. Da ist eine grausame Trennung und grenzenlose Ohnmacht. Plötzlich denkst du beklommen an den eigenen Tod. Angst vor dem Tod steht so dicht neben der Freude am Leben.

Alles läuft auf die Frage hinaus: Ist der Tod das Ende oder nicht? Ist er das Ende, dann bekommt dein Sterben den Charakter einer schrecklichen Verstümmelung. Ist er nicht das Ende, dann bekommt dein Tod eine Staunen erregende neue Dimension. Du stehst vor der Alternative: Alles oder Nichts, Sinn oder Unsinn des Lebens, Gott oder unendliche Leere. Die Geheimnisse von Leben und Tod hängen zusammen mit dem Geheimnis von Gott. Ich wünsche dir, ob gläubig oder nicht, nur eins: Hoffnung. Hoffnung, die dir bis zu deinem letzten Atemzug Freude am Leben lässt, dass du glücklich sein kannst.

B, 329

Hoffnung auf letzte Geborgenheit

November – er macht uns innerlich still, er bringt uns zum Nachdenken. Wir haben viel herausgefunden, um Todkranke zu retten. Wir machen unsere Wohnungen schön, und wir wissen sehr fein zu speisen. Wir fühlen uns im Leben so sicher, als ob es nie ein Ende nähme. Aber das ist ein großer Selbstbetrug.

Jeden Tag hören wir von tödlichen Unglücksfällen. In unserer Umgebung werden Freunde, gute Bekannte schwer krank und sterben. Vom Tod, der niemanden verschont, müssen wir leben lernen.

Was seinen Wert behält beim Sterben, das hat auch seinen Wert im Leben. Zum Beispiel die Freundschaft und die Liebe. Wer geliebt wurde, wer wirkliche Freundschaft erlebte, kann dankbar sterben, weil sein Leben schön war. Wer glaubt, wer sich von Gott geliebt weiß, wer sich als ein Freund von Gott versteht, kann voll Hoffnung auf letzte Geborgenheit leben und sterben. B, 328

Ins Dunkel fallen ... (1)

Ein früher Novemberabend, ich bin zu Hause. Tagsüber wollte es nicht hell werden; die zwei Gespräche, die ich heute führte, haben mich sehr angestrengt. Ich sitze an meinem Schreibtisch, habe die kleine Kerze angezündet, im Hintergrund Musik.

Ich fühle mich müde, aber eine solche Müdigkeit, die der Schlaf nicht stillen kann. Ich bin lustlos, obwohl so viel Arbeit zu erledigen wäre. Ich sitze da und warte, warte darauf, dass irgendetwas geschieht. Ich weiß noch nicht einmal, worauf ich warte – einen Anruf fände ich jetzt eher lästig, Besuch eher mühsam. Nein, es ist wohl nichts, das von außen kommt, worauf ich warte. Da ist etwas in mir – und es drängt zum Leben, will gelebt sein. Jetzt etwas anderes zu tun, dies zu überdecken, wäre Verrat an mir selbst. Und gleichzeitig habe ich Angst vor dem, was da in mir ist, habe ich Angst vor dem Dunkel ...

S4, 17

Ins Dunkel fallen ... (2)

Ich selbst kann nichts, aber auch absolut nichts daran tun, dass dieses »Irgendetwas« in mir geschieht. Ich kann nur dasitzen und warten, muss die Leere, die Müdigkeit zulassen, darf nicht in billige Aktivitäten flüchten.

Ich fühle mich gelähmt, kraftlos, handlungsunfähig. Ich kann nur noch sein, mich wehrlos in diese Stimmung hineingeben. Ich ahne darum, dass irgendetwas geschehen wird – wenn ich auch nicht weiß, was, wann und wie. Voller Sehnsucht warte ich, horchend, hoffend, schauend. Ich suche nach den kleinsten Zeichen der Veränderung – und finde doch nur Leere. Fragen tauchen in mir auf, aber wem soll ich sie stellen?

Ich zögere – wenn jetzt jemand hier wäre und fragen würde, Zeit zum Zuhören hätte, mich in den Arm nehmen würde, vielleicht könnte ich dann ganz tastend suchen nach dem, was in mir ist, es zulassen, mich vielleicht auch davon überwältigen lassen. Es ist niemand da, ich bin ganz alleine mit mir ... S4, 17f

Ins Dunkel fallen … (2)

Da ist sehr viel Sehnsucht in mir – und zugleich dieses Wissen um Unerfüllbarkeit … Manchmal zerreißt mich diese Spannung schier. Da halte ich all diese Lebendigkeit fast nicht aus – und spüre, dass genau dieses Nicht-mehr-aushalten-Können wiederum zur Lebendigkeit gehört.

Es zerreißt mich – herausgefordert zum Leben leide ich zugleich daran. Ich kann und will nicht mehr. Ich will endlich meine Ruhe haben.

Da ist eine ungeheure Sehnsucht in mir, eine Sehnsucht, die kein Gesicht, keinen Namen hat. Und in den kurzen Momenten, wo sie Gesicht und Namen bekommt, weiß ich schon wieder, das stimmt so nicht …

Aber wo soll ich denn hin mit dieser Sehnsucht??

Sie fällt ins Leere, ins Dunkle, ins Namenlose – und ich falle mit ins Leere, Dunkle, Namenlose hinein …

So bleibe ich stumm und warte voll Sehnsucht – aber ich bleibe … S4, 18

Gottes zeitlose Zeit

Nach dem Tod gibt es kein »Danach«. Zeitliche Bestimmungen wie »danach« und »davor« gehören zu unserem vergänglichen Leben, zu unserem Dasein in Zeit und Raum. Der Tod befreit uns von den Grenzen der Chronologie, der Dauer in messbarer Zeit, und führt uns hinein in Gottes »Zeit«, die sich nicht in Sekunden, Minuten, Stunden, Tage, Wochen, Monate und Jahre teilen lässt, die zeitlos ist. Spekulationen über das Leben danach sind deshalb kaum mehr als eben Spekulationen. Jenseits des Todes gibt es weder ein »zuerst« noch ein »später«, kein »hier« und »dort«, keine »Vergangenheit«, »Gegenwart« oder »Zukunft«. Gott ist alles in allem. Das Ende der Zeit, die Auferstehung von den Toten und die Wiederkunft Christi in Herrlichkeit sind für alle, die nicht mehr in der Zeit sind, nicht mehr zeitlich getrennt.

Gottes Herz und Sinn überschreiten das Maß unseres Begreifens. Alles, was von uns verlangt wird, ist Vertrauen. N, 367

Das ewige Leben in uns nähren

Wenn wir glauben und wissen, dass Jesus Christus gelitten hat, gestorben ist und auferweckt wurde, um unseren vergänglichen Leib mit Unvergänglichkeit zu bekleiden, darf dies bei uns das Verlangen wecken, mit ihm zu neuem, ewigem Leben geboren zu werden, und uns anspornen, Wege zu finden, uns darauf vorzubereiten.

Es ist unerlässlich, dem Leben des Geistes Jesu – das ewige Leben nämlich –, das schon in uns ist, regelmäßig Nahrung zu geben. Die Taufe gab uns dieses Leben, die Eucharistie erhält es, und unsere verschiedenen geistlichen Übungen wie Gebet, Meditation, geistliche Lektüre und spirituelle Begleitung helfen uns, es zu vertiefen und zu festigen. Das Leben mit den Sakramenten und das Leben mit dem Wort Gottes werden uns mehr und mehr dafür bereit machen, unseren vergänglichen Leib loszulassen und das Gewand der Unvergänglichkeit zu empfangen. So wird der Tod nicht mehr der Feind sein, der allem ein Ende setzt, sondern der Freund, der uns an der Hand nimmt und uns in das Reich ewiger Liebe führt.

N, 365

Mein Leben

Um das Leben zu sehen, wie es wirklich ist, hilft nichts so sehr wie die Tatsache des Todes. Ich stelle mir vor: Hundert Jahre sind nach meinem Tod vorübergegangen, und ich komme noch einmal wieder. Außer ein bis zwei vergilbten Fotografien in einem Album und der Inschrift auf meinem Grabstein ist kaum etwas von mir übrig geblieben. – Ich schaue in mein Grab hinein und finde eine Handvoll Staub und zerbröckelte Knochen. Meine Augen bleiben an diesem Staub hängen, ich denke an mein Leben zurück: Erfolge und Tragödien ... Ängste und Freuden ... Mühen, Konflikte ... Liebe und Abneigung ... Nur noch ein wenig Staub ist übrig geblieben als Zeichen, dass es einmal etwas gegeben hat: mein Leben.

Dann blicke ich auf und betrachte die Welt um mich her: die Bäume, die Vögel, die Erde, die Sterne, den Sonnenschein, den Schrei eines Säuglings, die eilenden Wolken ... und ich weiß, dass in allem irgendwo die Überreste jenes Menschen sind, den ich »Ich« genannt habe, und jenes Lebens, welches das meine war. M, 245

Lebendig begraben

Ein Mann hat in kurzer Zeit seine geliebte Frau und seinen einzigen Sohn verloren. Ich bin mit ihm auf den Friedhof gegangen. Augenblicke voller Schmerz. Man hat dort mit seiner Frau und seinem Sohn das größte Stück seines eigenen Lebens begraben. Lange standen wir da, stumm vor Schmerz.

Nach einer Weile ging ich ein wenig über den Friedhof, durch diese Stadt von Marmor und Stein. Zwischen gepflegten Gräbern sah ich andere, von Gras und Unkraut überwuchert, verfallen. Seit vielen Jahren war niemand mehr da gewesen. Die vergessenen Toten!

Dann gingen meine Gedanken in die Stadt der Lebenden. Dass man Tote vergisst, lässt sich noch begreifen. Doch in der Stadt der Lebenden Mitmenschen vergessen, vielleicht den eigenen Vater, die eigene Mutter – lebendig begraben in Gleichgültigkeit, die wie Unkraut alles überwuchert? Gib Acht, dass sich solch ein Friedhof nicht womöglich in deiner Umgebung, deinem Haus ausbreitet.

B, 285

Heilsame Zeit der Krankheit (1)

Vor einiger Zeit wurde ich überraschend krank. Eine Infektion, leichtes Fieber, Schmerzen – objektiv gesehen, nichts Großes. Aber ich *fühlte* mich krank, nicht in Ordnung, irgendetwas stimmte nicht. Was war denn da nur los? Anfangs rebellierte ich: Ich kann doch keine Termine absagen, da ist so viel zu tun, und überhaupt, ich kann diese Krankheit jetzt gar nicht brauchen! Dann aber verstand ich: Mein Körper will mir etwas sagen, will mich auf etwas hinweisen. Er ist nicht gegen mich, sondern für mich – auch wenn es meine kurzfristigen Pläne gerade etwas durchkreuzt. Und je mehr ich darüber nachdachte, umso deutlicher wurde mir, dass mich mein Leib mit diesen Schmerzen auf einen existentiellen Mangel in meinem Leben hinweisen wollte. Ärztliche Diagnosemethoden können diesen Bereich nicht erfassen, das kann nur der Arzt als Mensch. S1, 87

Heilsame Zeit der Krankheit (2)

Der Begriff des »Heil-Seins« ist mir in diesen Tagen eingefallen. Heil-Sein, das ist eine andere Dimension als »krank« oder »gesund«. Es kann beides beinhalten und ist zugleich doch mehr. Kranke können »heil« sein – genauso, wie Gesunde eben nicht »heil« sein können. Mit der Krankheit leben, sie ernst nehmen, als Botschaft des Körpers hören – das ist Heilung. Gesund sein, dabei aber meinen Körper als Ersatzteillager verstehen, als etwas, das funktionieren muss, das sich meinen Wünschen unterordnet – das ist Unheil. Unheil aber kann krank machen.

Und deshalb mag so manche Krankheit durchaus heilsam sein: Ich lerne, hinzuhören auf meinen Leib, verändere mein Verhalten, lerne, das Leben neu schätzen. Das Selbstverständliche wird in Frage gestellt und neu kostbar: zum Briefkasten gehen können und einen Brief einwerfen, dass das Essen schmeckt, schlafen können, ohne Angst zu haben. – Ich habe in diesen Tagen gelernt, dass Krankheit ein Schritt zur Heilung sein kann.

S1, 87f

Chaos und Ordnung (1)

Es gibt Zeiten in meinem Leben, in denen das Chaos hereinbricht. Da fällt ein Teil meiner Welt in Scherben, ich verlier den Boden unter den Füßen, falle ins Dunkle, Leere hinein. Ich bin ratlos, ohnmächtig, weiß nicht mehr weiter. Es sind Zeiten, in denen Träume nicht mehr lebendig sind und die Hoffnung mich verlassen hat. Ich bin nur noch Schmerz und Wunde, Verlassenheit und Trauer. – Manchmal sind äußere Anlässe die Ursache für solche Zeiten: Eine Beziehung scheitert, ein mir nahe stehender Mensch stirbt, eine Entscheidung durchkreuzt meine Pläne.

Manchmal aber kommen solche dunklen Stunden auch aus mir heraus, ohne dass ich im Moment einen ersichtlichen Grund dafür erkennen kann. Da kriecht auf einmal die Unsicherheit in mir hoch, ich verliere mein Selbstvertrauen, fühle mich kraftlos, zu keinem Schritt mehr fähig. SI, 29

Chaos und Ordnung (2)

In solchen Zeiten ziehe ich mich von der Welt zurück. Bildlich gesprochen, schließe ich dann die Tür hinter mir ab, mache die Fensterläden zu, lasse nichts und niemanden mehr an mich heran. Und es kostet mich viel Mühe und unsagbare Energie, dann noch halbwegs eine Ordnung aufrechtzuerhalten, die meinen Tag wenigstens ein bisschen strukturiert: einkaufen, Mittagessen kochen, das dringendst Notwendige an Arbeit tun, die Post aus dem Briefkasten holen. Eine solche Stimmung kann mich einen Abend, eine Nacht lang einholen, sie kann aber auch über Tage und Wochen hinweg andauern. Es sind dunkle und chaotische Zeiten meines Lebens.

S1, 29f

Chaos und Ordnung (3)

Das Chaos ist *ein* Pol des Lebens und holt mich trotz aller Ordnungsbemühungen immer wieder ein. Und vielleicht braucht es sogar das Chaos, um Wachstum und Entwicklung überhaupt erst möglich zu machen. Psychologisch gesehen, ist das Chaos die Auflösung bestehender Strukturen, ist Krise und Tod. Das macht Angst, weil man nicht mehr weiß, wie es überhaupt noch weitergehen kann, weil all das, was mich getragen und gehalten hat, verloren geht.

Das Chaos ist der Weg zwischen den Welten – ist die Dynamik zwischen der Statik festgelegter Ordnungen. Das Chaos ist der Übergang vom einen zum anderen. Chaos ist Tod und Krise und zugleich Anfang, Chance und Geburt. In ihm ist die neue Welt bereits grundgelegt. Und es ist eine bekannte Weisheit, dass man alte Welten verlassen muss, um neue entdecken zu können. Nur aus dem Chaos heraus, durch das Chaos hindurch können neue Welten entstehen. SI, 30

Chaos und Ordnung (4)

Chaos ist eine Phase der Umwandlung und Neustrukturierung. Nur wenn sich das Alte wirklich auflöst, kann es Platz für Neues geben, so wie auch die Schmetterlingsraupe einen vollkommenen Auflösungs- und Verwandlungsprozess durchmachen muss, um zu einem Schmetterling zu werden.

Das Chaos ist die Botschaft, dass mein bisheriges Verständnis, mein Selbstbild, meine Einschätzung nicht mehr tragen, nicht mehr haltbar sind. Es will mir sagen, dass es an der Zeit ist, dass eine neue Ordnung, eine neue Welt in mir entsteht. In dem Sinn ist das Chaos hilfreich. Es fordert mich dazu heraus, mich einer veränderten Situation neu anzupassen: Ich werde ohne den Partner weiterleben müssen, der durchkreuzte Plan will ersetzt werden durch neue Lebensperspektiven ... S1, 30f

Chaos und Ordnung (5)

Neue Welten aber entstehen nicht dadurch, dass man das Chaos einfach Chaos sein lässt. Ich muss Formen finden, wie ich mit diesem Chaos umgehen und leben kann. Zwei Schritte scheinen notwendig zu sein: Ich muss solche dunklen Stunden in meinem Leben annehmen, mich hineinbegeben, sie zulassen und leben. Ich bin das Chaos, und das Chaos ist in mir. Dann aber muss ich dem Chaos auch gegenübertreten, es beim Namen nennen, es zu begreifen versuchen. Wo kommt es her, wohin will es mich führen? Ich bemühe mich, dieses Durcheinander des Lebens neu zu strukturieren, die verschiedenen Fäden zu erkennen, die in diesem Wirrwarr miteinander verwoben sind.

Und in dem Moment, da ich zu ordnen beginne, kann Licht in die Sache kommen. So allmählich sieht man wieder klar, blickt durch, fasst Fuß, bekommt Boden unter die Füße. Eine neue Welt beginnt sich herauszukristallisieren. Die Hoffnungslosigkeit weicht, neue Träume werden wach, langsam lichtet sich das Dunkel.

S1, 31

Geheimnis eines zufriedenen Menschen

»Hab' lang und glücklich gelebt,
hab' an wenig genug gehabt,
hab' nichts verlangt und viel bekommen.«

Das stand auf dem Totenzettel von Stijn Streuvels, dem von vielen geliebten flämischen Dichter (1871–1969). Er wurde in einem weißen Wagen der Freude zu Grabe gefahren. In dem kleinen, von ihm selbst geschriebenen Satz liegt eine Botschaft für uns alle. Es ist das Geheimnis eines zufriedenen Menschen, der jedem Tag den rechten Platz zu geben wusste und der durch das, was verhüllt ist, hindurchschauen konnte.

Die Menschen muss man lange suchen, die das heute noch können. Und doch liegt hier der Schlüssel für eine Menge Probleme in einer Zeit, die so überreizt und mit den Nerven fertig ist. Wenn du dich mit wenig zufrieden geben kannst, wirst du mehr bekommen, als du erwartest, und alles, was du bekommst, wird für dich eine freudige Überraschung sein. B, 257

Loslassen

Wer über das Leben nachdenkt, stößt unvermeidlich auf die Machtlosigkeit des Menschen. Täglich passieren viele Dinge, an denen du nichts machen kannst. Du kannst sie nicht verhindern, ob du viel oder wenig Geld hast, ob du ein einsamer Mensch bist und viel Kummer hast oder ein Glückspilz, dem im Leben scheinbar alles gelingt.

Du bist als Mensch ein Verlierer. Du kannst nichts festhalten. Am Ende rinnt dir alles durch die Finger. Du träumst, du planst und baust, du feierst Erfolge. Und auf einmal kommen das Leid, die Enttäuschung, die Nacht. Manchmal plötzlich wie ein Blitz kommen Unfall, Krankheit, Tod. Du kennst solche Menschen, jung und alt, die weggehen und nie mehr zurückkommen, nahe stehende liebe Menschen. Du möchtest sie festhalten, wie dich selbst. Du möchtest, dass ein schöner Tag niemals zu Ende geht. Und musst doch loslassen, jeden Abend einen Tag loslassen und eines Tages alles. – Erst wenn kein Gott da wäre, keine unsterbliche Liebe am andern Ufer, dann wird alles sinnlos und vollkommen absurd.

B, 256

Wunder der Versöhnung

Eine der Ersten, die über die Begleitung von Sterbenden geschrieben hat, war die Schweizer Ärztin Elisabeth Kübler-Ross. Sie hat auch die vier Phasen des Sterbens beschrieben, die über Nichtwahrhaben, Auflehnung, Verhandeln schließlich zum Aussöhnen mit dem eigenen Tod führen. Wer die Auflehnung, Trauer und Wut des Sterbenden aushält, der darf oft auch beglückende Erfahrungen machen. Er darf spüren, wie viel Segen vom ausgesöhnten Sterben ausgehen kann. Eine Familie, die den sterbenden Vater begleitet hat, durfte die Heilung uralter Wunden erfahren und die Versöhnung, die vom Vater auf die ganze Familie ausging.

Wer diese Wunder der Versöhnung erfahren konnte, weiß, dass er den Prozess des Sterbens nicht beschleunigen darf, dass das Sterben ein Geheimnis ist, das ausgehalten und miterlebt werden muss, um seinen Segen dem Sterbenden und den Überlebenden schenken zu können.

G, 346

Das Geheimnis des Sterbens neu entdecken (1)

Die Begleitung Sterbender gehört seit jeher zur Erfahrung wirklichen Lebens. Und sie gehört zur Kultur menschenwürdigen Sterbens. Neben all der Verdrängung des Todes und der Abschiebung Sterbender in Krankenhäuser entsteht heute ein neues Gefühl für menschenwürdiges Sterben, für die Notwendigkeit einer guten Begleitung Sterbender.

Auf der anderen Seite gibt es heute die Diskussion um das Sterbenlassen hoffnungslos Kranker und um aktive Sterbehilfe. Die Apparatemedizin hat heute dazu geführt, dass manchmal das Leben von Sterbenden künstlich verlängert wird. Ambulante Pfleger klagen darüber, dass sie Menschen weiter pflegen müssen, die man nicht sterben lässt, sondern gegen ihren und ihrer Angehörigen Willen künstlich weiter ernährt. Das ist keine Kultur des Sterbens, auch keine Spiritualität des Sterbens. Da ist dann der Zeitpunkt des Todes durch das Abschalten der Apparate bestimmt. G, 147

Das Geheimnis des Sterbens neu entdecken (2)

Umgekehrt gibt es die Tendenz zu aktiver Sterbehilfe, als ob jeder selbst entscheiden könne, wann er sterben möchte. Auch hier werden wichtige menschliche und geistliche Schritte übersprungen. Weil man das Loslassen und die Ohnmacht des Sterbens nicht aushalten kann, möchte man dem Prozess selbst ein Ende setzen und überspringt dabei die Gesetze der eigenen Seele. Wer einen Sterbenden wirklich begleitet und die Verwandlung miterlebt hat, die da im Sterben geschieht, kann sich nicht für aktive Sterbehilfe einsetzen. Denn da wird das Geheimnis des Lebens manipuliert.

Den Mittelweg zu finden zwischen einer künstlichen Verlängerung des Lebens und einer aktiven Beendigung und auf diesem Weg das Geheimnis des Sterbens neu zu entdecken, darum geht es. G, 347

Er wusste auf einmal alles

Sie haben mich aus dem Bett geholt. »Er liegt im Sterben. Er hat nach Ihnen gefragt. Es geht nicht mehr lange.« Stunden saß ich bei dem Neunundvierzigjährigen. Es war einer der vitalsten, der lebenslustigsten Menschen, die ich je kennen gelernt hatte. Sein starker Organismus war in wenigen Monaten völlig zusammengebrochen. Er bäumte sich mit aller Kraft gegen die Krankheit auf.

Er war tief gläubig, aber wenn er klar bei Bewusstsein war, fragte er: »Warum? Wenn Gott doch gut ist, warum dann dieses Leiden und das Sterben? Ich bin so jung. Meine Familie braucht mich. Warum?« Und ich? Ich hätte antworten müssen, dass ich nichts davon verstehe.

In einem bestimmten Augenblick stieg dann aus seinem Innern ein ruhiges Vertrauen auf. Er wusste auf einmal alles. Er nahm an und verabschiedete sich bewegend von seiner Frau und seinen Kindern. Es war, als ob eine unsichtbare Hand ihn festhielt und als ob er sich mit seinem ganzen Wesen plötzlich ganz sicher und geborgen wusste. B, 255

Sterben, um neu geboren zu werden

Es kommt eine Zeit im Leben, da wir uns auf den Tod vorbereiten müssen. Die Vorbereitung auf den Tod ist die wichtigste Aufgabe unseres Lebens, umso mehr, wenn wir glauben, dass der Tod nicht die vollständige Aufhebung unserer Identität ist, sondern der Weg zu ihrem vollen Offenbarwerden.

Werden wir älter, ernsthaft krank, oder schweben wir in großer Gefahr, können wir uns nicht mehr allein mit der Frage befassen, wie es uns wieder besser gehen kann, es sei denn, dass »besser gehen« als »einem Leben jenseits unseres Todes entgegengehen« verstanden wird. In unserer Kultur, die in verschiedenster Hinsicht als todesorientiert angesehen werden kann, finden wir wenig oder gar keine Hilfe, uns auf einen guten Tod vorzubereiten. Die meisten setzen voraus, dass unser einziges Verlangen darin besteht, solange wie möglich auf dieser Erde zu leben. Aber Sterben ist wie Gebären ein Weg zu neuem Leben, und, wie es im Buch Kohelet (3,1) heißt, »hat alles seine Stunde«.

N, 364

Sich der Toten erinnern

Verlieren wir einen geliebten Menschen, erfasst uns eine Trauer, die unsere Gefühle lange lähmen kann. Menschen, die wir lieben, werden ein Teil von uns selbst. Sterben sie, muss auch ein Teil von uns sterben.

Trauern ist das langsame und schmerzliche Abschiednehmen von einem Menschen, der Teil unseres Inneren geworden ist. Bei besonderen Gelegenheiten – am Heiligen Abend, in der Neujahrsnacht oder an unserem Geburtstag – spüren wir die Abwesenheit dieses Menschen besonders stark. Manchmal dauert es ein ganzes Jahr, bis unser Herz wirklich Abschied genommen, »Lebewohl« gesagt hat und unsere Trauer sich legt. Doch indem wir unsere Verstorbenen nicht festhalten, sondern von uns gehen lassen, können sie uns ihren Geist der Liebe senden und Teil unseres geistlichen Inneren werden. So können wir uns ihrer erinnern, und so können sie zu unseren treuen Begleitern auf unserer Reise zu Gott werden.

N, 259

Die einzige Chance

Wenn das Leid dich trifft, werde nicht rebellisch. Sage nicht: »Unmöglich! Alles, nur das nicht. Das kann ich nicht annehmen. Das ist zu schwer und zu ungerecht. Das habe ich nicht verdient.«

Das Leid ist ein Geheimnis. Es schlägt plötzlich zu, brutal und ohne Mitleid: ein Unfall, eine Krankheit, eine Behinderung, Abwege, auf die ein Kind gerät, der Tod eines geliebten Menschen ... Du erstickst fast vor Kummer und möchtest alles hinwerfen, alles aufgeben. Aber das ist Verzweiflung, und die macht alles nur noch schlimmer.

Versuche anzunehmen. Vielleicht kannst du ein neuer Mensch werden, innerlich tiefer und reicher, gütiger, einfühlsamer in die Lage anderer. Versuche anzunehmen. Das ist deine einzige Chance. Das Leid macht dein Herz größer und weiter und öffnet es für nie gekannte Freuden. Durch eigenes Leid gereift, kannst du ein rettender Hafen werden für Menschen in großer Not. B, 146

Was auch geschehen mag …

Es gibt in unserem Leben dunkle, schwarze Tage. Da dreht sich uns alles vor Augen. Wir verlieren allen Halt und bekommen Angst, Angst vor uns selbst. Unsere Gefühle geraten völlig durcheinander. Wir sind bis ins Innerste aufgewühlt, in Panik. Da kommen verrückte Dinge zum Vorschein, die sonst vielleicht nie Gelegenheit hatten durchzubrechen. Da malen wir uns alles Mögliche und Unmögliche aus und meinen, dass hier Gottweiß-was im Spiel ist. Wir kennen uns selbst nicht mehr wieder und laufen Gefahr, kopflos alles aufzugeben. Manchmal genügen Nichtigkeiten, um uns zur Verzweiflung zu bringen, um uns schachmatt zu setzen.

Trotz allem, was passiert sein mag: Versuche, solchen dunklen, schwarzen Tagen nicht mehr Bedeutung zu geben, als sie haben. Sie sollten uns nicht allzu sehr verwirren. Halten wir immer ganz fest daran: Was auch in unserem Leben geschieht, Gott ist Vater. Er ist der Einzige, der alles versteht und alles vergibt und uns zu aller Zeit unermüdlich begleitet mit seiner Liebe. B, 74

Eine Gabe für andere

Wie können wir unseren Tod zu einer Gabe für andere werden lassen? Wir erleben oft, dass Menschen durch den Tod eines Angehörigen oder Freundes so tief getroffen und verwundet sind, dass ihr Leben geradezu zerstört scheint. Wir müssen tun, was wir nur können, um dies zu vermeiden.

Es ist von großer Bedeutung, was wir denjenigen, die uns nahe stehen, sagen – sei es mündlich oder schriftlich –, wenn wir unserem Tod entgegengehen. Wenn wir ihnen danken, wenn wir sie um Verzeihung für unsere Unzulänglichkeiten bitten und ihnen unser Verzeihen für ihre eigenen anbieten, und wenn wir unseren aufrichtigen Wunsch aussprechen, sie sollten ihr Leben frei von Gewissensbissen weiterführen, aber die Gnaden unseres Lebens in Erinnerung behalten – dann kann unser Tod zu einer wahren Gabe werden. N, 153

Der größte Schmerz

Immer wenn wir uns entscheiden, einen Menschen zu lieben, öffnen wir dem Schmerz Tür und Tor; denn es gehört zur Tragik unseres Lebens, dass wir es nicht vermeiden können, die, die wir lieben, zu verletzen, während wir selbst an den Verletzungen leiden, die uns diejenigen zugefügt haben, die uns lieben. Immer wieder geben in der Liebe Freude und Schmerz einander die Hand. Den größten Schmerz bereitet das Verlassen. Geht ein Kind aus dem Haus, nimmt ein Ehegatte für länger oder gar für immer Abschied, zieht ein guter Freund in ein anderes Land oder stirbt ... scheint der Schmerz der Trennung uns schier zu erdrücken.

Wollen wir aber dem Schmerz der Liebe ausweichen, werden wir nie die Freude der Liebe und das Glück des Geliebtseins erfahren. Und Liebe ist stärker als Furcht, Leben stärker als Tod, Hoffnung stärker als Verzweiflung. Vertrauen wir darauf, dass es sich immer lohnt, das Risiko der Liebe einzugehen. N, 258

Gehen lassen

Es ist eines der größten Geschenke, die wir unseren nächsten Angehörigen und engsten Freunden machen können, ihnen zu helfen, einen guten Tod zu sterben. Manchmal sind sie bereit, zu Gott zu gehen, während es uns sehr schwer fällt, sie gehen zu lassen. Dennoch kommt einmal der Augenblick, da wir denen, die wir lieben, es erlauben müssen, zu Gott zurückzukehren. Wir sollten dann bei ihnen bleiben, still sein und ihnen zu verstehen geben: »Hab keine Angst! Ich liebe dich, und Gott liebt dich ... Es ist Zeit, in Frieden zu gehen ... Ich will dich nicht länger festhalten ... Fühl dich frei heimzugehen ... Geh unbeschwert, geh mit meiner Liebe!« Dies von Herzen zu sagen ist ein wahres Geschenk. Es ist das größte Geschenk, das Liebe geben kann. – Als Jesus starb, rief er: »Vater, in deine Hände lege ich meinen Geist.« Es tröstet, diese Worte mit unseren Angehörigen oder Freunden oft zu wiederholen. Mit diesen Worten auf unseren Lippen und in ihrem Herzen können sie den Übergang antreten. N, 366

Gott

ich war einsam
und du hast mir
meine Einsamkeit
nicht genommen

ich war verzweifelt
und du hast mir
meine Verzweiflung
gelassen

ich habe nicht mehr
weiter gewusst
und du hast mir
keinen Weg aufgezeigt

ich habe an dir
gezweifelt
und du hast
mich zweifeln lassen

ich habe zu dir
geschrieen
und du hast
keine Antwort gegeben

mitten im Dunkel
warst du bei mir
und hast mich
ausgehalten

mitten im Dunkel
hast du mich berührt
und ich habe mich
berühren
lassen.

S4, 35f

DEZEMBER

Gottesgeburt
in jedem Menschenleben
–
Der Himmel beginnt in mir

Der Zauber des Advents (1)

Die Wochen des Advents sind Wochen, in denen ich oft meine, in einer erhöhten »Sinnlichkeit« zu leben, empfindsamer zu sein. Ich rieche mehr, ich höre anderes, ich schaue aus einem anderen Blickwinkel, bin behutsamer, nehme anders wahr, bin offener als sonst für Zeichen und Symbole.

Es liegt für mich eine Art von Zauber über diesen Wochen, den alle raue und harte Realität nicht durchbrechen kann – im Gegenteil: Manchmal meine ich fast, dass dieser Zauber auch die brutale Wirklichkeit umfasst und verändert. Von diesen Tagen und Wochen scheint etwas auszugehen, das auch die hart gesottensten Herzen »aufweicht«.

Oder sind es womöglich doch nur die langen Nächte der Dunkelheit, die die Sehnsucht nach dem Licht wachsen lassen? S4, 55

Der Zauber des Advents (2)

Ich weiß nicht, warum oder wozu es bei mir so ist, aber es ist so: Zur Adventszeit gehören für mich unabdingbar Mandarinen, Nüsse und Weihnachtsplätzchen, Kerzen und Geschenkpapierrascheln, der Duft von Tannennadeln und das leise, fast unhörbare Geräusch fallenden Schnees; ich schreibe Karten mit dem Gruß »Frohe Weihnacht!«, bekomme Weihnachtsgrüße – diese Wochen sind für mich irgendwie anders. Manchmal kommt es mir vor, als klinge da leise, ganz im Hintergrund, eine Melodie, die verzaubert, die mich vielleicht ein wenig neu zum Kind werden lässt, die mich das Staunen, das Offen-Sein lehrt – Advent muss ich hören, fühlen, sehen, riechen, empfinden, greifen können ... S4, 55f

Der Zauber des Advents (3)

Mag sein, dass ich gerade in diesen eher dunklen Wochen, in denen »draußen« so wenig »Sichtbares« geschieht, meine Aufmerksamkeit eher nach innen, auf mich hin ausrichte. Die vielfältigen Sinneseindrücke von außen nehmen ab, um den Eindrücken in mir Platz und Raum zu schaffen. Bei aller Hektik – so verlangsamt sich doch das Leben in mir. Advent und Weihnachten kann bei mir nicht nur mit dem Kopf stattfinden – ich brauche auch etwas für Herz und Hand. Manche mögen das sentimental nennen, für mich heißt es Sinnlichkeit. Und vielleicht ist es gerade eine solche Zeit, in der man – im Sinne von Saint-Exupéry – mit dem »Herzen gut sieht«.

Es ist ein Zauber, von dem diese Tage und Nächte vor der Wintersonnenwende umgeben sind – und ich darf mich in diesen Zauber hineinbegeben, mich verzaubern lassen, wenn ich zugleich nicht die Radikalität und Existentialität dieser Tage und ihrer Botschaft dabei vergesse.

S4, 56

Aufbruch ins Abenteuer (1)

Vor kurzem machte mich ein Freund darauf aufmerksam, dass das deutsche Wort »Advent« ganz ähnlich klingt wie das englische Wort »adventure«, also »Abenteuer«. Ich weiß nicht, ob es tatsächlich der gleiche Wortstamm ist, aus dem heraus sich die beiden Wörter jeweils entwickelt haben – überrascht hat mich diese Übereinstimmung schon. Aber wenn ich näher hinschaue – Abenteuer Advent, warum eigentlich nicht?

Abenteuer – bei diesem Wort denke ich an Aufbruch, Wagnis, Mut. Da zieht einer los, verlässt das Bekannt-Vertraute, macht sich auf den Weg ins Unbekannte. Da unternimmt jemand etwas, dessen Ausgang offen ist. Da bleibt einer nicht in aller Ruhe am warmen Kachelofen sitzen – sondern da bewegt sich etwas, passiert etwas. Manchmal mag das gar nicht so ungefährlich sein. Und vielleicht liegt gerade darin der ganz eigene Reiz eines solchen Abenteuers, seine Faszination. S4, 89

Aufbruch ins Abenteuer (2)

Advent ist die Einladung zum Leben – und Jesus ist die menschgewordene Einladung Gottes. Er gesellt sich zu den Menschen, um sich mit ihnen neu auf den Weg zu machen, auf einen Weg, der das mögliche Ziel nur ahnt. Wer sich auf eine solche Einladung zum Leben einlässt, wer sich auf den Weg macht – mit dem geschieht etwas, der bleibt nicht unberührt.

Das ist nicht immer ungefährlich. Wenn ich lebendig bin, riskiere ich Verletzungen und Enttäuschungen, muss Abschied nehmen und mich auf Neues einlassen. Manchmal mag mich der Mut verlassen, dann wieder bin ich voll überströmender Lebenslust. Ich werde einsam sein und mich umso mehr an der Begegnung mit Menschen freuen. Lachen und Weinen, Mut und Angst, Vertrauen und Verlassenheit, Trauer und Tanz werden mich auf meinem Weg begleiten. Manchmal wird dieser Weg ins Leben nicht einfach sein – und ich werde mich dann wahrscheinlich fragen, warum ich überhaupt losgegangen bin. S4, 89f

Aufbruch ins Abenteuer (3)

Mich lockt das Leben! Ich habe die Einladung gehört und will sie nicht abschlagen. Dieses Leben ist mir geschenkt – und ich will leben! Ich will das Leben auskosten, verschmecken, mit allen Sinnen, mit all seinen dunklen und hellen Seiten, mit Freude und Lachen, mit Tränen und Protest, mit Zuversicht und Hoffnungslosigkeit. Ich will das Leben, was menschenmöglich ist.

Weihnachten ist die Botschaft, dass mich dieser Gott zu einem solchen Weg einlädt – und dass er mich auf diesem Weg nicht allein lässt. Gott wird Mensch – und lässt sich auf all das Menschenmögliche ein. Nichts, was ich erlebe, erleide, woran ich mich erfreue, ist ihm fremd. Er geht mit – und entzieht sich auch den dunklen Stunden nicht.

Gott lädt ein zum Abenteuer Leben – und mitten im Aufbruch weiß ich mich geborgen. S4, 90

Advent – Weg der Verwandlung (1)

Im Advent sollten wir getrost all unsere Enttäuschungen anschauen. Mein Freund, mein Ehepartner, die Gemeinschaft, in der ich lebe, sie sind alle so durchschnittlich. Ich habe mehr erwartet von ihnen. Mein Beruf füllt mich nicht aus. Da ist so viel Routine und Alltag. Doch statt darüber zu jammern, sollte ich mir sagen: »Es ist gut, dass das so ist, dass ich darin nicht meine letzte Erfüllung finde, dass die Menschen meinen Erwartungen nicht gerecht werden. Denn das lässt mich meine Sehnsucht auf Gott richten. Das treibt mich zu Gott.« Wenn ich meine Enttäuschungen so betrachte, dann kann ich mich mit meinem durchschnittlichen Leben aussöhnen, ohne in Resignation zu fallen, im Gegenteil: Gerade die Banalität meines Lebens wird meine Sehnsucht nach Gott wach halten. Und so kann ich Advent feiern, das Warten, dass Gott selbst in dieses Leben, in diese Durchschnittlichkeit tritt und damit alles verwandelt. G, 361

Advent – Weg der Verwandlung (2)

Viele können diese Sehnsucht nicht aushalten. Sie müssen sie zustopfen. Und so wird ihre Sehnsucht in Sucht pervertiert. Man wird süchtig, weil man sich der eigentlichen Sehnsucht im Herzen nicht stellen mag oder es nicht mehr kann. Die Angst vor der Lücke, die die Sehnsucht in uns aufdeckt, ist so stark geworden, dass man das Loch in sich unter allen Umständen zudecken muss. Man würde sonst verunsichert in seinem Lebensentwurf, der ganz auf die Erfüllung diesseitiger Wünsche ausgerichtet ist. Über den Zaun des Diesseits will man nicht schauen, aus Angst, der Blick könnte in ein Land fallen, das von Milch und Honig überfließt und uns zum Auszug aus dem eigenen Gebiet drängen würde. Es geht uns wie den Kundschaftern Israels, die fasziniert waren von dem Land der Verheißung, die aber aus Angst die Menschen in diesem Land als feindliche Riesen schilderten, weil sie den Auszug aus dem Vertrauten nicht wagen wollten.

G, 361

Erwartend auf dem Weg (1)

Advent … diese Tage machen mir wie keine anderen im Jahr bewusst, in welchen Spannungen ich lebe: die Kluft zwischen dem, wie ich sein möchte, und dem, wie ich bin; die Spannung zwischen Anspruch und Wirklichkeit, zwischen dem Inhalt der Weihnachtslieder, die mich in jedem Kaufhaus berieseln, und dem, was ich in mir und auf den Gesichtern der Menschen um mich herum wahrnehme …

Manchmal, in ganz stillen Adventsstunden, taucht ein Bild in mir auf: eine junge, schwangere Frau, in Gewand und Tuch gekleidet, wandernd durch die Berge Judäas auf dem Weg zu ihrer Freundin. Eine junge Frau, die ein Kind unter ihrem Herzen trägt, vom Leben erfüllt ist. Langsam mag sie gegangen sein, sorgsam auf den Weg achtend und doch gleichzeitig ihren Gedanken nachhängend, hineinhorchend in sich und auf das, was da so unfassbar, unbegreiflich in ihr wächst. Da ist etwas geschehen, was sich dem Verstehen entzieht, ein Geheimnis des Lebens, das fremd und doch eigen zugleich ist. S3, 142

Erwartend auf dem Weg (2)

Gemischte Gefühle – Unsicherheit, Angst, Ungeduld und doch wieder Ergebenheit, Aufregung und Warten ... und in dieser Situation tut die junge Frau genau das, was wohl Frauen zu allen Zeiten und in allen Kulturen tun – sie geht zu einer Freundin, einer Frau, die auch ein Kind erwartet, bei der auch scheinbar Unmögliches möglich geworden ist. In beiden wächst das Leben, will noch geborgen sein – um dann aber in die Welt hinauszudrängen, schmerzvoll geboren zu werden. Ihre Gespräche werden immer wieder um das Eine gekreist sein, das so viele Fragen, so viel Unsicherheit, so viel Neues mit sich bringt – und das sie so verändert: empfindsamer und erfüllter, voller Energie und Kraft, verletzlicher und behutsamer, aggressiver und sanfter. In ihnen wächst das Leben heran, das es zu schützen und zu bergen gilt, das aber auch Angst macht, eben weil es alles verändert und auf den Kopf stellt. Und gleichzeitig ist da die Hoffnung auf dieses Neue, das ungeduldig erwartet wird. S3, 143

Erwartend auf dem Weg (3)

So wünsche ich mir eigentlich Advent, diese Zeit des Wartens. Ich wünsch es mir als eine Zeit des »Bewusst-Wahrnehmens« und des »Empfindsamer-Lebens«, als eine Zeit des wachsenden Erfüllt-Seins vom Leben und doch darum wissen, dass manches noch seine Zeit braucht; ich möchte spüren, dass sich existentiell etwas geändert hat – und dass dies fremd und vertraut zugleich ist. Ich möchte Angst haben dürfen vor diesem Neuen – und es gleichzeitig voller Sehnsucht erwarten. Ich möchte bergen und geborgen sein, sorgsam darauf achten, was ich tue und doch in mich hineinhorchen. Ich möchte mich wehren dürfen und doch froh darum sein, dass etwas in Gang gekommen ist, was nicht aufhaltbar ist. Und ich möchte dem ganzen Trubel entfliehen und mich auf den Weg machen zu Menschen, denen es ähnlich geht wie mir – und dabei doch das Neue wieder ganz für mich, allein und individuell erleben. S3, 143

Erwartend auf dem Weg (4)

Vor diesem Bild verblasst der Einkaufs- und Zu-erledigen-Zettel dieser Woche. Da habe ich plötzlich keine Lust mehr zu schauen, ob ich all denen, denen ich hätte schreiben sollen, auch geschrieben habe, und ich sehe auch nicht mehr ein, warum ich unbedingt vor Weihnachten noch die Fenster putzen soll. Stattdessen wäre es einfach schön, sich bei Freunden einzuladen und gemütlich miteinander zu plaudern, eine Stunde lang mit offenen Augen durch die Natur umherzustreifen oder auch einfach mich in eine Kirche zu setzen und in mich hineinzuhorchen, wie das Leben in mir lebt ...

Noch ist es nicht zu spät dafür ... S3, 143f

Von der Kraft des Wünschens (1)

Wenn Menschen vom Dunkel umfangen sind, scheinen sie oft kraft- und antriebslos zu sein. Meist aber täuscht dieser Eindruck. Selbst im größten Unglück, in tiefster Dunkelheit, haben Menschen in aller Regel noch ein Bild, eine Ahnung davon, wie es denn sein könnte, wenn es all dieses Leid nicht mehr gäbe. Wenn sich ein solches Ahnen auch vielleicht nur in der resignativen Aussage »Wenn doch nur erst alles vorbei wäre!« zeigen mag – trotzdem. Es gibt noch eine Vorstellung davon, wie es denn über den jetzigen Zustand hinaus noch sein könnte. Wirklich resigniert hat erst der, der keine Wünsche mehr hat. Und solange ein Mensch sich etwas wünschen kann, so lange ist auch noch Kraft in ihm.

Advent ist eine Zeit des Wünschens, eine Zeit, in der man Wünsche haben und sie auch äußern darf. Das haben wir schon als Kinder gelernt – und es begleitet uns auch noch heute. S4, 29

Von der Kraft des Wünschens (2)

Aber so einfach ist das manchmal mit dem Wünschen gar nicht. Davon weiß schon ein altes Märchen zu erzählen: Da kommt überraschend eine Fee zu einem älteren Ehepaar und eröffnet ihnen, dass sie drei Wünsche frei hätten. Sehr spontan sagt die Frau den Gedanken, den sie gerade im Kopf hatte, bevor die Fee kam: »Ach, ich hätte so gerne eine Bratwurst mit Kartoffelbrei!« und, kaum hast du dich versehen, steht auch schon ein Teller mit der Wurst und dem Kartoffelbrei vor ihr.

Der Mann, wütend darüber, wie die Frau den ersten Wunsch regelrecht verschleudert hat, sagt zornig und wohl etwas unüberlegt: »Ach, würde doch die Wurst an deiner Nase hängen!« – und, kaum ausgesprochen, hängt die Wurst auch schon tatsächlich an der Nase seiner Frau. Den beiden bleibt nichts anderes übrig, als den dritten Wunsch dafür einzusetzen, die Wurst von der Nase wieder wegzuzaubern – und so haben sie ihre drei Wünsche leichtfertig vertan.

S4, 29f

Von der Kraft des Wünschens (3)

Sich etwas zu wünschen, das ist mehr, als nur etwas zu benennen, was ich geschenkt bekommen möchte, ist mehr, als ein momentanes Bedürfnis zu stillen. Kraftvolle Wünsche kommen aus der Tiefe und entspringen einer Sehnsucht, die zugleich das Bild einer anderen Wirklichkeit zeigt.

Wenn ich solche Wünsche bei mir entdecken will, dann muss ich zunächst einmal auf mein Leben genauer hinschauen. Da gibt es Dunkelheiten, da sind Tränen und Leere, da ist Gebrochenheit, nicht gelebtes Leben. Indem ich mich diesen Dunkelheiten stelle, kann mir bewusst werden, unter welchem Mangel ich eigentlich wirklich leide: einem Mangel an Beziehung und Freundschaft, einem Mangel an Sinnerfüllung, an Gott, an Lebendigkeit. Aus einem solchen Ahnen oder Wissen um das Dunkle in mir wird dann die Sehnsucht wachsen, eine tiefe Sehnsucht, die mich unruhig macht und umhertreibt. Ich habe Sehnsucht, ja ich bin Sehnsucht – das ist Wünschen. S4, 31f

Von der Kraft des Wünschens (4)

Advent ist die Zeit des Wünschens. Es ist eine Zeit, mich auf mich selbst zurückzubesinnen, Einkehr bei mir zu halten. Statt vorschnell Lichter anzuzünden, wäre es jetzt eher an der Zeit, sich den Dunkelheiten zu stellen und sie anzunehmen und auszuhalten. Dann kann daraus die Sehnsucht wachsen, die Sehnsucht nach einer anderen und besseren Welt. Eine solch tiefe Sehnsucht aber wird mich selbst nicht unberührt lassen, sie wird mich umtreiben, unruhig machen, bis ich schließlich selbst den Aufbruch wage, einen Aufbruch in das Ungewisse hinein, nur einen Stern vor Augen, eine Verheißung in den Ohren – das ist Advent. S4, 32f

Von der Kraft des Wünschens (5)

Und das ist ein anderer Advent. Nicht die Jagd nach Geschenken in den Kaufhäusern ist gemeint, nicht das Schreiben ungezählter Pflichtweihnachtsgrüße, nicht der häusliche Weihnachtsputz, nicht die kraftzehrenden Vorbereitungen, damit alles möglichst schön und nett ist – nein. Das Dunkel aushalten, die Sehnsucht wachsen lassen, damit kraftvolle Visionen entstehen können, Visionen, wie wir sie in diesen Tagen auch in den offiziellen Kirchentexten immer wieder hören:

Dann wohnt der Wolf beim Lamm, der Panther liegt beim Böcklein. Kalb und Löwe weiden zusammen, ein kleiner Knabe kann sie hüten. Kuh und Bärin freunden sich an, ihre Jungen liegen beieinander. Der Löwe frisst Stroh wie das Rind. Der Säugling spielt vor dem Schlupfloch der Natter, das Kind streckt seine Hand in die Höhle der Schlange. Man tut nichts Böses mehr und begeht kein Verbrechen auf meinem ganzen heiligen Berg (Jesaja 11,6–9a).

S4, 33f

Die Stille der Nacht (1)

Der Schlaf ist nicht nur die nötige Erholung für den Leib, sondern auch für die Seele. Im Schlaf regt sich die Seele in einer anderen Weise. Das Unbewusste wird aktiv, es meldet sich in den Träumen. Und die Traumrealität ist genauso wirklich wie die Realität des wachen Bewusstseins. Wenn wir gesund leben wollen, müssen wir auch die Traumrealität beachten, auf unsere Träume hören. In den Träumen deutet und kommentiert unser Unbewusstes die Tagesereignisse und unseren momentanen Zustand auf unserem Weg der Selbstwerdung.

Diese Deutung sollten wir beachten. Denn unsere bewusste Sicht der Dinge ist oft sehr einseitig. Im Traum können wir erkennen, was während des Tages wirklich abgelaufen ist und welche Bedeutung es für uns hat. Und im Traum spüren wir auch, wie es eigentlich um uns steht.

G, 390

Die Stille der Nacht (2)

In Bildern sagt uns das Unbewusste, was unsere momentane Situation ist, wo wir uns auf Irrwegen befinden und wo auf einem guten Weg, wie wir zu Gott stehen, ob wir uns ihm verschlossen oder geöffnet haben und welche Schritte jetzt dran wären. Das Hören auf unsere Träume bewahrt uns davor, an unserer Wahrheit und an Gott vorbeizuleben.

Im Schlaf tauchen wir – nach dem jüdischen Denker Weinreb – in die eigentliche Wirklichkeit ein. Wir werden angeschlossen an das göttliche Leben. Im Traum spricht Gott zu unserem Herzen. Wir schwingen ein in den göttlichen Intimbereich. Daher halten die Mönche das »silentium nocturnum« so hoch. Das nächtliche Schweigen gibt dem Schlaf und dem Traum den heilenden und heiligen Raum, den Raum, den die Antike im Tempelschlaf geschaffen hatte. Die Stille der Nacht täte uns allen gut.

G, 390

Der Vorteil der leeren Krippe

Die Geschäftswelt hat das Christkind in der Krippe ersetzt durch den Weihnachtsmann, der mit Geschenken voll bepackt ist. Er wurde in unsere überreiche Wohlstandsgesellschaft importiert, weil hier das Christkind nicht mehr zu Hause ist.

Das Christkind kam in Armut und Entbehrung. Bei den Menschen in der Herberge war kein Platz. Aber da war ein Stern, und da war eine Krippe, die den Vorteil hatte, leer zu sein; so war Platz für das Kind. Da waren ein paar Hirten, damals zwielichtige Elemente, von den Menschen in der Stadt gar nicht gern gesehen. Und da war eine Botschaft, die Botschaft von Frieden, Hoffnung und Leben für die Menschen, die guten Willens sind.

Der Weihnachtsmann kann helfen, gute Geschäfte zu machen, den Tannenbaum zu schmücken, leckeres Essen zu besorgen und ein ausgefallenes Geschenk. Mehr kann er nicht. Das Christkind hat eine Botschaft, die uns antreibt, uns für eine bessere Welt zu engagieren. B, 373

Auf der Suche nach Weihnachten (1)

Als Kind war die Advents- und Weihnachtszeit wohl mit die schönste Jahreszeit für mich. Schon im November fing es an, wenn Mutti die Weihnachtsplätzchen backte. Ich schälte die Mandeln und durfte Teig ausstechen. Der Duft der ersten Weihnachtsplätzchen hing wie eine Verheißung in der Wohnung.

Ein erster Höhepunkt, der diese Zeit sozusagen offiziell eröffnete, war dann mein Namenstag am 30.11., der Tag des heiligen Andreas. Neben kleinen Geschenken gab es das »Andreasgeld«. In der Stadt, in der wir wohnten, findet zu dieser Zeit der »Andreasmarkt« statt – und dort durfte ich das Geld dann ausgeben.

Recht schnell kam der Nikolaustag, an dem immer ein bunter Teller bereitstand. Und dann die wundersamen Wochen bis hin zum Weihnachtsfest, voller Spannung, ob das Christkind auch das Gewünschte bringen wird, voller Geheimnisse und Basteleien. S4, 8

Auf der Suche nach Weihnachten (2)

Adventskalender und die Kerzen am Adventskranz waren treue Begleiter in diesen Tagen – und schließlich die ersten Vorbereitungen für das Weihnachtsfest. Vati hatte einen Tannenbaum gekauft, der stand oben auf dem Speicher, weil es dort kühl und trocken war. Schließlich wurde der Weihnachtskarton hervorgeholt: Kugeln und Lametta, Engelshaar und die Christbaumspitze. Ein kleiner Tisch wurde frei geräumt, auf dem die Krippe aufgebaut wurde. Die letzten Nächte vor dem Fest konnte ich fast nicht mehr schlafen – so aufgeregt war ich!

Heiligabend selbst lief dann nach einem festen Ritual ab. Mittags gab es einen Eintopf, dann war Mittagsschlaf angesagt, schließlich im Fernsehen: »Wir warten aufs Christkind!« Ohne »Peterchens Mondfahrt« und seinem Maikäfer Sumsemann wäre damals der Heiligabend kein richtiger »Heiligabend« gewesen. S4, 9

Licht und Wärme

Um Weihnachten glücklich zu sein, brauchst du keine Weihnachtsgans, kein überreiches Essen und Trinken, kein teures Festmenü im Restaurant, um hinterher Bauchschmerzen zu bekommen. Licht, Frieden, Freude hängen nicht wie Kugeln am Christbaum. Sie kommen nicht über dich mit etwas sentimentaler Musik. Wunschträume in Geschenkverpackung können kein einziges leeres Herz zum Fest mit Glück erfüllen.

Um in diesen Weihnachtstagen glücklich zu sein, brauchst du Licht und Wärme, kein kaltes Neonflimmern und keine Wärme, die eine Heizung liefert. Du brauchst Licht im Herzen, um den Sinn des Lebens zu sehen, und die Wärme lieber Menschen, die dich gern haben.

In Armut und Kälte ist einer in die Welt zu allen Menschen gekommen, der mit seinem ganzen Leben Licht und Wärme sein wollte. Wenn du offen bist für das Geheimnis dieses Menschen, offen wie ein Kind, wirst du Licht empfangen und Wärme fühlen. B, 382

Friede auch für dich

Weihnachten! Friede allen Menschen guten Willens! Friede auch für dich, wer du auch seist, was du auch denkst oder glaubst! Friede! Denn du trägst im Herzen, vielleicht unbewusst, unendliches Heimweh nach dem verlorenen Paradies, Heimweh nach Frieden, Güte und Liebe.

Wenn du an Weihnachten nichts anderes suchst als einen Tisch mit Essen und Trinken, ein nettes Lokal, Abwechslung, Betäubung, dann findest du keinen Frieden. Unbefriedigt wirst du verlangen nach einem neuen Lokal, einem neuen Festessen, einem neuen Genuss, einer neuen Abwechslung. Immer wirst du unbefriedigt bleiben. Immer der gleiche Schmerz, immer derselbe Hunger. So wirst du niemals Frieden finden.

Weihnachten: Suche Frieden in Güte und Liebe zu anderen, und du wirst Frieden finden. Weihnachten: Gottes Liebe möchte spürbar werden in deinem Herzen. Weihnachten: nichts als Friede, nichts als Güte und Liebe allen Menschen auf der ganzen Welt! B, 383

Weihnachten – die Gottesgeburt im Menschen (1)

Wir feiern die Geburt Christi in Bethlehem, um daran glauben zu können, dass in uns göttliches Leben ist. Ohne dieses Fest würden wir das göttliche Leben in uns übersehen. Wir würden für Leben halten, was nach außen hin sichtbar ist: unser Arbeiten, unsere Erfolge und Misserfolge, unser menschliches Miteinander, Anerkennung, Zuwendung, Liebe, unsere alltäglichen Freuden und Leiden. Wir würden daran vorbeisehen, dass in uns Gott selbst ist. Wir brauchen viele Symbole, um gegen die Macht der handgreiflichen Fakten an das Geheimnis zu glauben, dass Gott in unsere Welt gekommen ist. Wir stellen Christbäume auf, zünden Kerzen an, wir singen Weihnachtslieder, die in Bildern das Geheimnis der Menschwerdung künden und in ihren trauten Melodien etwas davon vermitteln, dass unsere Welt anders geworden ist durch Gottes Kommen, dass wir uns in ihr ein Stück weit zu Hause fühlen können. G, 384

Weihnachten – die Gottesgeburt im Menschen (2)

Wir singen diese Lieder, um in uns neue Möglichkeiten zuzulassen: Liebe, Zärtlichkeit, staunen, ergriffen werden, fühlen. Wir besingen das göttliche Kind in der Krippe, um in uns selbst die Möglichkeiten eines Kindes zu entfalten: das Spontane, Unverfälschte, die Lebendigkeit und Echtheit, das Unverbrauchte und Unverdorbene.

Der Gedanke von der Gottesgeburt im Menschen durchzieht die Schriften der deutschen Mystiker. Nach Johannes Tauler sind alle Leiden dieser Zeit nur die Geburtswehen für die Geburt Gottes in unserer Seele. Und für C. G. Jung ist die Gottesgeburt im Menschen das Ziel der menschlichen Selbstwerdung. Wenn Gott im Menschen geboren wird, dann kommt der Mensch von dem kleinen Ich weg zu seinem eigentlichen Wesen, zum Selbst. Ohne Integration des Gottesbildes gelangt er nicht zum Selbst oder – in der Sprache der Mystiker – in seinen Seelengrund, seinen Kern, in dem er ganz er selbst ist.

G, 384

Weihnachten – wir sind immer nur der Stall (1)

Wir dürfen die Gottesgeburt nicht missverstehen, so als ob wir über Gott verfügen können. C. G. Jung sagt, der Mensch soll immer wissen, dass er nur der Stall ist, in dem Gott geboren wird. Wir sind nicht ein Palast, der für die Aufnahme Gottes bereit ist. Wir verdienen es uns nicht, dass Gott in uns ist. Wir können uns dies auch durch Askese oder Gebet oder Meditation nicht verdienen. Wir sind immer nur der Stall. Und in diesem Stall liegen Mist und Unrat. Wir brauchen das Unreine in uns nicht zu verdrängen. Wir werden von Gott dadurch gewürdigt, dass er trotzdem in uns wohnen will. Aber wir brauchen die Feier von Weihnachten, um daran glauben zu können. Denn von uns her können wir daran nicht glauben. In uns sehen wir oft nur das Dunkle, das Durcheinander, die Grenzen und Schwächen. Wir erleben uns oft weit weg von Gott. G, 385

Weihnachten – wir sind immer nur der Stall (2)

Da muss uns ein Fest vor Augen führen, dass Gott in der Krippe im Stall geboren wird, von Ochs und Esel umgeben, und dass gerade die Hirten, die weniger vornehmen Teile unserer Seele, kommen müssen, um dieses Kind anzubeten, während unser Verstand als der vermeintlich edelste Teil zurückbleibt mit seinen Entschuldigungen: ›Wir haben keinen Platz in der Herberge.‹

Und wir brauchen die Lieder und die Kerzen, um daran glauben zu können, dass die Geburt Gottes in uns neue Saiten zum Klingen bringen kann. G, 385

Wo Gott wohnt

Weihnachten ist der Durchbruch Gottes, der Durchbruch der Liebe in dieser Welt, die so dunkel und kalt ist, bis hin zu deinem Herzen. Das ist etwas Gewaltiges.

In diesen Weihnachtstagen kann jeder Güte und Liebe aufnehmen. Auch du. Auch wenn du noch so arm bist, leer und kalt. So war doch auch die Krippe. Sie hatte nur einen Vorteil: Sie war offen, frei. Das ist aber auch alles, was von dir verlangt wird in diesen Weihnachtstagen: offen sein!

Jede Verschlossenheit ist eine Form von Hass, eine Form davon, dass einer nicht annehmen will. Gott kommt nicht im Hass, nicht im Laster, nicht in Zank und Streit, nicht in Nörgelei, nicht in Neid und Verbitterung.

Gott wohnt einzig und allein in der Güte von Mensch zu Mensch, in der Vergebung, in der Versöhnung, im Verständnis füreinander, in Freundlichkeit und Nachsicht. Gott ist Liebe. Gott wohnt – in dir? B, 384

Gott lässt sich erkennen

Weihnachten – Gott ist sichtbar geworden auf Erden in jeder Freundlichkeit und Liebe unter den Menschen. Aber viele machen sich keine Gedanken über Gott, und nicht selten wird heute Gott für tot erklärt. Es ist ein Klima entstanden, in der für die Frage nach Gott kein Bedarf besteht. Gott ist nicht im Angebot.

Aber Gott ist nicht tot. Er lebt, er ist nicht leicht zu erkennen und vertraut sich nur denen an, die ihn lieben wollen. Er ist kein Gott der Philosophen und Gelehrten, die jedes Jahrhundert ihre Meinung über ihn ändern. Gott lässt sich erkennen: Die Einfachen, Kleinen, Armen können ihm begegnen, alle, die von ihrem hohen Ross heruntersteigen und die Maske des Hochmuts absetzen wollen.

Darum, lieber Mensch, lege allen Ballast der Überheblichkeit und Selbstgerechtigkeit ab. Öffne dein Herz und deine Arme, mögen die auch hart sein wie die Krippe, wenn sie nur offen sind – und tritt ein in das Geheimnis der Liebe von Weihnachten. B, 385

Von Gott berührt

Zugegeben: Ein solches Fest Gottes durchkreuzt meinen Alltag, streicht die Termine aus meinem Terminkalender, lässt mich den »Zu-erledigen-Zettel« in den Papierkorb werfen. Angesichts dieser Anfrage aber ist all das nicht mehr ausschlaggebend. Von Gott berührt zu werden, mich anrühren zu lassen, da wird plötzlich anderes wichtig. Da ist meine Antwort auf die Frage entscheidend, ob ich heute Weihnachten in mir geschehen lassen kann.

Da wird mir auch verständlich, warum gerade die Verkündigung des Engels an Maria so häufig an den Portalen großer Kirchen dargestellt ist – es ist einerseits die Zusage, dass Gott die Beziehung mit uns Menschen will, eine Beziehung, die mich ganz meint, die mich mit Hoffnung erfüllt, wenn ich mich darauf einlasse. Mit Haut und Haaren mich einlassen auf diesen Gott – das ist Weihnachten ... und dann kann Reich Gottes anbrechen.

S3, 147

TEXTQUELLEN

Die Beiträge dieses Buches wurden aus folgenden, im Verlag Herder, Freiburg i. Br., erschienenen Büchern ausgewählt:

B = PHIL BOSMANS, Leben jeden Tag. Ein Jahresbegleiter. Ausgewählt und übersetzt von Ulrich Schütz. Neuausgabe, Freiburg i. Br. ^{5}2004.

G = ANSELM GRÜN, Mit Herz und allen Sinnen. Jahreslesebuch. Ausgewählt und herausgegeben von Ludger Hohn-Morisch. Neuausgabe, Freiburg i. Br. 2005.*

M = ANTHONY DE MELLO, Wo das Glück zu finden ist. Jahreslesebuch. Ausgewählt und herausgegeben von Franz Johna. Neuausgabe, Freiburg i. Br. ^{2}2005.*

N = HENRI J. M. NOUWEN, Leben hier und jetzt. Jahreslesebuch. Aus dem Amerikanischen übersetzt von Franz Johna. 4. Aufl. als Neuausgabe, Freiburg i. Br. 2000.

S1 = ANDREA SCHWARZ, Ich bin Lust am Leben. Mit Widersprüchen leben – Spannungen aushalten. Freiburg i. Br. ^{8}2001.

S2 = ANDREA SCHWARZ, Mit Leidenschaft und Gelassenheit. Freiburg i. Br. ^{2}1995.

S3 = ANDREA SCHWARZ, Singt das Lied der Erlösung. Mit Gott das Leben feiern. Freiburg i. Br. ^{3}1994.

S4 = ANDREA SCHWARZ, Wenn ich meinem Dunkel traue. Auf der Suche nach Weihnachten. Freiburg i. Br. ^{4}2001.

* Einzelnachweise finden sich in den Quellenbüchern. – Die Texte von Anselm Grün sind durchweg aus seinen Veröffentlichungen im Vier-Türme-Verlag, Münsterschwarzach, entnommen. Wir danken dem Verlag für die freundliche Adruckerlaubnis.

Hier und da hat der Herausgeber innerhalb der einzelnen Texte für diese Ausgabe leichte Kürzungen vornehmen müssen. Diese Stellen sind nicht eigens gekennzeichnet, um den Lesefluss nicht zu beeinträchtigen.

WEITERE JAHRESBEGLEITER MIT TEXTEN FÜR JEDEN TAG

Ludger Hohn-Morisch (Hg.)

FÜR JEDEN TAG EIN STÜCK VOM GLÜCK

Ein Jahresbegleiter

400 Seiten, Pappband mit Lesebändchen – ISBN 3-451-28427-8

Überraschende Geschichten vom Glück sind es, die für einen Moment den wohltuenden Abstand schaffen, aus dem das Leben neu in den Blick kommt.

Mit Texten von: Phil Bosmans, Gautama Buddha, Wilhelm Busch, Dalai Lama, Fjodor M. Dostojewski, Theodor Fontane, Khalil Gibran, Brüder Grimm, Anselm Grün, Rainer Haak, Hermann Hesse, Heinrich von Kleist, Anthony de Mello, Rainer Maria Rilke, Andrea Schwarz, Leo Tolstoi u.v.a.

Andrea Schwarz

UND JEDEN TAG MEHR LEBEN

Ein Jahreslesebuch

Mit zwölf illustrierten Monatsseiten von T. Plaßmann

400 Seiten, Halbleinen – ISBN 3-451-28228-3

366 inspirierende Lebensimpulse. Das Jahreslesebuch der Erfolgsautorin Andrea Schwarz. Die zum überwiegenden Teil zum ersten Mal veröffentlichten Texte machen Mut, dem eigenen Leben Zeit und Aufmerksamkeit zu schenken. Auf sehr persönliche Weise bringen sie den Glauben als eine Einladung nahe, eigene Schritte ins Leben zu wagen, damit aus Zeit Leben wird.

Anselm Grün Mit Herz und allen Sinnen

Gute Gedanken für jeden Tag – Sonderausgabe

400 Seiten, Pappband mit Lesebändchen – ISBN 3-451-28575-4

Wenige Autoren verstehen es wie Anselm Grün, dem Alltag wieder eine Seele zu geben. »Mit Herz und allen Sinnen« versammelt seine schönsten Texte – heilsame Gedanken für jeden Tag des Jahres. Wer sich von ihnen inspirieren lässt, findet zu neuer Aufmerksamkeit für den verborgenen Reichtum des Alltags und zu einem tiefen Vertrauen in ein Leben im Einklang mit sich selbst.

Anthony de Mello Wo das Glück zu finden ist

Weisheitsgeschichten für jeden Tag

Jahreslesebuch – Sonderausgabe

400 Seiten, Pappband mit Lesebändchen - ISBN 3-451-28401-4

Humorvoll, im Plauderton, doch aufweckend und provozierend schärft diese Minutenlektüre täglich den Blick für das Wesentliche. Ein modernes, lebensnahes Alltagsbrevier für Menschen, die bewusster leben und glücklich sein wollen. Unkonventionell und erfrischend .

Pierre Stutz Der Stimme des Herzens folgen

Jahreslesebuch

400 Seiten, Pappband mit Lesebändchen – ISBN 3-451-28743-9

So viele gute Kräfte im Menschen warten darauf, wahrgenommen und gelebt zu werden. Die Gedanken dieses Jahreslesebuchs begeben sich deshalb auf die Suche nach dem, was trägt und glücklich macht. Pierre Stutz, mit sich und vielen unterwegs, gibt der Suche Worte und dem Finden wohltuende Impulse. Seine Texte treffen den Ton, weil sie dem Leben abgelauscht sind.

Phil Bosmans Leben jeden Tag

Ein Jahresbegleiter

400 Seiten, Halbleinen mit Lesebändchen – ISBN 3-451-26715-2

Kurze, prägnante Texte für jeden Tag. Hier zeigt sich die Kunst von Phil Bosmans, mit Menschen ins Gespräch zu kommen, sie voller Sympathie und Humor unmittelbar anzusprechen.

Johannes Paul II. Leben aus der Kraft der Hoffnung

Jahreslesebuch – Mit einem Vorwort von Joseph Ratzinger.

400 Seiten, Halbleinen mit Lesebändchen – ISBN 3-451-28032-9

Das Buch zum Lesen und Leben – kurze pointierte Texte der Ermutigung und Orientierung für jeden Tag. Den Zuruf, mit dem der Papst ganze Nationen bewegte: »Habt keine Angst! Lasst euch nicht entmutigen!«, sagt er in diesem Jahreslesebuch auch jeder und jedem Einzelnen zu. In hochwertiger Ausstattung (gebunden in Halbleinen, mit Lesebändchen) – ideal zum Verschenken.

Benedikt XVI. Berührt vom Unsichtbaren

Jahreslesebuch

400 Seiten, Pappband mit Lesebändchen – ISBN 3-451-28865-6

Denkanstöße und Glaubensimpulse von Joseph Ratzinger, nunmehr Papst Benedikt XVI. Texte von gedanklicher Klarheit und geistlicher Tiefe, aus denen ein gläubiges Herz spricht. Inspiration und Orientierung für jeden Tag.

In jeder Buchhandlung

HERDER